意外的訪客

THE OVERNIGHT GUEST

希瑟・古登考夫——著 李麗珉——譯

Heather Gudenkauf

給格雷、米爾特和派屈克・施米達——世界上最棒的兄弟。

1

二〇〇〇年八月

二〇〇〇年八月十二日，氣喘吁吁的艾比．莫里斯，滿頭大汗地在她慣常夜行的那條灰色石子路上競走。儘管她穿了長袖襯衫、褲子，還噴了一層厚厚的防蚊液，一圈蚊子依然盤旋在她的頭頂上方，企圖從沒有暴露出來的肌膚之間尋找縫隙。她很慶幸今晚還有月光，也很高興她的黑色拉布拉多犬胡椒能陪伴在側。她的丈夫杰認為她在晚上的這種時間出來競走是很不智的，然而，在工作了一整天之後，她還要到日照中心接孩子，再把家務處理完畢，因此，也只有晚上九點三十分到十點三十分之間的一個小時，才是一天之中僅屬於她個人的時間。

她並非害怕。在艾比的成長過程中，她很習慣走在這樣的路上。這種蓋滿塵土、路旁蔓延著農田的鄉間石子路。他們住在這裡的三個月期間，她從來沒有在慣常的夜行中遇到任何人，這對她來說完全不成問題。

「羅斯克，羅斯克！」遠處傳來一名女子的聲音。艾比心想，有人正在叫喚他們的狗回家。「羅－斯－克。」抑揚頓挫的叫聲裡帶著一絲的不耐煩。

胡椒正在重重地喘氣，粉紅色的大舌頭幾乎就要拖到地面上了。

艾比加快了她的速度。她幾乎就要走到她每日例行的三哩環線中點了。碎石路在那裡會銜接到一條幾乎被玉米田淹沒的土路。她向右轉，突然停下了腳步。只見道路前方大約四十碼左右的地方，有一輛皮卡就停在路邊。一絲的不安爬上了她的背脊，胡椒也若有所期地抬頭看著艾比。也許有人因為爆胎或者引擎故障，而暫時把卡車留在了那裡，艾比暗自分析著原因。

她重新拾起腳步，一抹薄紗般的雲層拂過月亮，天空頓時陷入一片漆黑，讓艾比無法看清卡車裡是否有人。艾比側著頭，傾聽著是否有引擎空轉的聲音，不過，她所能聽到的只有上千隻知了正在演奏的小夜曲，以及胡椒重重的喘息聲。

「走吧，胡椒。」艾比往後退了幾步，壓低了聲音說。胡椒卻將鼻子貼近地面，跟著卡車留下的之字形輪胎軌跡兀自往前走。「胡椒！」艾比厲聲叫道，「過來！」

艾比聲音裡的急促性讓胡椒突然抬起頭，然後心不甘情不願地放棄了地上的氣味，返回到艾比的身邊。

擋風玻璃後面有什麼東西在動嗎？艾比不能確定，不過，她無法甩開那股有人在監視她的感覺。雲層散開之後，艾比看到方向盤後面有一道趴著的身影。一個男人。一個戴著棒球帽的男人。藉著月光，艾比瞥見了蒼白的膚色、微微偏斜的鼻子，以及一個尖銳的下巴。那個人只是坐在那裡。

一股暖風在玉米田裡捎起一片低語，也讓她的寒毛豎立。她的右手邊響起一陣窸窸窣窣的聲音。胡椒頸背上的毛警覺地豎立起來，同時發出了一聲低吼。

「走吧。」說完，她倒退了幾步，準備轉身快步走回家。

凌晨 12:05

約翰．巴特爾警長站在腐敗的後陽台上，眺望著他的後院，陽台的木板在他赤裸的腳下搖晃著，發出了嘰嘰嘎嘎的聲響。鄰近的房子暗無燈光，鄰居們和他們的家人都進入了夢鄉。他們怎麼可能還醒著呢？警長就住在他們隔壁。他們沒有什麼好擔心的。

他發現自己難以呼吸。夜裡的空氣很溫暖，同時也死氣沉沉，讓他的胸口升起一股沉重感。八月十五的鱘魚滿月低垂在天空裡，散發著蜂花粉的黃色光芒。或者應該是雄鹿月嗎？警長不記得了。

過去七天以來一直都很安靜。太過安靜了。沒有竊盜案，沒有嚴重的汽車意外，沒有冰毒事件，也沒有人檢舉家暴。布雷克郡並不是一個犯罪的溫床。不過，他們確實還是會發生一些暴力犯罪事件。只不過不是在這週。剛開始的四天，這樣的平靜讓他獲得了暫時的喘息，然而，持續太久的平靜感覺似乎就有些奇怪了。讓人覺得詭異不安。身為警長，這是巴特爾二十年來第一次整天都埋首在文書工作裡。

「不要自找麻煩。」一個輕柔的聲音響起。巴特爾結褵三十二年的妻子珍妮絲用一隻手臂抱住他的腰，再將頭靠在他的肩膀上。

「那沒什麼危險性。」巴特爾輕笑地說，「麻煩通常都自己會來找我。」

「那就回到床上吧。」珍妮絲說著，拉了拉他的手。

「我馬上就進去。」巴特爾說。珍妮絲把雙臂交叉在胸口，嚴厲地瞪了他一眼。他舉起右手。「五分鐘。我保證。」珍妮絲這才不情願地走進屋裡。

巴特爾粗糙的手掌撫摸過陽台裂開的雪松欄杆。整座陽台都需要整修。全部拆除，然後重建。也許，明天他會去一趟西奧克斯市的洛威百貨。如果情況繼續這樣下去的話，他就會有很多時間來重建陽台。他打了個呵欠，回到屋裡，按下門鎖，拖著沉重的腳步走向他和珍妮絲的臥房。又是一個安靜的夜晚，也許他應該要及時享受這樣的平靜，警長心裡想著。

凌晨 12:30

氣球爆破的聲音讓黛比．卡特從熟睡中醒來。又一聲爆破，接著又一聲。也許是有小孩在玩七月四日剩下來的鞭炮吧。「藍迪。」她低聲的呼喚並沒有獲得任何回應。

黛比伸出手要找丈夫，不過，她旁邊的位置卻空無一人，床罩依然整齊，摸起來也沒有任何殘留的體溫。她從床單底下溜下床，走到床邊，撥開窗簾。藍迪的卡車並沒有停在擠奶棚旁邊那個固定的停車位。布洛克的車子也不在。她瞄了一眼時鐘。午夜剛過。

她十七歲的兒子已經變成了一個陌生人。她可愛的兒子性格向來不羈，然而，那樣的不羈曾幾何時卻演變成了刻薄。她很確定他將來一定會惹是生非。布洛克出生的時候，他們才十八歲，根本還不知道要如何照顧好自己，更別說照顧一個嬰兒了。

黛比知道藍迪對布洛克很嚴厲。有時候甚至太過嚴厲。當他還小的時候，只要一個嚴厲的眼神和重擊，就可以讓布洛克回到正軌，然而，那樣的日子早已不再。現在，只有對他的頭用力出手，才能獲取他的注意力。黛比必須承認，這麼多年以來，藍迪曾經一度或者兩度越線——皮膚瘀青、嘴唇破裂、鼻子出血。不過，越線之後，藍迪總是會為他的嚴苛尋找理由——生活並不容易，布洛克越早明白這點就會越好。

至於藍迪。這陣子以來，他變得好冷漠，好忙碌。藍迪不只在他父母的農場幫忙，還在翻修另一座年久失修的農舍，以及附屬的六幢庫房和一間豬圈，同時還企圖要照料他自己的農作。這讓她在白天的時候幾乎見不到他的人影。

黛比試著要壓抑這股怨懟，然而，不滿卻凝結在她的喉嚨。固執。那就是藍迪。固執於修理那座老舊的農場，固執於那片土地。他永遠都心心念念著那些土地。大環境的經濟狀況可能很快會變壞，而他們將會因為兩座他們負擔不起的地產而陷入困境。她再也難以繼續忍受下去了。

遠處又傳來一聲巨大的聲響。那些可惡的小孩，她心裡在想。她清醒地看著風扇在天花板上懶洋洋地轉動，等待著她的丈夫和兒子回家。

凌晨1:10

起初，十二歲的喬西・杜爾和她最好的朋友貝琪・艾倫朝著巨大的聲響跑去。要跑回屋子才對——因為她母親、父親和伊森都在那裡。只要回到家，她們就會很安全。然而，等到喬西和貝琪發現她們所犯下的錯誤時，一切已經太晚了。

她們手牽著手，朝著聲音的反方向跑過漆黑的農院，跑向玉米田——那些高大多刺的森林才是她們通往安全的唯一入口。

喬西確定自己聽到她們身後有一陣如雷的腳步追來，她轉過頭，企圖要看清是什麼在追趕她們。但是，什麼也沒有，沒有人在她們後面——只有籠罩在夜色陰影下的那幢房子。

「快點。」喬西喘著氣，拉著貝琪的手催促她。她們在重重的喘息下繼續往前奔跑。她們就快到了。然而，貝琪卻跌跌撞撞地絆倒了。她的手在哭喊聲中從喬西的手裡滑落。她的雙腿發軟，跪倒在地上。

「起來，起來。」喬西拉著貝琪的手臂央求她。「求求你。」她再次鼓起勇氣回頭看了一眼。在一絲月光短暫地照耀下，她看到一抹身影從穀倉後面走出來。喬西在恐懼之下，看著那個身影舉起手，瞄準了她。她放開貝琪的手臂，轉過身，開始奔跑。再往前一點——她幾乎就要到了。

喬西在另一聲槍聲響起時衝進了玉米田裡。她的手臂燃起一陣灼熱的刺痛，讓她幾乎無法呼吸。不過，喬西沒有停下腳步，也沒有減緩速度，她持續地往前奔跑，任由溫熱的鮮血滴落在腳下的硬土上。

2

現今

暴風雨逼近的速度太快，薇莉．拉克把車停進街上最後一個空著的停車位，薛佛雜貨店就位於這條街上的藥房和艾克旅館之間。薇莉從她的福特野馬下車，腳下的靴子踩在人行道厚厚的一層冰鹽上，發出清脆的聲響，那些冰鹽是當地政府為了今天傍晚即將來到的雨雪以及預期中的兩呎厚積雪而鋪撒的。

懷著惴惴不安的心情，薇莉向商店的玻璃窗走過去，只見玻璃窗上裝飾著情人節的飾物，包括破舊的紅色和粉紅色心形裝飾，以及拿著金屬弓箭的邱比特。她在推開大門之前暫停了一下。薛佛雜貨店是家庭式經營的商店，他們販售的物品多半是一些不知名品牌，選擇性也很有限。來這裡雖然比較方便，但是裡面卻總是擠滿吵雜的鎮上居民。

截至目前為止，每當薇莉開車到波登時，她總是可以成功地避開和當地人的互動，不過，她在這裡待得越久，避免互動似乎就變得越來越困難。

一踏進商店，迎面而來的是一股溫暖的空氣。她抗拒著想要脫下絨線帽和手套的衝動，轉而戴上她的耳塞式耳機，把她一直在收聽的犯罪播客節目的音量開到最大。

所有的手推車都被拿走了，因此，薇莉只能抓起一只提籃，開始在貨架之間走動，並且讓目光緊盯在面前的地板上。她把需要的物品丟進籃子裡。一盒冷凍披薩、幾罐速食湯、幾管巧克力餅乾麵團。她在酒櫃前停下了腳步，掃視著僅有的幾個選擇。一名穿著棕色連身工作服、頭戴黃綠色帽子的男子撞到了她，讓她的耳機從耳朵裡掉了出來。

「喔，抱歉。」他低頭向她微笑。

「沒關係。」薇莉回應他，不過，卻並沒有和他對視。她很快地拿了最靠近她的那瓶酒，隨即走向櫃檯，加入正在等待結帳的隊伍長龍。

店裡唯一的一名收銀員有著一頭夾雜著灰白髮絲的棕色頭髮，一根銀色的髮夾讓她的頭髮免於散落到那張疲憊的臉龐上。對於眼前那些焦急著想要回家的顧客，她似乎一點都不以為意，只是用一種慢到令人難以忍受的速度掃描著顧客的商品。

隊伍移動的速度十分緩慢。薇莉可以感覺到有人就站在她的後面。她轉過身。是那個剛才在酒櫃前的男子。她的大衣讓她開始冒汗，薇莉看向收銀員，兩人的目光瞬間交會。

「抱歉。」薇莉說著，用力擠開那名男子和其他的顧客。她把手裡的籃子放到地板上，衝出了商店大門。吹拂在她臉上的冰冷空氣讓她覺得好過多了。

她的手機突然在口袋裡震動了起來，薇莉把手伸進口袋裡掏出手機。

是她的前夫，但薇莉並不想和他說話。他會不停地碎唸說她應該要回到奧勒岡，幫忙照顧他們的兒子，說她大可在家裡輕鬆寫完她的書。因此，她讓電話直接轉進語音留言。

他錯了。薇莉無法在家完成她的書。她十四歲的兒子塞斯在晚歸時用力關門的聲音，或者完全夜不歸營的事實，在在都讓她身心俱疲。只要在家，她就無法思考，無法專注。當塞斯頂著那頭蓬鬆雜亂的頭髮怒視著她，告訴她說他恨她，他想要搬去和他父親同住時，她還曾經說他只是在虛張聲勢。

「好，去啊。」她說著轉身不去看他。而他也真的那麼做了。當塞斯在隔天早上沒有回家，也沒有接她的電話、不回她的簡訊時，薇莉打包了行李，離開了那個家。她知道那是最省事、卻並非最好的做法，只是，她再也無法面對塞斯那些神秘的行為和怒氣。她的前夫可以照看他幾天。只不過，原本只是離開幾天的決定，卻變成了幾個星期，然後是幾個月。

她動了一下，企圖把手機塞回口袋裡，然而，手機卻從她的手指之間滾落，直接砸在了水泥地上一個覆滿泥濘的凹槽裡。

「該死。」薇莉彎身從水坑裡撿起她的手機。螢幕已經碎裂，整支手機都濕透了。

一回到車裡之後，薇莉立刻脫掉帽子，甩掉身上的大衣。她的頭髮和T恤都已經汗濕了。她試著要把手機上的水氣擦乾，不過，她知道除非她盡快回到家，把手機弄乾，否則手機大概就報銷了。她點擊著手機螢幕，希望螢幕會亮起。然而，什麼反應也沒有。

回到農舍的二十五分鐘車程似乎永無止境，而且她居然是兩手空空地折返。沒有雜貨，也沒有酒。看來，不管房子裡還剩下什麼，她都只能湊合著過了。

雖然，薇莉只花了兩分鐘就把波登拋在了後視鏡裡，然而，她眼前的道路卻像一條沒有盡頭的黑色高速公路。她被撒鹽車擋住了兩次，不過，她越是朝北前進，她所能見到的車輛就越來越少。每個人都守候在家裡，等待著風雪來襲。終於，她開離了主要道路，轉向通往農舍的那些路況極差的碎石路。

薇莉已經在布雷克郡的鄉間待了六週了，在這段時間裡，天氣一直都很惡劣。氣溫冷到刺骨，她不記得自己這輩子曾經看到過這麼多的雪。她一路往前開，路上的房舍和農田越來越稀少，直到曾經種植了玉米、大豆和苜蓿的土地，放眼所及全都變成了一片蒼茫的雪白世界。幾個月之後，這片大地將會覆蓋上一層生機盎然的綠色和金色，不過，目前看起來卻毫無這些跡象。

薇莉又往前開了幾哩路，然後降低車速，以幾近爬行的速度，一吋吋地繞過一棵莫名其妙地長在兩條碎石路交叉口正中央的山核桃樹，再駛過一座橋下的溪水早已結冰的小棧橋。過了棧橋之後再續行兩百碼，那條兩邊堆積著及肩積雪的狹長小徑，將會引領她抵達農舍。她行經一排高大的松樹防風林，開到一幢覆蓋著白雪的紅色老舊穀倉前面。她讓野馬保持空轉，下車打開被她用來充當車庫的穀倉大門，然後把車開進穀倉，熄掉引擎，將鑰匙塞進口袋裡。她把寬敞的穀倉門在身後關上，環顧著遼闊的牧場。

逐漸加大的風聲是空氣裡唯一的聲音。這裡只有薇莉一個人。方圓幾哩之內，再也沒有其他人存在。這正是她所要的。

雨夾雪從天空不斷飛落。暴風雨已經來臨了。

薇莉把受損的手機放進口袋裡，走向農舍。

一進到屋裡，她立刻將後門鎖上，踢掉腳上的靴子，換上羊毛邊的鹿皮軟鞋。然後快步走向櫃子，想要找出一盒可以用來把手機弄乾的米。然而，櫃子裡沒有米。她得要把手機送修或者再買一支新的了。薇莉把她的冬季連帽大衣掛在玄關衣帽間的掛鉤上，不過卻讓絨線帽繼續留在頭上。

這幢百年的農舍不僅老朽破舊、吱吱作響，也像老人般的任性。暖氣爐雖然可以運作，但是卻完全抵禦不了從窗框縫隙和門縫底下滲入的冷空氣。薇莉原本只打算在這裡住上一週，最多兩週，然而，她停留得越久，就越是難以離開。

一開始，她怪罪於她的前夫，以及她和塞斯之間的嫌隙。她已經累到不想再和他們爭辯。她需要專注地寫完她手上的這本書。

因此，她打了一通電話，發現這幢二十年前曾經是犯罪現場的農舍目前並沒有人居住，於是，她決定了這趟行程。農舍裡只有基本的設施——電和水。沒有Wi-Fi、沒有電視，也沒有處於青春期的兒子提醒她，她是一個多麼糟糕的母親。她和所有令她分神的事物相距一千五百哩。現在，她的手機掉到地上毀了，她和世界唯一的連結只剩下屋裡的座機。她和網路、簡訊以及FaceTime的連結全都沒了。

她正在撰寫她的第四本犯罪紀實書籍，並且經常為了蒐集資料而旅行，不過。她從來沒有離家這麼久過。待在波登的時間越久，薇莉就越是發現事情沒有那麼簡單，否則的話，她現在早已完成了她的書，而且已經回到家了。

塔斯，一隻年邁的混血浣熊獵犬正躺在牠位於取暖器旁邊的床上，懶洋洋地揚起那雙黃色的眼睛看著薇莉。見薇莉沒有理睬，塔斯打了個呵欠，將牠的長鼻子放到爪子上，閉上了雙眼。

還有三個小時太陽才會下山，不過，風雪已經為窗戶罩上了一層濃濃的灰色。薇莉在整幢房子裡穿梭，打開了所有的電燈。她從玄關的衣帽間拖來最後的木柴，放到火爐旁邊，生起了火。她希望這把柴火可以撐過這個夜晚；她可不想跑到穀倉去搬更多的木柴進來。

屋外的風雪越來越大，不停地擊落在窗戶上面，也讓赤裸的樹枝覆蓋上一層雨淞。如果不是薇莉已經對冬天感到厭煩，她一定會覺得窗外的世界確實是一幅美景。土撥鼠看到了自己的影子❶，這意味著還會有更多的風雪來臨，而春天也依然遙遙無期。

薇莉開始她的例行公事，一如過去六週以來的每個下午一樣。她在屋子裡走動。再一次檢查門窗是否都已經上鎖，並且關上百葉窗。薇莉也許比較喜歡獨處，把她的生活花在撰寫恐怖的犯罪故事上，不過，她並不喜歡黑暗以及日落之後可能潛伏在屋外的東西。她打開床頭櫃的抽屜，確認她那把九毫米的手槍依然還在原位。

她很快地洗了個澡，希望能在熱水變溫之前洗好，然後用毛巾把頭髮擦乾，再穿上一件長內褲、毛襪、牛仔褲以及一件毛衣，最後才回到樓下的廚房。

薇莉幫自己倒了一杯酒，在沙發上坐下來。塔斯也試著要爬上沙發坐到她身邊。「下去。」她心不在焉地說著，塔斯只能回到取暖器旁邊的位置。

薇莉考慮用室內電話打給塞斯，但是，這樣做的風險是她的前夫可能會在電話旁邊，然後就會堅持要和她說話。而那些說法都是她早已聽過的了。最終，他們的對話將會無可避免地淪入一團尖酸刻薄的混亂和相互的指責。「回家吧。你真是不可理喻。」她的前夫在他們最後一次通話的時候這麼說過。「你需要幫助，薇莉。」

她覺得胸口有什麼東西破裂了。只是一道小隙縫，足以讓她知道她需要掛斷電話的隙縫。她已經超過一個星期沒有和塞斯通話了。

薇莉把酒杯帶上樓，來到被她用來當作辦公室的房間裡，在桌子後面坐了下來。塔斯跟著她上樓，躺在了房間的窗戶下面。這間房間是農舍裡所有臥房中最小的一間，漆成黃色的牆壁踢腳板上貼滿了大聯盟棒球隊的貼紙。她的桌子擺放在房間的一角，面對外面，這樣她就可以同時看得到窗戶和房門。

上週，她在阿格納圖書館列印出來的初稿就堆疊在她的電腦旁邊，等著她從頭到尾再看過最後一遍。然而，薇莉卻依然還在猶豫著是否應該為這個企劃畫下句點。

她花了超過一年的時間在研究犯罪現場的照片，閱讀大量的新聞報導和官方報告。她和目

❶根據北美的傳說，土撥鼠在每年二月二日前後探出洞穴時，如果看到了自己的影子，就會躲回洞穴繼續冬眠，那就意味著北美的冬天還有六週才會結束。如果看不到自己的影子，土撥鼠就會鑽出洞穴結束冬眠，也就代表春天即將來臨了。

擊者以及調查該案的幾個關鍵人物取得了聯繫，包括一些員警和前任的警長。即便愛荷華州犯罪調查部門的主要探員都同意和她談談。他們出乎意料地坦率，並且將關於該案鮮為人知的內幕都提供給了薇莉。

只有家屬不願和她談話。他們若非已經死了，就是直接拒絕她。對此，她不能怪罪他們。薇莉花了無數的時間在撰寫，她的手指在電腦鍵盤上飛舞。現在，這本書終於寫完了。然而，它的結局卻是那麼地貧乏微弱。雖然兇手是誰已經確認了，但他卻沒有被繩之以法。

薇莉還有很多無解的問題，不過，是時候了。她需要徹底閱讀一次，進行最後的修改，然後把稿子發給她的編輯。

薇莉沮喪地把手中的紅筆丟在桌上。她站起身，伸展了一下，隨即下樓走到廚房，把空酒杯放到流理台上。她的雙手因為冰冷而發疼，但她已經決定不要打開溫控器。她把茶壺裝滿水，放到爐子上。在爐子逐漸升溫的時候，她把雙手放在爐子上方取暖。

室外，呼嘯的風正在悲哀地嗚叫，幾分鐘之後，茶壺也加入了勁風的行列，開始嗚嗚作響。薇莉帶著一杯熱茶回到了書桌前，再度坐下來。她把印出來的稿子放到一邊，讓思緒轉移到她下一個可能著手的企劃。

駭人聽聞的謀殺事件從來都沒有少過。薇莉的選擇很多。許多撰寫犯罪紀實的作家是基於新聞頭條和公眾對犯罪事件的興趣來選擇他們的主題。不過，那不是薇莉的做法。她總是從犯罪現場開始著手。犯罪現場向來是故事鑽入她的血管、讓她無法放手的起始點。

她會仔細琢磨在犯罪現場拍攝的照片——受害人嚥下最後一口氣的地點、屍體的位置、死亡那一刻凝結在死者臉上的神情、四下飛濺的血跡，諸如此類的照片。

她現在正在審視的照片，是從亞利桑那州一個犯罪現場所拍攝的。第一張照片是從遠處拍攝。一名女子靠坐在一塊鐵鏽色的石頭上，看似硬毛刷的小樹叢彷如花圈般地圍繞著她，她的臉孔側向一邊，並沒有正對鏡頭。一道黑色的污漬就沾染在她的襯衫前面。

薇莉把手中的照片放到一旁，轉而看著成堆照片裡的另外一張。還是同樣那個女人，不過是從另一個角度拍攝的近距離照片。女子的嘴巴扭曲成一種痛苦的神情。黑色而腫脹的舌頭向外吐出。她胸前的那個洞大到足以讓薇莉把手伸進去，包圍在洞口邊緣的皮膚呈現一種不平整的狀態，暴露出裡面的骨頭和軟骨。

這些血腥殘暴的照片讓人感到不安，也是噩夢的來源，然而，薇莉相信自己需要先認識死去的受害者。

十點鐘的時候，塔斯蹭了蹭她的腿。他們一起走向樓梯；塔斯緩緩地爬下樓，牠的關節發出喀噠喀噠的聲響。要不了多久，塔斯就無法再爬樓梯了。

她不知道如果她告訴她的前夫說，她收留了一隻坐在農舍前門口的流浪狗，她的前夫會說什麼。不管她多麼努力要讓牠離開，這隻狗就是不肯走。

薇莉猜想，牠應該是被前任租客留下來的狗。她幫牠取名為塔斯，那是州際公園伊塔斯卡的簡稱，曾經有三名女子的屍體在伊塔斯卡公園被發現，她們也是薇莉第一本犯罪紀實書籍的主角。

薇莉並不是很喜歡塔斯，而這種感覺是相互的。他們似乎達到了某種共識，認為彼此需要在這種時候共存。

她轉開前門的鎖，把門打開到足以讓塔斯出去的一道縫隙，等塔斯出去之後，再把門關上。不過，冰冷的空氣和雨雪，還是趁機鑽進了屋裡，讓薇莉不禁打了個寒顫。

一分鐘過去了，然後是兩分鐘。不喜歡寒冷的塔斯通常很快就會解放完畢，然後會刮著前門，示意牠已經準備好要進到屋裡了。

薇莉走到窗戶邊，不過，窗框已經蒙上了一層霧氣，也結冰了。她揉了揉雙眼，她的眼睛因為盯著那些畫質不良的照片看了太久而乾澀，她無奈地把背靠在門上等待。反正，在太陽升起之前，她是無法睡覺的。

屋裡的燈光閃了一下，薇莉的心臟也跟著慌了一下。她屏住呼吸盯著室內的燈具，不過，溫暖的燈光並沒有任何異樣。她在火爐裡添加了更多的木柴。如果停電的話，屋裡的管線可能會凍結，到時候，她的手就會遭殃了。薇莉把前門打開一條縫，瞄向屋外那片雪白的世界，但卻看不到塔斯的身影。

「塔斯！」她對著漆黑的屋外喊道，「回來！」原本的雨滴已經轉變成硬邦邦的彈丸，在擊中房子的同時，不停地發出宛如齧齒動物般的刨抓聲。從前門上方流瀉而出的微弱燈光，讓薇莉無法看到光線以外的範圍。「太好了。」她喃喃自語地從玄關的櫥櫃裡拿出一雙多餘的靴子、一件老舊的風衣，以及一支隨手可得的手電筒。為了不時之需，她早已在屋裡四處都準備了手電筒。

武裝好之後，她走到屋外，小心翼翼地避免讓自己在前廊通往前院的台階上滑倒。

「塔斯！」她不耐煩地再喊了一聲。然後在刺骨的寒風中佝僂著肩膀，壓低了頭，對抗著撲面而來的小冰珠。

外面的積雪已經有好幾吋高了，眼前的雨夾雪讓院子變成了一片溜冰場。

薇莉的心裡又閃過一絲不安。電線桿上的那層厚冰或者積雪勢必會導致電線桿的崩塌，隨之而來的就是停電和一片漆黑。她希望能找到塔斯，盡快回到屋裡。

她扶著前廊的圍欄來保持重心，同時讓手電筒的燈光引導著自己。薇莉慢慢地往前挪動腳步，呼喊著塔斯的名字。她瞇起眼睛望向一片黑暗，然後將手電筒照向通往聯外道路的小徑。只見兩團發光的紅色圓球在黑暗中回視著她。「塔斯，過來。」她命令著。但牠卻低下頭，無視於她的要求。

薇莉只能放棄地走向頑固的塔斯。她微微地往前傾身，笨手笨腳地試著將重心保持在雙腳上。然而，她還是滑倒了，在一聲重重的悶響下，一屁股摔坐到了地上。

「可惡。」她生氣地站起身。雨雪已經滑進了她外套和脖子之間的空隙。雖然，她很想把沒有戴手套的手插進口袋裡，但是，她怎麼也不敢冒險。她需要讓雙手保持在衣服外面，以防再度摔倒。

塔斯仍然待在原地。當薇莉把彼此之間的距離拉近之後，她看到塔斯的注意力完全聚焦在牠面前的地上。薇莉看不出地上的東西是什麼。只見塔斯在那個東西旁邊打轉，怯生生地在嗅著氣味。

「不要待在那裡。」薇莉再度命令牠。當她拖著腳步往前靠近時，她終於可以看到那並非什麼物體，而是一個活生生的、或者曾經活生生的生物。它蜷曲得宛如一顆球，表面上覆蓋的那層薄冰在手電筒的照耀下閃閃發亮。

「塔斯，坐下！」她吼了一聲。這回，塔斯抬起頭看了她一眼，然後順從地在牠所發現的東西旁邊坐了下來。薇莉躡手躡腳地往前再靠近一點；目光緊盯在那團蜷曲著的身體上面。一只磨損的鞋子、一件褪色的藍色牛仔褲、羽毛灰的運動衫、一頭深色的短髮，還有一隻壓在雙唇上的小拳頭。一道結成薄冰的鮮血圍繞在他的頭四周。

躺在他們眼前的不是動物。那是一個凍僵了的小男孩。

3

「也許我們可以到外面去玩？」女孩從蓋住窗戶的厚重窗簾邊緣窺視著外面，看著雨滴從灰濛濛的天空裡滴落在窗戶的玻璃上。

「今天不行。」她母親說，「現在在下雨，我們會融化的。」

女孩輕輕地笑了一下，然後從被她拉到窗戶下的椅子上跳下來。她知道她母親在開玩笑。如果她們出去走到雨中，她們也不會真的融化，不過，光是這樣想就讓她忍不住顫抖——走到外面去感受雨點撲通撲通地掉落在皮膚上，然後看著它彷彿冰塊一樣地化開。

女孩和她母親並沒有外出，整個早上，她們都坐在那張小牌桌旁邊，從圖畫紙上剪下粉紅色、紫色和綠色的蛋形紙片，並且在上面畫上圓點和線條。

她母親在其中一個橢圓形上面畫了眼睛和一個橘色的小鳥喙。再把女孩的雙手放在一張黃色的紙上，用一支鉛筆描繪出手的形狀。「你看。」她母親說著，剪下了手掌的形狀，再把它們貼在其中一個橢圓形的紙片後面。

「一隻小鳥。」女孩開心地說。

「一隻復活節小雞。」她母親告訴她，「我在你這個年紀的時候就是這麼做的。」

她們一起小心翼翼地把她們創造出來的雞蛋、小雞和兔子貼在水泥牆上，為陰暗的房間增添一絲節日和春天的氣氛。「現在，我們準備好要迎接復活節的兔子了。」她母親帶著勝利感地說。

那天晚上，當女孩爬上床的時候，她肚子裡那股不安分的感覺不停地將她的睡意趕走。「乖乖躺好。」她母親不停地提醒她。「這樣你會比較快睡著。」

女孩不認為她母親說的是真的，不過，當她張開眼睛時，一絲燦爛的陽光已經穿透了窗簾，女孩知道早晨終於來到了。

她跳下床，發現母親早已坐在她們慣常吃飯的那張小圓桌旁了。「他來過了嗎？」女孩一邊問，一邊把那頭棕色的長髮塞在耳後。

「當然來過了。」她母親說著，把一只用一條條的色紙編織而成的籃子遞給她。那是一個女孩手掌大小的籃子，雖然小，卻很可愛。籃子裡裝著用綠色的紙剪成的一團草。草上有一盒肉桂口味的口香糖和兩塊西瓜口味的水果糖。

女孩雖然滿心失望，卻還是露出了笑容。她原本期待會有一隻巧克力兔子，或者那種打開來會流出黃澄澄液體的糖果彩蛋。

「謝謝。」女孩說。

「你要感謝的是復活節兔子。」她母親說。

「謝謝你，復活節兔子。」女孩歡欣地叫著，就像她在電視的糖果廣告裡看到的小孩那樣。母女雙雙笑了出來。

她們各自拆開一塊口香糖。一整個早晨，她們都在為她們用色紙創造出來的小雞和兔子編造故事。

當女孩的口香糖再也嚼不出味道、她的水果糖也被慢慢地舔成了扁平狀時，樓梯頂端的門突然被打開，她的父親朝著她們走下樓梯。他帶了一個塑膠袋和六罐裝的啤酒。她母親向女孩使了一個臉色。示意她先走開，因為媽媽和爸爸需要一點時間獨處。

女孩順從地帶著她的復活節籃子走到窗戶底下那個屬於她的角落，坐到地板上，沐浴在那道狹長而溫暖的光線裡。她面對著牆壁，拆開另一塊口香糖，塞進嘴裡，試著忽略那張床發出的嘎嘎聲和她父親的嘆息與呼嚕聲。

「你可以轉過來了。」她母親終於開口。女孩立刻從地上彈跳起來。

女孩聽到浴室傳來嘩嘩的流水聲，隨即看到她父親從浴室的門後探出了頭。「復活節快樂。」他笑著說道，「復活節兔子要我給你一個小東西。」

女孩聞言看著廚房桌上那只塑膠袋。然後將目光投向她的母親，只見她母親正坐在床尾，紅著眼睛，含淚搓揉著自己的手腕。她母親點了點頭。

「謝謝你。」女孩低聲地說。

稍後，等她父親爬上樓，並且將房門在他身後鎖上之後，女孩走到桌子旁邊，打量著塑膠袋裡面。一隻藍色眼睛的巧克力兔子就在塑膠袋裡。戴著一個領結的兔子手裡還抱著一根胡蘿蔔。

「吃吧。」她母親把一個冰袋壓在手腕上說道，「我小的時候，都會從耳朵開始吃。」

「我覺得我不是很餓。」女孩說著，把盒子放回桌上。

「沒關係的。」她母親溫柔地對她說，「你可以吃。那是復活節兔子給你的，不是你爸爸。」

女孩思量著她母親的話。然後在兔子的耳朵上咬了一小口，巧克力的香甜立刻就在她的嘴裡擴散開來。她立刻又咬了一口，隨即再咬一口。然後，她把兔子遞給她母親，她母親一大口就咬掉了兔子殘存的耳朵。她們在笑聲中輪流吃著巧克力，直到只剩下兔子的巧克力尾巴為止。

「閉上眼睛，把嘴巴張開。」她母親對她說。女孩乖巧地聽從指示，她感覺到她母親把剩下的那一小塊巧克力放在了她的舌頭上，然後親吻了她的鼻子。「復活節快樂。」她母親小聲地說。

4

二〇〇〇年八月

對愛荷華州中北部的布雷克郡來說，二〇〇〇年的夏天是犯罪紀錄相當安靜的一個月份。這個人口總數為七千三百一十人的農業郡並不以它的犯罪率而聞名。事實上，直到二〇〇〇年八月十三日的事件發生以前，這個郡的謀殺紀錄一直都是零。

人口八百四十四人的波登鎮❷，儘管字面的寫法看似有負面之意，卻是個適合居住和安家落戶的田園小鎮。波登鎮位於布雷克郡的西南角，該鎮的犯罪率甚至還低於愛荷華州平均犯罪率的四分之一。

儘管時序已經進入了新的千禧年，農業依然還是波登鎮的重心。玉米和黃豆是代代住在這片土地上的農家賴以為生的主要作物。孩子們赤腳奔跑在銀蓮花、飛燕草和黃色的星草之間，就像他們的父母及祖父母以前那樣。

夏天是努力工作、努力玩耍的季節。在耕作的時節裡，農場裡的孩子會和他們的父親一起

❷ 波登鎮 Burden 的小寫 burden，有「負擔」之意。

坐在高高的牽引機上，他們也會在乾草棚裡玩耍，並且在忙完家務之後去釣魚。小女孩在學校裡花了九個月的時間，學習到她們長大以後也可以當醫生和律師，不過，當她們回到家時，她們依然會幫忙她們的母親和祖母醃製酸黃瓜和大黃果醬。孩子們親自餵養失去父母的小山羊，躲在玉米倉庫後面看書，在波登溪上溜冰，並且從一捆乾草堆跳到另一捆上，盡情玩著捉迷藏的遊戲。

當十二歲的喬西在二〇〇〇年八月十二日早上帶著興奮的期待醒來時，這些就是她接下來這一天裡的日常。她很快地穿好衣服，把那頭不聽話的棕色頭髮綁成一條馬尾。

她需要整理行李，並且列出一張清單，把最吸引人的事情都寫下來，才好展示給她最好的朋友貝琪看。不過，她得要先面對早餐和家事。喬西很快地吃完早餐，然後飛快地把她必須完成的家事做完。

直到那個時候，喬西才注意到他們的巧克力色拉布拉多犬羅斯克不見了。不過，這也不是什麼不尋常的事。

羅斯克很愛亂跑。牠會外出好幾個小時，在鄉間到處遊蕩，不過，羅斯克向來都會自動回家，從來不會錯過牠的早餐。只要喬西打開那只裝有五十磅重狗糧的塑膠桶，羅斯克就會帶著滿臉的口水飛奔過來。

然而，那個早晨卻不見羅斯克的蹤影。喬西把一勺乾狗糧倒在牠的碗裡，再將牠的水盤盛滿水龍頭的自來水，隨即轉而去照顧小雞。

為了在貝琪抵達之前耗掉一些時間，喬西和她的父親一起去種松樹，那些松樹有朝一日將會長成一片防風林，保護他們的房子免於受到冬天的寒風侵襲。稍後，她也跟著她父親一起到他們農地北邊去修補柵欄。她父親戴著手套的手專業地拉扯著那些鐵絲網。喬西則在一旁閒聊著即將來到的愛荷華州嘉年華，並且在她父親的視線範圍內跑進跑出，差點就撞在那些生鏽的柵欄上。喬西的體型在同齡的女孩裡雖然偏向瘦小，但在大家的眼裡，她似乎有著無止境的精力。

在看到那輛卡車之前，喬西就先聽到了車子的聲音。碎石子發出了彷彿爆米花裂開的聲音。她轉過身，看到卡車的鼻頭出現在道路的轉彎處。她等著卡車駛過，然而，那輛車卻只是停在那裡，因此，她不以為意地繼續往前走。

石頭擠壓在輪胎下的聲音再度響起。喬西一轉身，卡車就停了。但只要她往前，卡車就跟著緩緩移動。喬西瞇起眼睛，想要看清是誰坐在乘客座上，不過，高掛在東邊的太陽宛如一個發光的圓盤，讓她無法看清前方。她並不害怕。她想，應該是她哥哥的朋友在和她開玩笑。

「哈，哈。」喬西大聲地喊道，「真有趣！」她彎下身，撿起一枚小石頭扔向卡車。不過，石頭卻叮噹一聲地掉落在了地上。她慢慢地靠近卡車，卡車卻開始倒退。

太奇怪了，她心裡在想，然後又往卡車走了幾步。卡車立即往後倒退了二十呎。這是一場捉迷藏的遊戲。喬西大膽地快步跑向卡車，她很肯定車子裡一定坐著她哥哥那群討人厭的朋友。

當她越加靠近時，喬西可以看到車廂裡有一個人的剪影。那是一抹佝僂的身影，一頂棒球帽低低地壓在額頭上。卡車繼續往後倒退。

就在那個時候，農田的另一端傳來一聲喊叫。喬西的父親正在召喚她回到他身邊。她往空轉的卡車看了最後一眼，不過，等到喬西回到她父親身邊時，她已經把這件事忘得一乾二淨了。

回到家之後，喬西大膽地打開她哥哥的房門，希望能叫動他幫忙她去找羅斯克。

「別煩我。」伊森說。他坐在地板上，背抵在床邊。

「可是，羅斯克昨天晚上沒有回家，你不在乎嗎？」她問。

「不在乎。」伊森翻閱著一本雜誌，不為所動地說。

「如果他被車撞了呢？」喬西提高了聲音問。伊森聳聳肩，連看都沒有看她一眼。

「如果他真的再也不回來的話，你會很愧疚的。」喬西說著，從伊森的櫃子上抓起一本平裝書往他丟去，撞掉了他手中的雜誌。喬西見狀忍不住大笑。

「滾出我的房間。」伊森咆哮著抓起他的一只鐵頭工作靴扔向喬西。靴子剛好擊中她的頭上方，門框發出了一聲悶響。

喬西很快地退出房間，跑進浴室，然後將門在身後鎖上。這陣子以來，伊森的行為一直很怪誕。打架、喝酒，學校也打了好幾次電話到家裡來投訴，甚至連警長都打電話來了。當他們面對面擦身而過時，她已經不知道應該要期待什麼，不過，這樣的機會也很少，因為大部分的時候，伊森都盡可能地待在自己的房間裡。一直到她聽到伊森的房門打開，他的腳步聲在樓梯上響起時，喬西才把頭從浴室裡探出來。

四點三十分的時候，貝琪和她的母親瑪歌．艾倫的車出現在了小徑上，喬西從屋裡跑出來迎接她們，完全不在意紗門在她身後關上時發出的重響。貝琪有一頭長長的黑色捲髮和一雙會說話的棕色大眼。貝琪經常抱怨她的頭髮，並且總是說：「如果我能叫做你的名字，我願意把我的頭髮給你。」

喬西會很樂意和她做這個交易。她認為貝琪很漂亮，而且每個人也都這麼認為。在貝琪剛滿十三歲之後不久，男孩們就開始頻頻打電話到她家，而她也越來越常為了和鎮上的孩子們一起玩，而減少和喬西在一起的時間。不過，這個週末將會有所不同；貝琪將只會和喬西在一起。她們會一起聊天，一起歡笑，在生活似乎變得複雜之前她們所做過的每一件事，這個週末，她們都將一起重溫。

喬西和貝琪在尖叫聲中擁抱著彼此，然後，喬西把貝琪的睡袋和枕頭接了過來。

「週六晚上我們回來時，我會把貝琪送到你們家。」喬西的母親林恩．杜爾不自在地說著，同時把一撮頑強的髮絲塞到耳後。「我想大概會在晚上八點左右吧。」

瑪歌要求林恩把貝琪送到她父親的住處。

「喔，我不知道。」林恩有點驚訝地回應，然後開始結巴。喬西並沒有提起過任何關於貝琪父母分開的事。「沒問題。」林恩垂下了目光。

兩個大人尷尬地沉默了一會兒，直到林恩終於又開口。

「今天天氣又很熱了，不過，至少還有點風。」林恩說著，看向被熱風把雲都吹散了的天空。每當一個人無話可說的時候，總是會扯到天氣。

「好好玩，貝琪。」瑪歌說著，轉向她女兒，將她抱進懷裡。「你要乖乖聽杜爾先生和杜爾太太的話，好嗎？我愛你。」

「我會的，我也愛你。」貝琪低聲地說，她母親展現的熱情讓她感到一絲窘迫。兩個女孩很快地跑進屋裡，爬上樓梯，來到喬西亮黃色的臥房，然後把貝琪的睡袋、枕頭和過夜袋全都扔到地上。

「你想要先做什麼？」喬西問。

「山羊。」貝琪回答的時候，屋外傳來一聲憤怒的吼叫。

女孩們湊到窗戶旁邊，想看清究竟發生了什麼事。只見窗戶下方的瑪歌站在她已經打開的車門旁邊，林恩則像在敬禮一樣地把手壓在額頭上，擋住照射到眼睛的午後陽光。兩人都朝著穀倉的方向望去。伊森首先衝了出來，緊鎖雙眉、陰沉著臉，就像他近來常常掛在臉上的表情一樣。緊跟在他身後的是他們的父親威廉。他把一隻大手搭在伊森的肩膀上，將他轉過身來，讓彼此面對面。所有憤怒的言詞都被熱風吹散了，不過，混蛋這個字眼倒是聽得一清二楚。瑪歌不安地看了看林恩，後者只是抱歉地笑了笑，喃喃自語地說著現在的青少年都如何如何之類的話。這是她近期經常出現的反應。伊森企圖要甩開他父親的手，不過卻絲毫沒有效果。

「親愛的。」林恩朝著他們大喊，見到家裡還有訪客，威廉立刻把手從伊森的肩膀上滑落下來。突然的鬆手讓伊森失去了平衡，一腳跪在了地上。威廉彎身想要幫忙他站起來，不過，伊森卻完全無動於衷地靠著自己起身。威廉轉而舉起手，朝著瑪歌打了個招呼。伊森見狀退縮了一下，彷彿威廉舉手是為了要打他。

「來吧。」喬西說著，把貝琪從窗邊拉開。「我們從後門出去吧。」她強忍著丟臉的淚水。這只是她父親和哥哥之間近來頻頻發生的小插曲之一而已。

伊森性情的變化讓人措手不及，他的轉變來得實在太突然。他不再和家人講話，即便他開口時，也總是帶著怒意和憎恨。他公然地挑釁，而且拒絕到農場幫忙。

「你哥哥罵你爸爸是混蛋。」貝琪說完，兩個女孩開始咯咯地笑個不停。當其中一個人回復正經的時候，另一個就低聲地說著混蛋，然後她們就又笑成了一團。

晚餐之後，林恩叫伊森把她烤好的派送到她父母的農場，她父母也住在這條路上，和杜爾家相距只有一哩。「你直接到那裡去，然後再直接回來。」她吩咐道。

伊森翻了翻白眼。「伊森。」林恩警告地說，「不要得寸進尺。」

在喬西來得及聽到伊森自作聰明的回應以前，她和貝琪已經走出了門。

在整座農場裡，喬西最喜歡的地方就是那座有紅色斜坡屋頂的穀倉。八十歲的老穀倉每天早晨都以那張紅色的大臉迎接著喬西。乾草棚的門就是它的鼻子，寬敞的窗戶則是它的眼睛，而大到足以讓一輛卡車開進去的入口就是它的嘴巴。

穀倉散發著一股陽光下的乾草甜味和牽引機的機油味。此外，也有灰塵和山羊的味道。喬西首先在穀倉正中央的木頭飼料槽裡裝滿飼料，再把一些小顆粒的飼料倒進一只小籃子裡。貝琪則從一個角落跑到另一個角落，企圖尋找母貓和小貓，不過，牠們顯然藏到了其他地方，怎麼樣都不見牠們的蹤影。

喬西和貝琪回到穀倉外面，走向通往被柵欄圍住的地區，三十幾隻山羊在白天的時候就放養在這裡。當山羊聽到籃子撞擊在她腿上的聲音時，紛紛抬起牠們細長的腿跑向喬西。喬西和貝琪從籃子裡抓起飼料，把手穿過柵欄，攤開了手掌。山羊毛蟲般的黑色眼睛和擬人的叫聲讓貝琪笑了出來。

「嘿，你哥哥在做什麼？」貝琪問。

喬西抬起頭，瞧見伊森正在走向他那輛飽受摧殘的卡車，一隻手握著一柄獵槍，另一隻手則端著那個要送到他們祖母家的派。「我不知道，不過，他絕對不應該那麼做的。」喬西把雙手扠在臀邊。

「你真幸運能有一個哥哥。他很可愛。我們去看看他在幹嘛。」貝琪說著，拍掉手裡剩下的飼料，然後在喬西來得及阻止她之前，就跑向了伊森。

「你要打什麼？」當她們趕上伊森時，貝琪上氣不接下氣地問。

「打那些像跟屁蟲一樣跟著我、而且不肯閉嘴的小孩。」伊森連看都沒有看她們就回答。

「哈，哈。」喬西面無表情地說，「現在根本還不到打獵的季節。爸爸知道你帶槍要去爺爺家嗎？」

「我隨時都可以獵鴿子或土撥鼠，還有，爸爸不需要知道我所做的每一件小事。另外，我只是要射靶而已。」

「是啊，他絕對聽不到槍聲的。真是好計畫，伊森。」喬西嘲諷地說著，同時看著貝琪，不過，貝琪只是全神貫注在伊森身上。

「我們能和你一起去嗎？」貝琪問。

「隨便你們。」伊森一邊低聲地回答，一邊小心翼翼地把獵槍放到卡車後車窗的槍架上。女孩們隨即爬上車，貝琪還稱讚車子裡很乾淨。她翻了翻他的雜物箱，檢查著他的東西，然後拿出一包口香糖和一盒薄荷糖。

「你一定很喜歡保持口氣清新。」貝琪笑著說。她的話讓伊森臉紅了。貝琪又把伊森放在雜物箱裡作為護身符的綠燈俠小玩偶拿出來，然後發出低沉的聲音，把玩偶放在他的手臂上，假裝在走路。

「別鬧了。」伊森說話的方式讓喬西發現他喜歡貝琪對他顯露出來的關注。

在伊森加速前進的一路上，貝琪始終都很開心地在說話，他們最終把車停在了前廊和那扇紅色的前門門口。「快點跑進去，把這個給奶奶。」伊森命令道，「不要在裡面瞎扯什麼。我趕時間。」

喬西尷尬地越過貝琪爬下卡車，手中的派跟著她的動作危險地晃來晃去。為了不激怒伊森，她乖乖地按照他的話去做。喬西沒有敲門就直接打開了前門，隨即匆匆走到她祖父母所在的廚房。馬修和凱洛琳．艾利斯剛剛吃完他們的晚餐。

她匆忙地說了聲再見，當她走回卡車時，她看到貝琪已經改坐到伊森旁邊，而且距離近到他們的腿都碰在了一起。喬西爬上車廂，在她來得及關上車門之前，輪胎就開始轉動了。伊森沒有朝著回家的路駛去，而是突然右轉到一條沿著小溪的泥土路上。

「你在幹嘛？」喬西問。「媽媽說要直接回家的。」

「我只是要去打靶，就幾分鐘而已。」伊森一邊回答，一邊開過靠近他們祖父母農場西邊一面標示著「黑色山丘」的牌子，他的車很快地在路邊一輛生鏽的銀色卡車旁邊停了下來。

「卡特。」伊森透過開著的車窗叫了一聲。

「嘿。」車裡的那個男孩揚起長著青春痘的下巴和他打招呼。卡特是伊森父母禁止伊森往來的幾個男孩之一。

「待在這裡。」伊森命令她們。

喬西和貝琪無視於他的要求，逕自爬下了卡車。

「喬西。」伊森的聲音裡帶著濃濃的警告意味。

「什麼？」喬西瞪大眼睛，無辜地問。她身邊的貝琪則強忍住笑意。

「你幹嘛帶她們來？」卡特用下巴指著喬西和貝琪問道。卡特有他自己的名字，不過，從來沒有人叫過他的名字。他很高大，有著一副寬闊的胸膛和一頭稻草色的頭髮，還有因為長時間在他家的農場幫忙而曬出來的古銅色皮膚。圓圓的臉頰和親切的笑容，讓人在第一眼見到他時，會覺得他是個性情溫和又平易近人的男孩，不過，在進一步的檢視之下，卻會發現他冷酷的眼睛裡刻薄多於調皮。

「我們不是小孩。」貝琪說。

卡特輕笑了一下，那絲笑容和他的眼神一樣不懷好意，他上下打量著女孩們，最後將目光停在了貝琪的胸部上。「也許你們其中一個不是。」他說。

「走吧，我只有幾分鐘的時間而已。」伊森說著，把他的獵槍從槍架上拿下來。

「那是你爺爺給你的那把槍？」卡特問。

「對。」伊森一邊回答，一邊從卡車上拿下一只老舊的水桶，然後走到五十碼外的地方。在他們的注視下，他把水桶倒過來，放在一個舊的樹墩上，隨即又走回來。「好了，往後退。」

卡特沒有動，不過，在伊森從口袋裡摸出一顆子彈、塞進槍膛時，貝琪和喬西雙雙往後退了三步。他把槍緊緊貼在肩膀上，雙腿錯開站穩，再將臉頰抵在槍托上。

「把耳朵摀起來。」在喬西的建議下，貝琪立刻用雙手蓋住耳朵。隨著一聲巨大的槍響，水桶在金屬碰撞到金屬的聲音之下，瞬間被擊落到地上。

她們放下雙手，看著伊森帶著勝利的微笑把獵槍從肩膀上放低下來。

「酷。」貝琪說道。

「很棒！」卡特認可地伸出手。「換我了。」說著，他把獵槍從伊森的手中接過來。

「走吧，」喬西拉著貝琪往卡車的方向走。「這太無聊了。」

「不，我想要試試看。」貝琪說。一股妒意竄過喬西體內。貝琪是她最好的朋友。她想要和喬西的哥哥以及卡特在一起，勝過她想要和喬西在一起，這樣的想法讓喬西心裡充滿了嫉妒。

「不行，」喬西說，「太危險了。」

「快點，卡特。」伊森催促道，「快點射擊。我們馬上就得走了。」

「好。」卡特打斷他。「小女孩不應該玩這麼大的武器。」他把獵槍握在胯下的高度，暗示性地吐了吐舌頭說道。

「噁心。」貝琪笑著說。

「對，噁心。」喬西附和著。

「沒關係的，你們只是害怕。」卡特說，「我們應該送你們回家。現在也許是你們上床睡覺的時間了。」

「我不怕。」喬西低聲地說。

「好，那就試試看。」他讓槍管朝著地面，把槍遞給她。

喬西面對著這個誘惑。她從來都不是不敢冒險的人，但是，槍可不一樣。她爸爸給了他們根深蒂固的觀念，告訴他們槍並非玩具。粗心大意地炫耀或者不尊敬武器威力的新手，很容易就會引發意外。

「我不想試。」喬西若無其事地回答。

「你怕了。」卡特嘲諷地說。

「我不怕，」貝琪自告奮勇地說，「我可以試嗎？」

「當然，來吧。我教你。」卡特說著向貝琪招了招手。她從他手中接過獵槍，槍枝的重量超乎她的預期，讓她差點就把槍掉到地上。

「小心。」卡特大喊。「你想要射到別人嗎？」

「對不起。」貝琪慌張地說。

「過來，我教你。」卡特說著走到貝琪身後，把手伸向獵槍。他把髖部抵在她的背後，再將雙臂環住她的腰，手指緩緩地在她的襯衫布料底下蠕動。貝琪企圖要躲過他的掌控，但是卡特卻完全將她困住了。

「我要伊森教我。」貝琪輕輕地用手肘擠開他。她的反應讓卡特立刻不悅地癟起雙唇。

伊森聳聳肩，展示給她看要如何握槍，如何瞄準。

「這比我想像的還要重。」貝琪瞇著眼，瞄準已經掉落在地上的水桶。

「你最好不要開槍。」喬西警告地說。她四下張望，深怕有人會看到他們。那會讓他們惹上很大的麻煩。

「我只是想要握握看。」貝琪的聲音顯然在表達她認為喬西的反應太孩子氣了。

「隨你吧。」喬西說，「就算你射中自己的腳，我也不在乎。」她轉過身，背對著他們，兀自踱步走回卡車，等著更多的槍聲響起。隨著一聲槍響，貝琪興奮的尖叫聲立刻充斥在空氣裡。

卡特從她手中搶回獵槍。「輪到我了。」他裝上子彈，把槍舉到肩膀，不過，他並沒有瞄準水桶，而是朝著樹林，慢慢地把槍口從左邊挪向右邊。他的下巴緊繃，在扣下扳機之前瞇起了雙眼。一聲槍響隨即爆發，然後是一陣簌簌的樹葉摩擦聲，最後是東西掉落到地上的沉悶撞擊聲。

「哎唷，」貝琪說，「你射中了一隻鳥。你幹嘛要那麼做？」

他們的距離太遠，無法看清子彈射中的是什麼樣的小鳥，不過，那個黑色的體型看起來似乎並不小。也許是一隻烏鴉或者禿鷲。

「反正是隻沒用的鳥。」卡特說，「嘿，你晚點要出來嗎？」他問。

伊森看了他妹妹一眼。「不了，我在禁足中。」

「禁足什麼時候讓你出不了門了？」卡特笑著轉向喬西和貝琪。「你們呢？你們今晚想要出來玩嗎？」

「不，謝了。」喬西翻了翻白眼。貝琪臉紅了。卡特雖然在笑，不過，古銅色的臉卻在泛紅。

貝琪揉著自己被槍托後座力撞擊到的肩膀。

「那會瘀青的。」卡特說，「也許伊森可以親吻它，讓你好過一點。」

「閉嘴，卡特。」伊森一把將獵槍從他手中奪回來。

「我可以再試試嗎？」貝琪問。

伊森再度站在貝琪後面，她也朝著伊森露出一抹羞澀的笑容。他把下巴靠在她的肩膀上，協助她瞄準目標。在此之際，威廉．杜爾開著他的卡車，緩緩地經過了他們。

「噢，該死，那是我爸爸。」伊森說著，把他的獵槍從貝琪手中拿開。

「我得走了。」卡特說著，向他的卡車小跑步而去。「晚點見。」

當威廉突然迴轉的時候，卡特已經發動車子，加速駛離了。威廉把車停在伊森的卡車旁邊，下了車，重重地關上車門。「你們在幹什麼？」他問。

「我們正要回家。」伊森一副沒事的樣子。

「天啊，」威廉咬牙切齒地走向伊森。「你到底在想什麼？」

「這也沒什麼了不起。」伊森說，「我們很小心的。」

「小心？」威廉重複他的話，他的脖子已經漲紅了。「我告訴過你不要讓別人用你的槍。那不安全。喬西，貝琪，」他轉向女孩們。「上我的車。」

「對不起。」貝琪含淚地說著。喬西則握住了她的手。

「天啊，爸爸。」伊森說，「你嚇到她了。」

「把槍給我。」威廉壓低了聲音。

「不要。」伊森緊緊地握住那把獵槍。「這是我的。」

威廉看起來彷彿想要從伊森手中把槍奪過來，但是，他知道擦槍走火是怎麼發生的。因此，威廉走向伊森的卡車，打開車門，從發動器上抽走鑰匙，塞進自己的口袋裡。

「喬西，貝琪，上我的車，現在就上車。」在威廉的命令下，女孩們立刻跑向車子，爬到車裡。伊森搖搖頭，也跟在女孩們的後面，不過，威廉卻舉起手阻止他。

伊森大笑，隨即發現他父親並不是在開玩笑。「你要我一路走回家？」他問。

「那會是你接下來很長一段時間的交通方式。」威廉告訴他。

「我們得把我的卡車留在這裡？」伊森不敢置信地問。

「沒錯。」威廉回答。「你媽媽和我晚點會來把它開回去。繫好安全帶。」威廉對著女孩們說道。

伊森不服氣地揚起下巴，直視著他父親。威廉彎曲著手指，有那麼幾分鐘的時間，他看起來就像要對伊森出手了。不過，他只是粗暴地從兒子身邊走過，坐進了他的卡車車廂。

威廉發動車子，在車開出大約五十呎之後，一陣爆裂聲突然響起。他踩下煞車，把頭探出車窗。只見伊森正在看著他們。他的手裡握著那把獵槍，臉上掛著一絲冷笑。

威廉咬牙地咒罵了一聲，隨即重新開車上路。伊森把獵槍捧在懷裡，開始往前走。在車子繼續往前遠離的同時，喬西和貝琪轉身從後車窗看著伊森，只見伊森的身影越來越小，直到變成了碎石路上的一個小點，終至消失為止。

不到八個小時以後，威廉和林恩．杜爾雙雙喪命，而伊森和貝琪也失蹤了。

5

現今

薇莉把冰冷龜裂的手拍向自己的臉頰，硬生生地吞下了一聲尖叫。一個孩子。一個孩子就躺在她的前院裡。她舉步維艱地在雪中走向他，但立刻就因為沒有踩穩而往前傾倒，並且在摔倒時將右手臂撞在了地上。她感覺到骨頭似乎支撐不住她的重量，應該立刻就要斷掉了。然而，她的骨頭卻沒有斷。

手電筒滑過結冰的地面，像輪盤一樣地打轉，直到它終於停了下來，它的光線才照射在那個動也不動的孩子身上。他在燈光底下發亮，彷彿一尊雕像一樣。

薇莉躺在地上，孩子的臉龐就在她幾呎之外，讓她一時之間驚呆了。他的雙眼緊閉，拇指含在嘴裡。一條細小的血流從他的頭部流淌而出。她看不出來他是否還在呼吸。

薇莉呻吟了一聲，用左手支撐讓自己跪起來。她動了動手指，又彎了彎手肘，很快地檢視自己的右手臂是否有什麼嚴重的損傷。雖然感覺很痛，不過，薇莉覺得自己的右臂應該沒有斷掉。她往前爬，直到來到孩子的身邊為止。

她不確定應該怎麼辦。她應該要試著搬動他嗎？他的頭部顯然受傷了，可是，如果他的脊椎也受傷了呢？她需要打電話求救，但是，在這樣的風雪下，救護車能夠一路開到這裡嗎？她覺得應該沒辦法。

「嘿。」她說著，把一條薄冰從孩子蒼白的臉頰上抹掉。見他沒有反應，她把手指放到孩子的鼻子底下。他在呼吸嗎？她判斷不出來。薇莉做了個深呼吸，企圖要保持腦子的清醒。她沒有受過醫事的訓練，不過，她知道她得把孩子弄到屋裡，讓他保持溫暖，否則，他一定會凍死。

她把手臂滑到孩子身體底下，當他的身體很容易就被挪動時，她感到自己鬆了一口氣。他還沒有完全凍僵。她開始慢慢地起身。孩子的重量大概有三十磅（約十四公斤），遠比她預期的還要輕。她調整了一下他的姿勢，讓他們胸靠著胸，讓他的頭枕在她的肩上，不過，他的拇指依然牢牢地噙在他的雙唇之間。

她用痠痛的那隻手臂扶著他的後腦，讓沒事的那隻手臂支撐住他身體的重量。麻煩的是，她要怎麼在不會滑倒之下，安然地把他抱進屋裡。

前廊距離她只有五十碼，然而感覺卻像有一百哩之遙。她一吋一吋地往前挪動著雙腳，緊緊地抱住孩子冰冷的身體，只要感覺到腳下的地面在晃動，她立刻就暫停腳步。塔斯跟在她的臀邊，每當她停下來的時候，塔斯也跟著停下來。

薇莉回頭看了一下。遠處的道路已經難以辨識。道路旁邊綿延幾哩的農田也被風雪吞沒了。這個男孩是從哪裡來的？沒有什麼東西能夠在這種天氣下支撐得了太久。

薇莉試著拋開這些想法，轉而專注在她腳下的地面。儘管孩子的骨架很小，但是卻無比的沉重，薇莉那隻沒有受傷的手臂開始發疼。她抗拒著想要衝向房子的衝動。因為，她絕無可能在加快速度之下不再滑倒。因此，她只能專心地在每次呼吸的時候踏出一小步。

房子散發出來的微弱燈光是她唯一的指引。風雪像漩渦一樣地刮在他們身上，讓他們全身都覆蓋上了一層白色。

「堅持。」她在他的耳邊低聲地說。「我們就快到了。」他動了嗎？或者那只是薇莉往前走的時候造成的晃動？

她的腦海裡不斷地湧出各種可怕的想法。男孩冰冷的臉頰就貼在她的脖子上，讓她很怕自己抱著的是一個已經死掉的孩子。如果救援到不了呢？她有可能會被風雪困住好幾天。她要如何和一具孩子的屍體共處在一幢房子裡，直到救援抵達？

只剩下十幾碼，他們就可以到達前門了。當薇莉的腳從碎石路踏上水泥走道的那一瞬間，她立刻就知道他們要摔倒了。她大叫一聲，將男孩貼向自己，緊緊地護住他的頭部，希望可以藉此讓他免於受到衝撞。

不過，不知怎麼地，她居然得以雙膝著地，讓男孩避免被撞到地上。骨頭撞擊到水泥地的反作用力讓她的雙腿感到一陣痙攣。疼痛和沮喪讓淚水湧上了她的眼睛。她不知道自己要如何站起來。

塔斯看著她，他的眼睛充滿了批判。快點。他似乎在這麼說。我們都快到了，你不會在此刻放棄吧？會嗎？

男孩的頭無力地靠在她的肩膀上，他的嘴唇之間吐出了一聲喘息。薇莉差點就因為鬆了一口氣而哭了出來。他還活著。薇莉重新調整了男孩的重心，站起身，儘管她渾身的肌肉都因為疲憊而在吶喊。她的下背對男孩的重量提出了抗議，然而，她還是一步一步地往前走，最後，她終於抵達了那扇紅色的前門。

她小心翼翼地把扶住男孩後腦的手往下挪，握住了門把。門在門把的轉動下瞬間打開，塔斯搶先一步鑽進屋裡。薇莉喘著氣，把男孩抱過門檻，放到色彩繽紛的編織地毯上。男孩發出了一聲微弱的呻吟。薇莉這才扶著門框，讓自己站起來，蹣跚地踏進室內，把大門在身後關上。

她跑向廚房。那支摔壞的手機正躺在流理台上，毫無用處。薇莉轉向座機，拿起電話聽筒，然而，聽筒裡只是一片靜默。

這就是住在偏遠之地的壞處之一。一場冰風暴就可以讓你失去電話和網路。「可惡。」她吼了一聲。今晚，沒有人會來援助他們了。

薇莉需要讓那個孩子保持溫暖，並且看看他的傷勢有多嚴重。她衝上樓，來到她的臥室，從行李箱裡翻找出一雙襪子和一件運動衫。她原本以為自己只會在這幢農舍住上一小段時間，因此，薇莉根本懶得把行李從箱子裡拿出來。不過，原本計畫的幾天變成了幾個星期，而她依然還待在這裡。她把棉被從床上抽走，然後回到樓下。

男孩依舊躺在入口處的地板上。他的眼睛依然閉著，不過，他的拇指已經回到了他的口中，胸口也開始有節奏地起伏。薇莉寬慰地發出一聲嘆息，當她走向男孩的時候，她腳底下那雙浸濕的靴子在硬木地板上發出了咯吱咯吱的聲響。男孩試著要睜開眼睛，不過，他的雙眼只是不停地在顫動。他用手摸了一下頭上的傷口，然後在看到自己的手指沾上鮮血之際開始嚎啕大哭。

薇莉小心地往前靠近，壓低聲音溫柔地開口。「我叫做薇莉，我在我的院子裡發現了你。」她對男孩說，「你的頭撞到了。來，我們把這個放在這裡。」語畢，她謹慎地把一只襪子壓在他的鬢邊。「你可以告訴我，你叫什麼名字嗎？你知道你在外面待了多久嗎？讓我看看你的手。」

男孩立刻把雙手藏到身後。他可能有凍瘡，而薇莉不知道要怎麼處理凍瘡。她應該要用熱水沖洗他的手腳嗎？聽起來好像不對。她覺得做法應該剛好相反——她應該要用冰塊搓揉受凍的部位。可是，萬一她搞錯了，反而把情況弄得更糟呢？

「我們得幫你把這一身濕衣服脫掉，讓你暖和起來。」薇莉解釋道。

男孩持續在哭泣。薇莉只能把運動衫放在他旁邊的地板上。「把你的濕衣服脫掉，我會幫你把衣服放到烘乾機裡，好嗎？」

男孩突然坐起來，四下張望，眼睛骨溜溜地尋找著逃脫的路徑。他的目光最終落在了前門上。「你不會想要出去的，」薇莉急忙說，「外面還在下雪，而且地上很滑。所以，你才會撞到頭嗎？」薇莉朝著男孩鬢邊的傷口點了點頭。「你撞到冰上了嗎？」

男孩沒有回應，只是搖晃著站起身。他看起來約莫五歲，參差不齊的平頭讓他削瘦憔悴的五官顯得更加突出。

「你可以告訴我你的名字嗎？」薇莉問，「你從哪裡來的？」男孩依然保持沉默。「等到電話線通了以後，我可以試著打電話給你媽媽和爸爸。」

男孩繼續環顧室內，彷彿一隻受困的動物。她不確定男孩是否聽得懂她在說什麼。男孩只是不停地在那一身過大的運動衫和太短的牛仔褲底下發抖。

「你一定凍壞了。」薇莉陳述著眼前顯而易見的事實。「你得要脫掉那身衣服。」薇莉往前踏出一步，男孩立刻就像被燙到一樣地往後退開。「沒關係的。」薇莉急忙說，「如果你不希望我碰你的話，我不會碰你的。」

薇莉不知道該怎麼辦。她無法強迫男孩，她也不想讓他受到更多的驚嚇，他看起來顯然已經夠害怕了。

「我知道你很害怕，不過，我保證我是在幫助你。乾衣服就放在這裡，我會把這條毯子放到沙發上。」薇莉從地上拾起棉被，放到沙發的扶手上。「等你準備好的時候，你可以換衣服，然後坐在這裡取暖。」

薇莉在地板上踱步。一個陌生的孩子正坐在她的面前。不安又受傷了。一個孩子在這種天氣裡待在戶外幹什麼，他的父母在哪裡？

「我真的需要你告訴我你的名字。」慌張讓薇莉提高了音調。

男孩顫抖了一下，但是並沒有回答。他臉上的皮膚呈現著一種不自然的灰黃色。她想像著失溫將會讓男孩的手指變成黑色，或者讓他停止了心跳。

薇莉得讓男孩脫掉那身濕衣服。她緩緩地朝他走去。就在她伸出手拉起他的運動衫時，男孩發出了一聲令人毛骨悚然的尖叫，尖叫聲瞬間在室內造成了迴響。薇莉企圖抓住襯衫的肘部，開始把男孩拉向她。

「你得要脫掉這身濕衣服。」薇莉咬牙切齒地說，「你在發抖。你會生病的。讓我幫你把襯衫換掉。」

男孩突然對她動手。他的手肘直接命中了薇莉的臉頰，讓她往後跌去，也鬆開了手。

「可惡，我是試著要幫你啊。」薇莉說著，把手指壓在瘀青的臉上。男孩匆匆爬到一張靠背椅後面，從椅子的角落偷看著薇莉。

她為什麼這麼不擅長這種事？她永遠都無法對塞斯說對話，也似乎永遠都無法讓他好過一些。現在，一個陌生的小孩就在這裡，而她也再一次把局面搞得更糟糕。她的內心充滿了羞愧。

「好吧。」薇莉說著站起身。「你就那樣穿著那身濕衣服吧，不過，要不了多久，你就會很慘的。」

她轉身背對男孩，走進了廚房。她再度試了試電話。依舊沒有聲音。她得讓男孩暖和起來。她在櫥櫃裡摸了半天，找出了一盒巧克力粉。

當她把水壺裝滿水、放到爐子上時，她發現自己搞砸了。那個孩子還穿著一身的濕衣服，而且現在，他更加不信任她了。不過，薇莉可以理解。她是一個全然的陌生人；男孩當然嚇壞了。

在這種天氣底下，她絕無可能一路開車到二十五哩外的阿格納急診室。薇莉得想出一個在家照顧這個男孩的辦法。她得要清洗他的傷口，確定他換好衣服，待在爐火旁邊，同時讓他補充水分、不至於脫水，並且讓他吃點東西。這算不上什麼計畫，不過，至少是個開始。

她撕開一包熱巧克力，倒進一個馬克杯，再加入一些熱水。熱巧克力應該很不錯吧，不是嗎？所有的孩子都喜歡可可。就讓她用這個來傳達善意吧。

熱水一不小心濺到她的手上。「該死。」她喃喃自語著。她可不能把滾燙的熱可可端給男孩。她從冰箱裡拿出幾顆冰塊，丟進了杯子裡。

薇莉端著熱氣騰騰的馬克杯走進起居室，目光瞥向前門門口，那是她剛才最後看到男孩的位置。他不在那裡。她看向沙發。沙發上只有塔斯躺在那裡，沒有男孩的蹤影。薇莉掃視著起居室。男孩不在起居室裡。她又檢查了飯廳，也打開了櫥櫃的門。在檢查過浴室之後，她甚至又回到了廚房。

他已經走了。

6

窗戶底下長著一些小花，為房間裡帶來一抹紫色的光影。那些花朵是那麼地漂亮，她想像著它們的味道聞起來就像葡萄柚果醬。女孩希望自己能把那些花摘給她母親。她母親的身體不適，女孩覺得那些花也許能讓她母親開心一點。

不過，她沒有摘下那些鮮花，而是把它們畫在了紙上。問題是，她的橘色蠟筆不見了，因此，她無法畫下花朵中心突出來的那些小尖刺。「這些東西叫做什麼？」她問。

「我不記得了。」她母親躺在沙發上回答她。她已經躺在那裡很長一段時間了，而且斷斷續續地睡了一整天。女孩小心翼翼地保持安靜，藉著彩繪和閱讀床邊那個小書櫥裡的書來消磨時間。

晚餐的時候，女孩在櫥櫃裡翻找著她們可以吃的東西。她找到了一條麵包，隨即從袋子裡拿出兩片，放進烤麵包機裡。

「喔，天啊。」她母親說著，搖搖晃晃地從床邊走向浴室。

她父親走進來，發現女孩正在等著麵包從烤麵包機裡彈跳出來，而她母親則在浴室裡乾嘔。

「怎麼回事？」他一邊問，一邊把麵包從烤麵包機裡抽出來，然後咬了一口。女孩想要把麵包搶回來。那是給她母親的。那會讓她母親的肚子舒服一點。

她母親從浴室裡蹣跚地走出來，面色蒼白而虛弱。

「懷孕？」當她母親告訴她父親這個消息時，她父親問道，「怎麼可能發生這種事？」他感到很震驚，同時也有點生氣。女孩見狀，不禁向她母親靠近。

她母親翻了翻白眼。「就和我之前三度懷孕一樣。」她把手臂交叉在肚子上回答他。

她父親怒氣沖沖地走出了房間。女孩又放了一片麵包到烤麵包機裡。

「在你之前，我還生了兩個小男孩，你知道嗎？」她母親問道，眼神似乎在很遙遠的地方，她最近經常會流露出這樣的神情。

第一次的小男嬰出生得太早。她母親獨自在家，突然之間，她覺得彷彿有人拿著利刃在戳她的肚子一樣。「我不知道怎麼辦。」她母親說，「我在床上躺了幾個小時，不確定發生了什麼事，然後，突然之間，他就出生了。那就好像我的身體整個從體內翻了出來一樣。然後，他就出現了。他是那麼地弱小。」

她母親張開雙手，比劃了一個大約十吋的長度。「而且是藍色的。他的皮膚是奇怪的藍色——就像一個沒有消退的瘀青一樣。我當時既虛弱又痠疼，完全無法下床。於是，我睡著了，當我醒來的時候，你父親回來了。然後把孩子帶走了。」

女孩問她母親，那個嬰兒發生了什麼事，她母親抿著嘴唇，搖了搖頭。「他死了。他太小了。你父親幫他取名為羅伯特。一年以後，我又生了另一個男孩，這個孩子更小了。他叫做史蒂芬。」

「然後是我？」女孩問。

「對，然後是你。」她母親說，「我告訴他，這次，這個孩子會活下來，而且我會幫孩子挑一個名字。所以，我幫你取了全世界最美的名字。」

女孩的臉上露出笑容。那是一個很美的名字。

7

二〇〇〇年八月

喬西對於她哥哥和父親之間發生的事感到很羞愧，因此，一回到家之後，為了分散貝琪對她家這種戲劇性情節的注意力，喬西提議她們一起去找失蹤的狗。

喬西和貝琪沿著杜爾家前面的那條泥土小徑緩緩地往上走。他們家的農場座落在一座山谷底部的凹壑裡，只要爬到泥土路的頂端，她們就可以眺望到幾哩內的風景。成片的苜蓿、大豆和玉米田彷彿黃色和綠色的補丁，編織成一條覆蓋在地表上無邊無際的被套。狹窄的碎石路就像灰色的縫線，而波登溪則是掛在被套上的眼淚。

她們輪流呼叫著羅斯克。她們嚴厲的叫喚聲讓吵雜的蟋蟀一時之間都安靜了下來，躲藏在馬利筋與鷓鴣豌豆叢裡的草蜢沙鵐，也停止了牠們高八度的嗡鳴聲。喬西越來越緊張了。羅斯克從來都沒有在外面逗留過這麼久。她開始想像牠被某個農夫的卡車或者牽引機不小心撞到而躺在路邊的畫面。

「我很好奇伊森現在在哪裡？」貝琪一邊問，一邊在碎石路上四處張望。喬西也很好奇。他現在應該到家了。

「我才不在乎。」喬西還在對他幾乎毀了這個晚上而生氣。貝琪聞言聳了聳肩。

她們不慌不忙地走過好幾條泥土路和碎石路，經過了卡特家的新豬圈、拉斯穆森家的舊農場，再一路走到了亨雷家的農場。太陽似乎也配合著她們的速度，並不急著下山，距離日落至少還有好幾個小時。

把亨雷家的土地形容為農場其實也太給面子了。很久以前，他們的耕地就已經廉價出售了，現在還在亨雷家名下的，只剩下一幢飽受風吹雨淋的兩層樓農舍和十幾輛生鏽的車子，共同殘存在一座土壤貧瘠的院子裡。還有一座半傾頹的穀倉和幾間附屬的建築，裡面堆滿了壞掉的洗衣機、農業器具和割草機。

女孩們走向一名婦人，只見婦人一手拿著一根尚未點燃的香菸，另一手則拎著一只水桶，正在穿越雜草叢生的院子。

六十一歲的茱妮渾身都是筋肉，她穿著一件家居服、一雙人字拖，頭上戴了一頂粉紅色的捲邊帽遮擋著她的光頭，女孩們對她感到十分好奇。雖然大部分的鄰居都彼此認識，不過，截至目前為止，喬西卻從來沒有真正見過茱妮，或者她那已經成年、和她同住在一起的兒子傑克森。喬西害羞地介紹了自己和貝琪，然後解釋說她們正在找一隻走失的狗。

茱妮表示，有一些流浪狗時常在他們的院子裡逗留，女孩們可以在亨雷家的腹地上四處走走，看看有沒有她們要找的狗。「我兒子正在做一些修補，所以，你們不要靠近那些附屬的建築物。」

女孩們向她表達謝意之後，開始探索看似堆滿垃圾的那片五英畝大的土地。不過，映入眼簾的畫面卻出人意料地整齊；所有的物品都分門別類地各自成排，每一排之間則以長滿野草的泥土小徑作為分隔。

其中一排都是古老的農具——牽引機、乾草架、施肥機和播種機；另一排則是舊的皮卡；還有一排是成堆的舊輪胎。

「看看這些垃圾，」貝琪驚嘆道，「他們要這些東西做什麼？」

「也許賣人吧，」喬西聳聳肩。「我爺爺就很喜歡這種老舊的東西。」

她們呼喚著羅斯克，不過卻只招來了一隻癩皮的虎斑貓，還叫醒了一隻睡覺中的負鼠。那隻負鼠對著女孩們齜牙咧嘴，嚇得女孩們尖叫著抓緊了彼此。

兩人緊張地笑看著拖著一條長尾巴的負鼠匆匆跑進了樹叢裡。

女孩們決定要暫時分頭尋找。貝琪選擇了排列著古董農具的那條通道，喬西則轉到堆積如山的輪胎後面。

幾分鐘之後，她們在各自那排的盡頭會合。喬西回過頭，瞧見一名瘦高的男子正在盯著她們。讓她的胃裡升起了一絲的不安。

「那是誰？」喬西問。

貝琪聳聳肩。「我想是那位女士的兒子吧。他只是想要知道我們在幹嘛而已。」

「他看起來好詭異。」喬西有感而發地說。

「他確實聞起來臭臭的。」貝琪皺了皺鼻子，兩人隨即笑了出來。

喬西和貝琪往回走向亨雷家的房子。她們和正坐在前廊台階上的茱妮．亨雷揮手告別。喬西再次回頭，發現那名男子還在看著她們。這讓她不禁加快了腳步。

當她們離開亨雷家的腹地時，喬西注意到貝琪手裡捏著一團布。「那是什麼？」她問。

「沒什麼。」貝琪說著，把那團布丟到了地上。女孩們於是踏上返回杜爾家的兩哩路程，沿途還在波登溪稍作停留。她們小心翼翼地爬下通往溪邊的陡坡。由於缺雨，波登溪的水位遠比平時還要低，而且瀰漫著濃濃的死魚味。

味道確實很臭，不過，那只是鄉間氣息的一部分而已。還會有新割的乾草味混合了牛飼料的味道。剛從曬衣繩收下來的衣服也會散發出清爽的味道，只不過一時被附近豬圈傳來的一股刺鼻味蓋住了。

喬西和貝琪沿著小溪的河岸而行，大聲喊著羅斯克的名字，並且不時駐足捕捉在淺水裡跳躍著的小青蛙。那些有著棕色斑點的小青蛙在貝琪的手裡蠕動，發出嘓嘓的叫聲，逗得她咯咯地笑個不停。

已經快要晚上八點了，雖然太陽總算滑落在樹林後面，然而，氣溫卻依然維持在八十五度（約攝氏三十度）左右，空氣裡也充滿了厚重的濕氣。蚊子在她們的耳朵旁邊嗡嗡飛舞，不停地騷擾她們，直到她們從溪邊爬回橋上，把泥濘的雙手在短褲上擦拭乾淨為止。

當女孩們回到河岸頂點時，一輛卡車正停在路邊。喬西覺得那輛車是白色的，不過，在夕陽的餘暉下，任何淺色的車子都有可能看起來像是白色的。

「那是誰？」貝琪小聲地問。

「我不知道，不過，我想今天稍早的時候，我曾經看到這輛車。」喬西打量著眼前的碎石路。不過，路上什麼都沒有。透過骯髒的車窗，她可以看到一抹穿著深色夾克的身影，那頂低壓著的帽子，遮住了他的額頭和眼睛。這樣的裝扮在這種天氣裡也未免太熱了。

這是她第一次感到了一絲害怕。「我們走。」喬西說著，拉了拉貝琪的手臂。

「那是誰？」貝琪又問了一次，「是那個怪怪的卡特嗎？」

「我覺得不是，不過，我實在看不清楚。」她說，「走吧，天色開始變暗了。」

那輛車子的引擎突然發動了，女孩們尖叫出聲，手牽著手，開始奔跑起來，在她們一邊回頭張望的同時，泥土路在她們的腳下揚起一片灰塵，在她們身後留下了一朵灰撲撲的雲朵。

當喬西和貝琪跑到杜爾家前面的那條小路時，林恩正在把曬衣繩上的衣服收下來。見到她們臉上的那股恐懼，她立刻把籃子放到草地上，快步走向她們。「怎麼了？」她擔心地問，「發生了什麼事？」

「有一個人。在卡車裡，」喬西一邊說著，一邊試圖要喘氣。「就在那條碎石路上。」

「他騷擾你們了嗎？」林恩盯著女孩們緋紅汗濕的臉龐問，「你們沒事吧？」

女孩們點點頭。「他只是坐在那裡，看著我們。」貝琪說。

「不過，他沒有說什麼，也沒做什麼？」林恩問。

「沒有。」喬西承認。「可是很詭異。」

「也許沒什麼。只是一個在巡視自己農作的鄰居而已。」林恩向她們保證道。「好了，進屋去喝點冰涼的吧。」

她們一起走到廚房，林恩從冰箱裡拿出一壺檸檬汁。「你們出去的時候，沒有看到伊森吧？」林恩幫她們各倒了一杯。她試著要表現出很平常的樣子，不過，她的聲音裡明顯地流露出一絲擔憂。

「稍早的時候就沒有看到他了。」喬西說著，喝了一大口檸檬汁。

林恩把雙手壓在流理台上，伸長了脖子，從水槽上方望向窗外。「那孩子，」她疲憊地吐了一口氣。「你知道他最近怎麼了嗎？」她轉過身，面對喬西問道。那雙眼睛蒙上了一層困擾。

喬西聳聳肩。

「也許是那個討厭的卡特。」貝琪說完，喬西立刻在桌子底下踢了她一腳。

「是啊。」林恩喃喃自語著。

「我們要上樓去了。」喬西說著，把她的杯子拿到水槽。

「我知道你們可能會聊上整晚，不過，不要太晚睡，」林恩提醒她們。「我們想要在明早六點就出發。」

「好。晚安，媽媽。」喬西說完，林恩輕輕地拉住她的馬尾，把她攔了下來。「別急著走。」她說，「不要告訴我說，你已經大到不想在睡覺之前給我一個擁抱和晚安吻了，你不會這樣吧？」

喬西偷看了一下貝琪，只見後者正站在門邊等她，同時專心地檢查著自己的手指甲。事後，當喬西回想起來時，她真希望自己當時有給她母親一個夠久的擁抱。真希望她當時有多花一點時間，記住她母親把她拉近時，那頭窗簾般的頭髮在她臉上造成的搔癢。然而，喬西什麼也沒有做。她只是很快地給了她母親一個擁抱，在她母親來得及像每天晚上那樣親吻她的額頭之前就溜走了。

「晚安，爸爸。」當她們經過起居室時，她大聲地喊道，隨即大踏步地爬上了樓梯。

「晚安。」他昏昏沉沉地回答。後來，喬西很後悔自己當下沒有花點時間走向躺在那張老舊躺椅上的父親，彎下身去感受他那傍晚時分新長出來的鬍碴磨蹭在她臉頰上的感覺，並且和他好好地道聲晚安。

女孩們攤開她們的睡袋，躺在上面。空氣裡的熱氣壓在她們身上，彷彿一層厚重的棉被。樓下不時傳來電視裡的罐頭笑聲和廚房裡微弱的腳步聲，然後是卡車轉動的聲音，以及輪胎磨擦在碎石上的聲音。她們聊著嘉年華、即將來臨的新學年，還有男孩子的事。貝琪問，伊森是否有女朋友。喬西說他有，雖然那不是真的。他曾經和一個女孩有過一些問題，自從那之後，他就沒有和其他女孩往來了，不過，貝琪不需要知道這件事。

在風扇把循環的空氣吹拂在她們身上時，她們的話題轉到了音樂和電影上面。她們的對話越來越慢，眼皮也越來越沉重。

一道重重的關門聲讓喬西嚇了一跳，貝琪也發出了一聲驚嚇的喘息。

一陣混亂的聲音此起彼伏地傳來。

「你到哪裡去了？」威廉喝斥道。隨著一陣含糊的回答，樓梯上響起了重重的踩踏聲。

「你不能想出去就出去、想回來就回來。」威廉繼續說著，「特別是還帶著一把獵槍到處走。把槍交出來。」

「你讓我把卡車留在那裡，」伊森大聲地回嘴，「好像我本來就打算把它扔在那裡一樣。還有，我們根本就困在了這個前不著村、後不著店的地方，哪裡都去不了。」伊森吼著。

「我問你你到哪裡去了。」威廉緊咬著牙說。空氣裡一陣沉默，喬西想像著她父親和伊森正在瞪著彼此。

伊森終於開口。「我在池塘那裡，可以了嗎？我還能去哪裡？」

「你有很長一段時間哪裡都不能去。」威廉堵住他的話。

「你說得好像我現在哪裡都能去一樣。」伊森憤怒地說。他們已經來到了喬西的臥房門外。

「噓。」林恩的聲音響起。「你們會把女孩們吵醒的。」

「卡拉．透納的父親又打電話來了。」威廉壓低了聲音，不過，喬西不可能聽不到他在說話。

卡拉．透納是伊森曾經交往過一陣子的女孩。她很漂亮，是個安安靜靜的十五歲女孩，然而，這段戀情並沒能維持太久。卡拉的父親不喜歡伊森。不喜歡他的態度，也不喜歡外面對他的傳聞，然而，伊森卻很堅持，這個十六歲的男孩依然不停地打電話來、不停地出現在他家門口。儘管威廉很少讓他出門，但是，每當威廉允許他到鎮上去跑腿時，他總是會藉機出現在卡拉家。最終，那個女孩的父親打電話到家裡來，說他希望伊森不要再靠近他們家。「你不能再去找卡拉，伊森。」林恩的聲音裡充滿了疲憊。

「那不關你們的事。」伊森大聲吼道，「你們為什麼就不能別管我。」

「我們不能不管你。我們不能。」威廉惱怒地說，「這是很嚴肅的事。不要再去找她。透納家已經開始接到一些莫名其妙的電話，只要他們一接起來，電話就被掛斷了。」

「不是我打的。」伊森堅持。

「有人做了這樣的事，而透納家認為那個人就是你。」威廉怒斥。「他們威脅說要報警。」

「放屁，」伊森生氣地說，「你也知道不是我。」

「我所知道的是，你最近嚴重地缺乏判斷力，」林恩說，「包括卡拉的事，還有把車開到棒球場裡——」

「那是卡特，」伊森打斷她。「我根本沒有開車。」

「直到你讓我看到你真的長大了，」威廉繼續往下說，「否則，從現在起，家裡的規矩將會有所改變。把槍給我。」

「什麼？你以為我會去槍殺誰嗎？」伊森嘲諷地說。「那是我的槍。是爺爺給我的。」伊森反抗道。

「一點都不好笑，」林恩對他說，「不要把那種事拿來開玩笑。」

「等你讓我看到你可以有責任感地面對一把槍時，我就會把它還給你。在那之前，那把槍都歸我。」

「不。」伊森違抗地說。

「把槍給我。」威廉說完，傳來了一陣拉扯的聲音。

「放開。」隨著伊森的咆哮，喬西房間的牆壁受到一陣撞擊，她床頭上方的一幅圖畫也跟著晃動起來。「不要碰我。」伊森大聲地喘息。「這是我的槍。」隨即是房門重重關上的聲音。接著是喀噠的鎖門聲。最後是威廉和林恩壓低了的爭執聲。

「我很抱歉。」喬西小聲地說。

「沒關係，」貝琪說，「我父母也會吵架。」

窗戶外面，螢火蟲正在夜空裡閃爍著光芒，知了也在唧唧地鳴叫。她聽到她母親在叫喚著羅斯克。喬西不禁想起正在房間裡生氣的伊森。她不知道他整個晚上都在幹什麼，他為什麼最近變得如此遮遮掩掩。她哥哥有什麼需要隱瞞的事嗎？

8

現今

薇莉重重地跑上樓梯，仔細地檢查每個房間。當她把浴簾放下來時，一個恐怖的想法鑽進了她的腦海。「該死。」她低聲地說著，衝下了樓。她猛然打開前門，冷空氣和一團雪立刻就捲進門內。她瞇起眼睛，望著眼前的一片白牆。風雪越來越猛烈了。她無法看清台階以外的地方。「噢，老天。」她喃喃自語著。那個孩子在外面絕對撐不了太久的。

薇莉深深吸了一口氣，試著要讓自己保持冷靜。他一定就在附近。她重新開始找尋，往後退了幾步，再度檢查櫃子和每一扇門的後面。終於，她瞄了一眼沙發後面，男孩就縮在沙發後面的牆邊。他身上穿著她給他的運動衫，他正在酣睡之中，拇指依舊含在嘴裡。原本那一身濕衣服就堆在他旁邊的地板上。

薇莉走到前門，按下門鎖。再將沙發從牆邊拉開幾呎，好讓男孩能有多一點的空間，然後在他身邊蹲了下來。

他的頭以一種奇怪的角度躺在硬木地板上。薇莉取來一只抱枕，塞在男孩的頭底下。他幾乎沒有受到驚擾。他的皮膚嚇人地蒼白，一片怪異的紅疹圍繞在他的嘴四周，一直延伸到他的臉頰。他鬢邊的傷口已經不再流血，不過，看起來有點瘀青且腫脹。他暴露在毯子下的腳趾尖看似硬蠟一樣。耳朵邊緣則已經冒出了水泡。應該是凍瘡。

他在熟睡中顫抖了一下，薇莉立刻從沙發上拉下棉被，裹住他弱小的身體。他好瘦。太瘦了。

薇莉依然有滿肚子的問題。他是怎麼來到這裡的？他是誰的孩子？這些答案都需要她耐心等待。無論如何，現在看起來，她今晚似乎都有客人留宿了。

薇莉拾起男孩的濕衣服。那股發霉的味道讓她皺起了眉頭。她檢查了他的口袋，希望能發現什麼有助於辨識他身分的東西。然而，除了一個可動玩偶之外，什麼也沒有。她把那個玩具放到廚房流理台上，然後把衣服丟進洗衣機裡。

薇莉在火爐裡添加了幾根柴火。木頭在燃燒時發出劈啪的聲響，火焰也隨之起舞。屋外的強風怒吼著，不停地敲打著房子；室內的燈光暗了一下，隨即又亮了起來。

薇莉在沙發上坐了下來，塔斯就躺在她的旁邊。她感到筋疲力竭，然而，男孩是怎麼來到這裡的問題一直困擾著她。在這種天氣下，一個穿著那麼單薄的孩子，怎麼可能從最近的房子徒步走了一哩路，來到這幢農舍的前院。他一定是從大路上走過來的。也許發生了車禍。

薇莉上樓來到一扇可以眺望前院的窗戶旁邊。她想要看看是否可以發現什麼跡象，足以讓她知道可能發生了什麼事。院子裡的樸樹看起來彷彿超現實的存在，一層厚冰把那些尖銳的樹枝都壓到彎曲了，也讓它們看起來閃爍著晶光。通往農舍外那條碎石路的小徑消失在一片白色的迷霧裡。

男孩癱倒在她的前院之前，得走多少路才能到得了這裡？他不可能走太遠。外面的能見度那麼差，而他又是那麼小的一個孩子；他不可能獨自一個人走那麼遠。也許有車子在附近偏離了正常的路面。

薇莉回到樓下，套上她的羽絨大衣和有防滑釘的靴子，但願這些防滑釘可以幫她抓穩結冰的地面，讓她免於摔倒。

她低頭看著熟睡中的男孩，考慮著是否要把他叫醒，讓他知道她要外出。他睡得那麼沉，她決定讓他繼續休息。希望他不會在她外出時醒來，然後陷入恐慌。

薇莉抓來一支手電筒和登山杖，登山杖尖銳的尾端足以穿透冰層。一走到戶外，凍人的空氣立刻就讓她難以呼吸，不過，至少風勢已經稍微減弱了一點。

地上已經結了一吋厚的冰，薇莉嘗試性地踏出門口，當她的腳沒有踩滑時，她這才鬆了一口氣。小徑的終點距此只有半個足球場的距離，不過，她只能慢慢地走，希望在防滑釘和登山杖的協助下可以保持穩定。

她按部就班地移動著腳步；她的登山杖尾端插進地面上的積雪，在冰層上發出宛如打鼓般的聲音，催促著她繼續往前進。她的一隻手裡同時握著手電筒和登山杖，讓她感覺到很笨拙，而手電筒的光束也隨著她所邁出的每一步上下晃動，看得她自己都感到目眩。她經過發現男孩的那個地點。那裡看起來彷彿什麼都沒有發生過一樣。男孩的身體壓出來的那個凹陷已經被新雪又填平了。

等到薇莉抵達小徑的中點時，她已經氣喘吁吁，而且滿頭大汗了。她抗拒著想要扯掉絨線帽的衝動，轉過頭，透過彷彿薄紗般的降雪，看向身後的穀倉和農舍。

兩棟建築物從這個角度看起來宛如神話。只見屋簷上掛著銀色的冰柱，屋頂上則覆蓋了一層看似糖霜的白雪。煙囪頂端冒著裊裊的白煙，窗戶裡也溢出了溫暖的燈光——難怪他會試著要走到這裡。

她掃視著頭頂上鐵灰色的天空。柔軟的雪花懶洋洋地旋轉飄落到地面上。放眼望去，沒有毛足鵟在附近盤旋，企圖在空曠的田野裡捕捉鼠類。也沒有黑面角雲雀發出尖銳的叫聲，唱誦著吵雜的歌曲。除了她自己重重的喘息聲之外，空氣裡一片安靜。所有的生物似乎都躲藏了起來，好閃避下一輪的暴風雪。薇莉需要快一點了。

一旦到達小路頂端，越過松樹的防風林，薇莉就看到了輪胎的痕跡，顯然有一輛車不久前才行經這條路。田野上來回的之字形軌跡已經開始填上了新雪。無論開車的人是誰，都很難在這樣的路上保持直線前進。薇莉把手電筒從一邊掃向另一邊，檢視著已經被冰雪填滿一半的大水溝。沒有車子。一陣風吹過，只見一片骯髒的白布滾向她，貼在了她的褲腳上。

薇莉把那塊布從她的褲子上撥開。那塊骯髒破損的布片約莫一條手巾的大小，上面還印滿了褪色的小兔子。那讓她想起了她小時候的一條毯子。無論走到哪裡，她都拖著那條毯子，直到毯子變得像衛生紙一樣薄。她把布片湊近鼻子。聞起來既有霉味，又帶著柴火的煙味。也許是那個男孩的東西，或者只是不知名的垃圾而已。她隨手把布片塞進了口袋。

雪地上的一抹紅色吸引了她的注意力。她的呼吸也因此加快了起來。是血嗎？薇莉把手電筒的燈光照射在她面前的地上。只見更多的紅色斑點在雪地上閃爍。她彎下腰企圖想要看清楚一點，並且用戴著手套的手撫摸過雪地表面，期待那些紅點會擴散成粉紅色。不過，那不是血。看起來像是散落在雪地上的車尾燈碎片。接著她又看到一些不知名的塑膠碎片，以及更多的碎玻璃。

一定是車禍，薇莉一邊抵抗著勁風，一邊在心裡想著。每當她想要喘氣的時候，就會有一道氣流吹來，讓她難以呼吸。

她往前又走了幾步，發現地上散落著更多的碎片。薇莉彎下身，撿起側後視鏡的殘骸。透過破裂的玻璃，她從鏡子裡檢視著自己被凍到發麻的臉龐。那張扭曲的倒影也帶著恐懼回視著她。

強勁的風把剛下的雪吹成了一座座的小丘。薇莉加快腳步，往前走了幾碼，來到一處看似車子開始偏離路面的起點：地上的積雪並沒有被攪亂，看來，車子一定是在撞到一根電線桿之後飛了起來，然後重重地撞擊到地面上，留下了彷彿馬賽克一樣的玻璃碎片。

在十呎外的地方，薇莉發現了她在尋找的東西。一輛黑色的卡車頭上腳下地停在農田旁邊的一條深溝裡。

薇莉用登山杖保持身體的平衡，亦步亦趨地往下走進水溝裡，在已經包裹上一層薄冰的鐵片和橡膠輪胎旁邊繞行。她用戴著手套的手指擦了擦後車窗，不過，車窗上覆蓋著一層冰雪，讓她無法看清車內的狀況。

駕駛座的門是開著的。看似小鞋的東西散落在卡車外面。薇莉扶著卡車的殘骸，試著繞到另外一邊，不過，她的腿卻陷入了及膝的雪堆裡。

「該死。」她喃喃自語，試著要撥開掉落在她靴子上的雪，不過卻只讓情況變得更糟。她穿過雪堆，彎身從打開的車門看進去。只見前車窗佈滿了裂痕以及看起來像是血跡的斑點。

薇莉扭轉脖子，想要看看後座是否有人。不過，除了一些空酒罐以外，後座什麼也沒有。駕駛在車內有小孩的情況下喝酒嗎？這就是為什麼路上到處都是輪胎痕跡的原因嗎？起初，薇莉以為車禍只是因為路面結冰，不過，現在看起來，這場意外的原因可能不只如此。

薇莉結束了她在卡車四周的檢查。男孩在穿著他的球鞋一路走往薇莉所在的農舍時，地上的積雪一定還可以承受得了男孩的體重。他的雙腳該有多冷。如果薇莉晚了一個小時才走出屋外的話，她相信她所發現的就會是男孩的屍體了。

那個駕駛可能去了哪裡？一個父母真的會把他們的兒子獨自留在一輛撞爛的車裡，即便是為了去求助？或者，男孩才是首先去尋求幫助的人？

薇莉往前望向農舍，在灰暗的天色下，她可以瞥見一抹微弱的燈光。從那個孩子的觀點看起來，在不知道駕駛的去向之下，那些燈光必然像是一座令人鼓舞的燈塔。

她往後退向來時的路，試著找尋卡車駕駛留下的任何蹤跡，這回，她沿著水溝邊緣和卡車留下的輪胎軌跡而行。水溝多少讓她受到了保護，免於遭到此刻越來越強勁的寒風拷打，不過，她的臉依然因為酷寒而感到刺痛。她跨過更多半埋在冰雪裡的碎片。一包幾乎空了的葵花籽袋、更多的啤酒空罐，以及破碎的玻璃和速食包裝紙，全都散落在凍結了的鼠尾草原上。薇莉毫不猶豫地繼續走著。

她就是在這個時候看到的：空曠農田的積雪裡露出了一個東西——一大片紅布。薇莉在及膝的雪裡掙扎著邁出腳步，過度用力讓她的雙腿感到一陣灼熱。當紅布的其他部分映入眼簾時，她突然停了下來。那是卡車的駕駛或者另一名乘客，應該是在卡車撞離路面時被拋出車外的。

那名女子腹部朝下趴在農田的邊緣，農田圍籬上的鐵絲網被扯了下來，纏在她的身上。她的前額壓在一隻彎曲的前臂上；另一隻手臂往外伸展，彷彿想要抓住什麼救生索一樣。女子四散的長髮上覆蓋著一層細糖般的白雪，彷彿在攻擊中遭到凍結的蛇群。她渾身動也不動，就像死了一樣。

薇莉匆匆朝著女子走去，她急促的呼吸在冷空氣裡化為了朵朵白煙。當她和女子只剩下三十呎的距離時，薇莉可以看到女子陷入了什麼樣的困境。纏繞在女子腿上的鐵絲網劃破了她的長褲，露出被鐵刺刮得鮮血直流的皮膚。

「該死。」薇莉咬著牙說。她得要踩到水溝中間，越過積雪的溝底，從另一頭爬上去，才能到得了女子身邊。薇莉小心翼翼地移動，深知只要失足一步就會讓她摔斷腳踝或者扭傷膝蓋。

等到薇莉越過水溝之後，女子依然靜止不動，這讓薇莉不禁擔心可能發生了最壞的情況。她跪下來，把手電筒放低，照亮受傷的女子。薇莉在趴著的女子旁邊躺下，輕輕地刷開剛剛飄落在女子臉上的雪花，卻發現女子的額頭上有一道很大的裂傷，一隻眼睛也因為腫脹而緊閉。她的狀況很糟。薇莉得要把她弄離這裡。

薇莉知道自己不可能在不加重女子的傷勢之下把她翻轉過來。薇莉能做到的，只有盡可能地把女子臉上的雪扒開。

「你聽得見我說話嗎？」薇莉脫下手套，把手指壓在女子的脖子上，希望能夠發現脈動。「我發現了那個小男孩。他現在很安全。」女子沒有反應。「拜託，」薇莉重複道，「拜託你不要死。」薇莉試著要讓耳朵裡的咆哮安靜下來，試著要讓自己的手指停止發抖。

終於，她的手指底下出現了一道幾乎感受不到的跳動。「喔，感謝老天。」薇莉吸了一口氣。

女子發出了一聲微弱的呻吟。「我在，」薇莉說，「我叫做薇莉，我會幫助你的。我發現了那個男孩，他沒事了。還有其他人嗎？」

女子似乎猶豫了很長一段時間，才搖了搖頭。

這麼說，這場意外裡只有這個女人和那個孩子？薇莉不確定自己是否應該要相信女子，不過，女子有什麼理由要說謊？薇莉再度想起男孩在農舍裡恢復意識之初所出現的怪異行為。他讓她聯想到受困的動物——極度渴望要逃跑。這個女人是他母親還是其他的角色？

「好，我會幫你離開這裡的。」薇莉一邊說，一邊重新把手套戴上，謹慎地把鐵絲網壓低，然後越過鐵絲網。她跪下來，開始拚命地嘗試要讓女子從鐵絲網裡脫困。鐵絲網上的尖鉤刺進女子的長褲，劃破了她的牛仔褲和皮膚。鮮紅的血滴和剛剛飄落的雪花混合在了一起。鐵刺穿透了薇莉的手套，不過，她並未因此而能讓女子脫困。疼痛讓女子發出了虛弱的叫聲。「對不起，對不起。」薇莉匆忙地說道。「我只是得把這些鐵絲網從你身上解開。」

女子試著要從薇莉身邊挪開，然而，她的動作卻讓鐵刺更加地深陷到皮膚裡。

「先不要動，」薇莉要求她。「這樣你只會被纏得更緊。」女子持續發出輕微的呻吟，她那隻沒有受傷的眼睛看著薇莉，眼裡除了痛苦，還有其他的神情。抗拒。

薇莉往後坐在自己的腳跟上，飄落在她睫毛上的雪花，瞬間就在她汗濕的臉上融化了。

「我要回到房子裡去拿鐵絲剪。」薇莉告訴女子。女子立刻伸出手，抓住薇莉的手腕，彷彿在哀求她不要離開。薇莉很輕易地就掙脫了女子的手。

「我會回來的，」她向女子保證。「我保證。只有這樣，我才能幫你把鐵絲網弄開。」女子再度伸出手，這次，她把薇莉抓得更緊了。薇莉理解女子的恐懼。一旦薇莉離開，手電筒就會跟著被帶走。女子將會陷入一片黑暗。低溫和寒風絲毫不會留情，而且現在雪又下得更大了。女子會慢慢地遭到活埋。

薇莉拉開大衣的拉鍊，努力把衣服脫下來。寒意立刻就鑽進她身上的衣服裡，讓她顫抖地倒吸了一口氣。薇莉把大衣包裹在女子身上，盡可能地覆蓋著她身體的面積。然後，薇莉又把帽子摘下來，小心翼翼地放在女子頭上，輕輕地把帽子拉蓋到女子的耳朵上。她在最後一刻想起了她的車鑰匙還在大衣口袋裡，於是，她把鑰匙掏出來，塞進身後的口袋裡。

薇莉知道自己如此單薄地暴露在風雪中會有什麼風險，然而，一旦她回到屋裡，就可以找到另一頂帽子和外套。相反地，如果沒有任何的保護，這名女子將不可能有任何生存的機會，而且也支撐不了多久。

薇莉把脖子上的黃色圍巾拿下來，纏繞在女子頭頂上方的鐵絲圍籬上。圍巾的邊緣在風中飄蕩，彷彿一面淒涼的旗子，不過，當薇莉回來的時候，圍巾將有助於她更快地找到女子的方位。

這整件事有一種說不出來的不尋常。為什麼有人膽敢在這樣的暴風雪中開車？不管是女子還是男孩，他們的穿著都不符合這樣的天氣。沒有大衣、靴子、帽子或手套。他們住在附近嗎？他們是想要回家，還是想要離開家？

薇莉轉身朝著回程走去。她得要加快速度了。

9

二〇〇〇年八月

喬西躺在黑暗之中，肌肉緊繃，等待著她父母和伊森之間爆發下一輪的衝突。然而，接下來卻只有平日就寢時間會發出的聲響——管線的呻吟聲、嘩嘩的流水聲、馬桶的沖水聲，以及床墊彈簧的吱吱聲。最後，一切都歸於靜默。

「你醒著嗎？」貝琪小聲地問。

「嗯。」喬西回答。她抬起頭，看著床頭櫃上的時鐘。12:07。「我睡不著。」她說。她哥哥和父母之間的爭吵讓她很反感。這次的爭執比平時還要嚴重。她覺得自己的胃在晃動。

「走。」貝琪低聲說著，從床上起身。

「我們要去哪裡？」喬西問。

「噓。」貝琪回答。她緩緩地打開房間的門，窺探著漆黑的走廊。屋裡很安靜。女孩們躡手躡腳地走到樓梯口，雙手掩著嘴，以防發出任何笑聲。

接下來是偷溜出去最困難的部分了。她們得想辦法在下樓時不把整棟房子都喚醒。每一級階梯在被踩踏時都發出了屬於自己的聲音——吱吱聲、嘆息聲、呻吟聲。終於，她們在屏住呼吸中很快地下了樓。喬西和貝琪站在樓梯底下，心跳加速地等待著有人會出現在樓梯口，命令她們回到房間去睡覺。

剩下來的步驟就簡單多了——穿過廚房，走過玄關的衣帽間，然後從後門開溜。杜爾家從來都不鎖門。為什麼要鎖門？他們認識他們的鄰居，他們距離鎮上有好幾哩路，而且，家裡也沒有什麼值錢的物品可偷。

風勢已經變小了，雖然溫度還很高，不過，空氣裡散發著三葉草的甜味。天空被月光照亮，群星也高掛在天空裡。

「我們要做什麼？」喬西帶著貝琪走向蹦床，兩人一起爬上去時，貝琪問道。她們手牽著手，開始在蹦床上彈跳起來。她們在十歲的時候，曾經用削皮刀劃過那雙手，因為這樣一來，她們就可以歃血為盟、結為姊妹了。

「永遠的姊妹。」喬西喊著，她們越跳越高，彷彿整個世界都被她們拋開了。潮濕的空氣像天鵝絨般地貼在她們的皮膚上。汗水從她們的鬢邊滴下，流進了她們的眼睛裡，不過，她們依然在彈跳，她們的腳踩在橡膠蹦床上發出的砰砰響，宛如心跳般地充斥在她們的耳畔。

「我幾乎可以抓到它們。」貝琪說著，把她空著的一隻手舉向天空。

喬西抿著雙唇，試著把笑意憋在嘴裡，她從來沒有感到如此自由，在往天空高飛的同時，她的左手手指和她最好的朋友相扣，她的右手手指則伸向天空。群星是如此地近在眼前，彷彿一排等著被她鏟進手掌裡的小球。攫一把星星。在那一刻裡，這種事似乎並非沒有可能。

喬西和貝琪不停地在彈跳中抓向天空，直到兩人的呼吸變得急促，再也無法忍住笑聲。她們摔倒在蹦床上，汗流浹背、氣喘吁吁地仰躺在上面，直到世界不再搖晃為止。「你抓到了幾顆？」喬西問著，看向貝琪依然緊握著的右手。

她把自己的拳頭放在眼睛前面，彷彿在往拳頭裡面偷看一樣。「一百萬顆。」她小聲地說，「你呢？」

「一百萬零一顆。」喬西回答她，因為她向來都要贏。她們彷彿又回到了小時候，當下，除了和你最好的朋友在一起，其他什麼都不重要。她們不需要為男孩子、為家裡的紛爭和長大煩惱。喬西帶著微笑，沉浸在小時候的那種輕鬆裡。

一個突然的爆裂聲打斷了她們對夜空的凝望，貝琪撐著一隻手肘坐起身。「那是什麼？」她問。

「我不知道。」喬西不安地回答。她們掃視著農田。沒有什麼動靜。山羊正舒服地依偎在穀倉的圍欄裡，母雞也在雞舍裡棲息。

「也許只是某一輛卡車的引擎逆火了。」喬西卸下憂慮，再度躺了下來。

又一聲爆裂響起，這回，喬次聽出來了。從小居住在鄉間，和獵人們住在一起的喬西立刻就認出了那個聲音。槍聲。

喬西不覺得鄉村裡出現槍聲有什麼不合理，因此，她沒有遠離聲音，反而向聲音的來源靠近。她爬到蹦床邊緣，跳到地面上。「怎麼回事？」貝琪緊緊地跟在她身後問道。一片烏雲飄到了月亮前面，遮住了皎潔的月光，讓女孩們瞬間陷入了黑暗裡。

「也許有人在獵狐狸或者土狼。」喬西回答，不過，儘管話已出口，她知道應該不太可能。一絲不安湧上她的心頭。她父親不會那樣盲目地朝著一片黑暗開槍。況且，那個爆裂聲聽起來有點沉悶，距離應該很遠。也許是一哩外的哪個鄰居吧。聲音在鄉間總是可以傳得很遠。

「我們回屋裡去吧。」喬西說。稍早那股自由自在的感覺已經消失了，女孩們開始往屋子走去，赤著腳搖搖晃晃地踩在凹凸不平的地面上。那些爆裂的聲響已經吵醒了穀倉裡的山羊，讓牠們發出了焦慮的咩咩聲。喬西可以聽到牠們在穀倉裡不安的踩踏聲。

就在她們繞過穀倉時，空氣裡響起了第三次的爆裂聲。一道火光在她父母的窗口閃過，就像相機的鎂光燈一樣。然後是一片安靜。貝琪在喬西的身邊叫了出來。

喬西想起了她哥哥的憤怒，以及稍早他在看著他們父親時，臉上所夾帶的那種怪異又凶狠的神情，還有他拒絕把槍交出來的模樣。不，喬西告訴自己。伊森絕對不可能做出這種事。

屋裡又響起了三次的爆裂聲——一聲接著一聲。貝琪用手摀住耳朵，開始尖叫。喬西抓住貝琪的手，將她帶向穀倉的門。喬西試圖開門，但是，穀倉門實在太重，而且已經太老舊了。門的底部邊緣緩緩地磨擦著地面，然後就卡住了。她抓住門把，更用力地拉扯，門在吱吱聲中被拉開了一條縫，但隨即又卡住了。「快點。」貝琪扒著喬西的手臂說道。

穀倉裡有很多可以躲藏的地方：乾草堆、羊圈、一堆木柴後面。喬西鑽進門縫，頓時陷入在一片黑暗裡，然後立刻發現自己犯了一個錯誤。那群山羊被她的闖入驚嚇到開始不安地叫個不停。在穀倉滿是裂縫的牆壁包圍下，她們將會無處可逃。她們會被困在裡面。喬西很快地退出穀倉。「我們不能躲在裡面。」她小聲地說。

喬西慌張地四下張望。她們需要電話，可是，喬西害怕到不敢進屋去。她祖父母的家距離她們有一哩遠。玉米田。她們可以穿過玉米田，過了那片玉米田之後，她們最終可以到達她祖父母的房子。他們會知道該怎麼辦。在黑暗之中，那些高高的玉米稈就像瘦長的哨兵一樣。

她們敢嗎？喬西小時候的記憶之一，就是她母親警告她不要獨自走進田野裡。「你會在裡面迷路的，然後，我們會永遠永遠都找不到你。」她母親警告過她。有很長的一段時間，她母親的警語是有效的，不過，隨著時間流逝，喬西越來越大膽，冒險走進玉米田就淪為了家常便飯。

一抹黑影從屋子裡走出來。喬西無法看清那是誰，然而，那個人手中明顯地拿了一把獵槍。他宛如一頭狼一樣慢慢地往前走，一步一步朝著她們走來。

喬西抓住貝琪的手，兩人開始奔跑，她們赤裸的雙腳踩過地面，發出重重的腳步聲，尖銳的石頭和小樹枝刺穿了她的腳底，但喬西卻渾然不覺。她的耳邊傳來貝琪恐慌的呼吸聲。

如果她們可以跑得到玉米田的話，喬西相信她們就不會有事。

「喬西。」她聽到一個男人的聲音。她聽錯了嗎？有人在叫她嗎？她大膽地回頭望去，只見那抹身影正在加緊速度趕上來。那是她哥哥嗎？喬西無法辨識，她也不想放慢腳步去弄清楚。

「快點。」喬西上氣不接下氣地催促著貝琪。「快點。」喬西絆倒在地，不過卻很快地又爬起來。幾乎就要到了。身後重重的腳步聲刺激著她們往前跑。尖叫聲劃破了夜空。喬西試著不讓自己摔倒，然而，貝琪卻失足了，儘管喬西努力地要抓住她，貝琪的手指卻依然從她的手裡滑開了。

「起來，起來。」喬西央求著說，同時拉扯著貝琪的手臂。「求求你。」她再度大膽地往後看。只見那抹身影舉起手，開始瞄準她。喬西放開貝琪的手臂，轉過身，飛奔而去。

喬西跌跌撞撞地衝進了田裡，瞬間就被玉米所淹沒。貝琪絕望的哭叫聲一路跟隨著她，但她依然沒有停下腳步。獵槍的槍響在她的耳畔響起，一陣灼熱的疼痛穿透她的手臂。他射中我了，她不敢相信這個事實。我中槍了。世界開始傾斜，然而，藉由玉米稈，喬西多少保持了身體的平衡，繼續往前奔跑。她想要折回去找貝琪，但是，她的腳卻只能往前移動。

粗糙的玉米葉掃過喬西的臉，留下了紅色的傷痕，地上的硬土也陷入了她的腳底。當她再也跑不動的時候，她停了下來，彎下身，雙手支撐在膝蓋上，試著保持完全的靜止。她的手臂在抽痛，她的耳朵也在痛苦地鳴響。他跟來了嗎？她的本能告訴她繼續往前跑，但是，她不知道自己此刻身在何處。

喬西在玉米田裡跑出了一條軌跡，她知道那個槍手只要跟著被她踩平的玉米稈，就可以找到她。喬西開始在成排的玉米稈之間橫著走，並且在沿著之字形的路線前進時，讓流血的雙臂盡可能地貼在身體兩邊。喬西知道獵槍的子彈可以對野雞和鹿造成什麼結果。她曾經不只一次看過。巨大的破洞，大量湧出的鮮血。只要再偏離幾吋，子彈就會射中她的心臟。那她就一定沒命了。

慢慢地，喬西的呼吸穩定了下來，耳朵裡的撞擊聲也平息了。她讓視線保持在前方的玉米上，只要玉米稈出現波動或搖晃，就足以警告她也許那個人已經跟上來了。喬西的思緒不停地轉動。也許那個槍手以為她已經死了。她考慮要不要癱倒在地上佯裝死掉，以防他還在找她，不過，那實在太可怕了。

她想到了伊森和她父親，以及他們之間那些醜陋不堪的對話。她父親簡扼的話不停地在她的腦海裡重複響起：*伊森，把槍給我*。還有伊森的抗拒。

是伊森嗎？不。喬西拒絕相信。曾經教她如何勾住魚餌、如何騎腳踏車的哥哥，她那個曾經很貼心的哥哥不可能做出這種事。

喬西必須要找出自己的方位。她曾經走進這片玉米田不下千次。她可以做得到；她可以找到出路去求助。

一陣葉子的沙沙聲在喬西的右邊響起。喬西不敢動彈地站在原地，豎起耳朵傾聽。雲層遮住了月亮和星星，玉米田裡層層疊疊的陰影，讓喬西終於連自己眼前的手都看不見了。不過，她可以感覺到大約二十呎外有東西存在。她希望、同時暗自祈禱那是她父親或母親來找她了，雖然，她內心很清楚，不管在玉米田裡的人是誰，都不是來幫她的。

那陣颯颯的聲響越來越近，喬西把手指蓋在嘴上，深怕自己就要叫出聲來。鮮血從她的手臂往下滴落，在她的腳邊滴成了一灘小水坑。

喬西強忍著拔腿奔跑的衝動。不要動，她告訴自己。你看不到他，所以他也看不到你。然而，就在此時，夜色出現了改變——只是微微的變化。她眼前的那些黑影加深了，而他就在那裡，就在幾呎之外，他背對著喬西。他們是如此地接近，只要她一伸手就可以碰觸到他，她甚至可以聞到他皮膚散發出來的熱氣——那是一股她不太熟悉的汗水和體味。是伊森嗎？她哥哥是那個射中她、而且一路追她追進玉米田裡的人嗎？

那抹身影發出了一絲不耐煩的咕噥，讓喬西屏住了呼吸。他開始漸漸遠離，不過卻又停下腳步，緩緩地轉過身。在過了一段彷彿永無止境的時間之後，那道陰影走入了玉米田的深處，最後終於消失了。

喬西顫抖地吐出一口氣。他暫時遠離了。

10

那些花朵精緻的紫色花瓣凋萎了，一片一片地掉落到地上，然後被風吹走了。多刺的綠色蕁麻冒出地面，取代了原本在窗戶前面的紫色花朵。

她母親還在生病，不斷地用手摀著嘴，從床上衝到浴室裡。

「你得讓她吃喝點東西。」一天晚上，她父親在經過房間的時候對她說。

女孩會把椅子拉到她們存放食物的木頭櫥櫃底下，這樣，她就可以拿到那罐花生醬和一條麵包。女孩會試著讓她母親吃東西，不過，她母親還是不肯吃。她會堅決地抿著嘴巴，結果，女孩最後只能自己把三明治全部吃掉，然後從浴室的水槽裡裝一杯水喝下肚。

她父親開始帶一些濃厚的奶昔來給她母親。他會把她母親從床上扶起來，然後哄騙她喝下去。「再多喝一點點。」他要求地說，「你得為了肚子裡的孩子保持體力。」

她母親會試著取悅她父親。她會啜飲幾口，然後吐在她放在床邊的水桶裡。

「別這樣，」她父親會在沮喪下厲聲說道，「再試試。」她母親會把飲料推開，然後把身體捲成一團小球，彷彿企圖要讓自己消失。

有一天，在她母親拒絕喝他帶來的東西之後，她父親突然發飆了。「你真沒用，」說著，他抓住女孩母親的手，將她從床上拉起來。「你不在乎她嗎？」他把一隻手揮向女孩。「你不在乎肚子裡的孩子嗎？」

他把她母親拖到桌邊，強迫她坐在椅子上。

女孩從書櫥上抽了一本書，然後走到窗戶底下的那個位置，默默地轉身面對牆壁。

她父親從抽屜裡拿出一根湯匙，插進杯子裡。「吃下去。」他命令著。她母親試著把頭轉開，但是他卻抓住她的下巴，把湯匙捅進她的嘴裡。她發出了嘔吐的聲音，呼吸也變得急促起來。

女孩翻著書頁，自顧自地唸誦著故事。這本書是關於公主和豌豆的故事。雖然她能讀出來的字並不多，不過，她早已把這個故事記在了腦子裡。

過了一會兒之後，乾嘔的聲音停止了，哭泣聲也退去了。她父親用低沉舒緩的語調說：「看吧，沒那麼困難，不是嗎？你幾乎吃光了。」

女孩從書頁裡抬起頭，看著他溫柔地用一塊抹布擦拭著她母親的嘴，然後讓她躺回床上。很快地，她就聽到她母親輕微而規律的呼吸聲。她睡著了。

她父親在打開房門離開之前揪了一下女孩的馬尾。「她沒事了。讓她休息。」

女孩一聽到房門關上的喀嗟聲和門鎖拉上的挫磨聲，她立刻把書放回書櫥上的原位，走到廚房的桌邊。她拿起裝著冰淇淋的杯子。裡面的巧克力味讓她的肚子咕嚕咕嚕地叫了起來。杯子裡還剩有幾湯匙的冰淇淋。她母親不會介意的。

女孩把杯子拿到唇邊，喝下了殘餘的冰淇淋。香甜的奶油立刻在她的口中散開，順著她的喉嚨往下滑。她用湯匙刮乾最後的幾滴，再把杯子舔乾淨。

女孩把電視打開，不過卻把音量調到最低。幾個小時過去了。她母親還在睡覺。一陣肚子的疼痛來得又猛又急。女孩蜷曲著身子，在還沒來得及走進浴室之前就想吐了。她的腸子打結，她的胃在絞痛。

她躺在浴室的地上——破裂的磁磚冰涼地貼在她的皮膚上。夜色滲進了房間裡，直到室內只剩下來自電視的淺藍色光暈。痙攣停止了，她的肌肉也放鬆了。女孩感到自己彷彿被擰乾、被掏空了。她陷入了不安穩的睡夢中，直到她母親輕輕地把她搖醒，將她帶回床上。

11

現今

刺骨的寒風越來越強勁，隨著每一陣強風吹過，豆大的雪粒就被刮得彷彿陣雨般狠打在薇莉的臉上。她需要盡快趕到穀倉去拿鐵絲剪。

她估計在那名女子嚴重失溫之前，她最多只有二十五分鐘的時間可以走到穀倉，再回到事故現場。即便如此，都有可能太遲了。等到薇莉把女子身上的鐵絲網剪開，她還是得把女子弄回屋裡。

薇莉焦躁地看著昏暗的天空，任憑冰雪攻擊著她的臉龐。她需要在天氣變得更糟之前回到女子身邊。她的臉龐和耳朵暴露在嚴寒之下，感覺就像被火灼傷般地疼痛。她無法想像女子怎麼能躺在這樣的大雪之中撐了那麼久。

薇莉在終於抵達通往農舍的小徑頂端時停下了腳步喘息，然而，強勁的風在瘋狂急速的移動下，把雪捲成了一個龍捲風般的氣旋，讓薇莉受到了劇烈的晃動。她得要繼續往前走。她把手電筒照向穀倉，那些筒倉卻完全消失在一片白色的薄紗後面。農舍裡透出來的微弱燈光催促著薇莉往前移動。登山杖雖然有助於薇莉免於摔倒，不過，在及膝的積雪中不斷地行走，已經讓她的雙腿感到既沉重又疼痛。

當她來到農舍時，滿載冰雪的樹枝被新降落的雪壓得更低了，每一陣強風吹過，都對樹枝造成了折斷的威脅。

她出去太久了。火爐裡的火可能已經熄滅了，男孩的傷勢也許比她想像的更嚴重，而她依然得回到女子身邊。薇莉的胸口一緊，拾起腳步，奮力走過通往前門的最後五十碼。

一陣風雪隨著她把門推開也跟著掃進了屋裡。薇莉把門在身後關上，哐噹一聲把登山杖丟在地板上。她無視於腳下的防滑釘在硬木地板上造成了刮痕，只是逕自走到沙發旁邊。男孩還在那裡，還在睡覺，塔斯就蜷曲在他身邊。

接著，薇莉檢查了電話，雖然她知道能打電話的機率微乎其微。她想得沒錯；在這種天氣下，電信公司不會讓維修人員外出的。

薇莉在火爐裡加了一塊柴火，抵抗著想要待在爐火旁邊取暖的渴望。她的耳朵和鼻子像燒傷一般地發痛。她得要繼續行動。薇莉走到櫥櫃前，取出另一件大衣和圍巾。她把自己的絨線帽給了女子，因此，現在她只能將連帽大衣鑲了絨毛邊的帽子綁緊在頭上。

薇莉很害怕再回到暴風雪之中，但是，她沒有時間了。

帶著新的決心，薇莉走出了溫暖的屋子。風雪依舊在怒吼。她覺得強風彷彿從四面八方在攻擊著她。

薇莉走過幾乎快要散架的雞舍，以及被前任房客們用來丟棄他們不要的傢俱和生活雜物的工具棚。進到穀倉之後，薇莉很快地甩掉大衣上的雪，看了一下手錶。從她離開女子到現在，已經過了二十五分鐘。她掃視著穀倉粗糙的牆壁，尋找她需要的東西。

釘子和掛鉤上有耙子和鋤頭，還有其他各式農具。她挑選了鐵絲剪、一把生鏽的鏟子，以及一具老式的木製平底雪橇，雪橇底下還有金屬的滑板。接著又從一只彎鉤上，拿下一條發霉的毯子，連同其他的物品一起放在雪橇上面，再用一條老舊的繩子固定好。

她保留了她的手電筒，不過卻放棄了登山杖，不敢再多帶任何物品。可想而知，要拖著這些東西穿越暴風雪再走回來會有多麼地困難，但願她能把女子帶回來。

儘管大雪遮住了視線，勁風也把她稍早的任何足跡都刮平了，不過，至少薇莉還很清楚自己要朝著哪裡走。

她拿著手電筒，目光集中在眼前的地面上。薇莉的計畫都只是理論上的。她將要剪斷鐵絲網，把女子弄出來，希望女子還活著。如果女子無法自己走路的話，薇莉就會盡力用雪橇把她拖回到農舍。帶著鏟子似乎是正確的決定。

雖然薇莉已經全副武裝地保暖了，然而，等到她走到中途時，嚴峻的寒意依然穿透了她的衣物，讓她懷疑起這次的救援行動是否明智。只要走錯一步，薇莉就可能會摔斷腿，或者導致自己葬身在冰凍的墳墓裡。薇莉近來所做的決定都不怎麼樣，如果她們雙雙凍死了又有什麼好處？那樣的話，男孩該怎麼辦？

薇莉考慮著撤退。她很擅長轉身就走。那是她懂得如何做到的事。不過，這不一樣。她奧勒岡的家裡沒有奄奄一息的人。她的青少年兒子塞斯，還在因為薇莉企圖制訂規矩、發號施令而生氣，因此也完全不想念她。他父親會把他照顧得很好的。

終於，在冰雪的漩渦下，她看到了一絲金屬的反光，接著是車子的殘骸。薇莉加快腳步。她就快抵達了。

薇莉離開馬路，穿越水溝，來到農田邊緣的鐵絲網圍籬前，尋找著她用來標記方位的黃色圍巾。當她向卡車靠近時，視線之內卻不見黃色圍巾的蹤影。她胸口沉重地突然停下腳步。她一定弄錯了。薇莉扔下鏟子和綁在雪橇上的繩子，緩緩地轉過身。一切看起來都一樣——一大片覆蓋著白雪的荒蕪原野。

她一定是走過頭了，所以才會錯過女子所在的位置。那條圍巾不可能被暴風雪吹走；她很確定自己稍早確實把圍巾在鐵絲網的金屬倒刺上緊緊地纏繞了好幾圈。

圍巾和女子有可能被埋在那些蓋住圍籬、高度及胸的雪堆底下。薇莉沮喪地沿著圍籬倒退回去，這回，她甚至放慢了腳步，一直到看見第一個大雪堆才停下來。她用戴著手套的手把雪掃開，直到被積雪覆蓋住的圍籬出現為止。然而，她還是沒有看到黃色的圍巾。

薇莉繼續移動。寒意鑽進了她層層的衣服裡。她不能在這裡繼續停留太久。就在她打算放棄、準備啟程走回農舍之際，她的目光瞥見了一塊纏繞在鐵絲網圍籬上的黃色布片。她望向地上，期待會看到女子困在鐵絲網底下凍僵了的身體。然而，那裡卻什麼也沒有。圍巾已經不見了。

薇莉跪倒在地，詳細地檢查著鐵絲網圍籬。只見圍籬上沾黏著微小的血滴和看似凍結的小碎肉。她伸出手指撫過地面。

薇莉站起身，檢查著地上是否有任何新的腳印，然而，大雪和狂風早已把凍結的大地都掃平了。沒有女子的蹤影。薇莉已經向她保證會回來幫她，她為何還要在這種大風雪裡離開？

薇莉在卡車的殘骸和田野附近繞了一下，尋找著女子，不過，酷寒的天氣很快就迫使她朝著房子的方向走去。那個女子在躲避什麼，而她又可能去了哪裡？一股新的不安在薇莉的胸口升起。她有太多的問題了，現在，只有一個人能回答得了這些問題，但是，他卻不願意開口。

12

二〇〇〇年八月

李維·羅賓斯警官在高速公路和偏僻的小路上開著巡邏車，尋找著可能發生的麻煩。隨便什麼麻煩。身為布雷克郡警長辦公室裡的十年資深老手，他通常不會在晚上工作，不過，費茲正在休假，因此，李維就自告奮勇地接下他的夜班，也許轉換一下步調也不錯。

已經過了凌晨一點，對講機一直都沒有響起過。雖然他很努力地嘗試，不過卻連攔下交通違規者的機會都沒有。時間緩緩地過去，李維只能藉由聽著收音機裡的鄉村音樂來打發時間。他沿著草原路而行，在接近長在路中央那棵傷痕累累的核桃樹時減低了車速。對於不熟悉這一帶的人來說，那棵樹就像一個意外的地標。

沒有人知道一株高達八十呎的大樹為什麼會在兩條十字路的交叉點萌芽，也沒有人知道為什麼這棵樹從來都沒有被砍掉。所有需要路經這裡的人都被迫減速，好繞過這個天然的圓環。

經過山核桃樹之後，李維往南開到G11的郡道。他會再巡視一圈，然後就開到凱西雜貨店去買瓶飲料，順便加油。如果他夠幸運的話，也許還能遇到有人企圖搶劫加油站。自從他上一次處理一樁搶案至今，已經過了很久了。他也記不得他最後一次把槍從槍套裡拔出來是什麼時候的事情了。如果真的發生這樣的事，至少也會很有意思。

一陣熱風吹拂過他敞開的車窗。原本大家都很期待今晚會下雨。稍早的時候，天空烏雲低垂，空氣裡瀰漫著一股雷雨即將來臨的潮濕和令人興奮的氣味。不過，雨勢並沒有維持太久，月亮和星星很快就又出現了。實在是太糟糕了。農民們渴望甘霖。

李維把一顆葵瓜子吐出車窗。雖然天氣很熱，至少流通的空氣還能讓他在巡邏的時候不至於睡著。他把巡邏車開到時速六十哩，然後是七十哩，接著是八十哩。這是夜班的優點之一。空曠無人的道路。

突然之間，一輛沒有開頭燈的皮卡從玉米田之間的一條石子路衝出來。李維猛然踩下煞車，導致他的巡邏車瞬間擺尾。輪胎在柏油路上發出尖銳的磨擦聲，蓋過了他收音機裡的音樂，橡皮燒焦的味道也立刻充斥在他的鼻腔裡。

「混帳東西。」他一邊奮力地讓車子不要偏離馬路，一邊低聲咒罵著。等到他的巡邏車終於穩定下來、他的心跳也恢復正常之後，他盯著擋風玻璃的前方，重重地踩下油門。「來吧。」他對自己說道，隨即打開警車車燈和警笛。

他前方的那輛卡車在短暫的加速之後慢了下來，駕駛彷彿明白自己沒有機會勝過巡邏車。

「這就對了，混蛋。」李維說著，把車停到卡車後面的路邊。

在車頭燈的照明下，李維可以看到卡車裡只有駕駛一個人。他試著要看清車牌，不過，上面的數字和字母卻被乾土遮住了。那有可能是蓄意的，不過，很可能並不是。在這裡，農場的卡車經常都是髒兮兮的。不過，李維此時的心情，讓他不想就這樣放過卡車駕駛輕忽的行為。

他走下車，慢慢地接近那輛後車廂覆蓋著一塊黑膠板的一九九〇年銀色福特Ranger。在李維來得及開口之前，卡車車門打開了。

「嘿，待在你的車裡。」李維發出警告，同時把手伸向自己的配槍。「把雙手放在方向盤上面。」

「對不起，」卡車裡傳出一道年輕、顫抖的聲音。「我沒看到你。在我轉彎之前，我看了左右兩邊，可是你突然就出現了。你的速度太快了。」

「那是你的說法。」李維說著，來到駕駛座的窗戶旁邊，把他的手電筒轉向一名年輕男子的身上。年輕的男子有著一頭毛茸茸的金髮，雙手正緊緊握著方向盤。

卡車裡散發著體味、菸草味和恐懼的味道。一罐翻倒的飲料罐躺在車底板上，菸屁股也散落在乘客座的地毯上。李維差點就要笑出來。他最喜歡把那些愚蠢的青少年嚇得屁滾尿流。

「你知道你的頭燈沒開嗎？你剛才差點就把我撞死了。你這麼急要去哪裡？」李維問，「你喝酒了嗎？」

男孩抬起頭，瞇著眼睛看著他。「沒有，警官。我只是要回家而已。我已經晚歸了。」男孩的臉在汗水下發光，他的襯衫衣領和腋下都佈滿了深色的汗漬。

「你住在哪裡？」李維在男孩把駕照遞給他的時候問道。李維留意到男孩的名字叫做布洛克・卡特。這個郡上有太多姓卡特的人了。他們是農民中的大家族。

「我去史賓塞看了一場電影，」男孩回答，「和我表哥一起去的。」

「你是卡特家的孩子？」李維從駕照上抬起頭來問道。

「是的，警官。」男孩企圖要看清手電筒燈光後面的人。「布洛克．卡特。」

「你有一個表哥叫做布萊特嗎？」李維問。男孩點點頭，他的眼睛緊張地四處亂瞄。

「我想，打從你這麼高之後，我就沒有再見過你了。」李維說著，把手舉到離地四呎的高度。「我和你表哥布萊特一起畢業的。你長得和他很像。他好嗎？」

「他很好。」卡特說，他的聲音在發抖。「他住在派瑞，在那裡的一家豬肉工廠工作。他結婚了，有兩個孩子。」

「兩個孩子，哇，真誇張。天啊，我們以前度過了不少快樂的時光。他會回來參加我們明年夏天的同學會嗎？」李維問著，脫下他的帽子，擦去額頭上的汗水。

「也許吧。」卡特說，「聽著，就像我剛才說的，我真的很抱歉。我沒有看到你。這種事以後不會再發生了。下次我會更小心。」

李維低頭看著卡特。他不知道自己為什麼沒有查這個孩子的駕駛紀錄。李維從來都不會輕易放過別人。也許是懷舊的心情導致的吧，因為他想起了過去和布萊特．卡特一起在這些偏僻的小路上，一邊喝著烈酒和胡椒博士碳酸飲料，一邊開車的美好時光。他知道他自己多少也有一點錯，不該在限速五十五哩的路上開到八十哩。也許，他內心裡的某個部分，並不想讓警局這陣子以來的安靜紀錄在他手中被打破吧。

如果他有核對車牌的話，他就會發現布洛克．卡特的駕照暫時被吊銷了，而且還在一宗考斯郡的騷擾案件裡，因為出庭日沒有出席庭審而遭到法院發出傳票。他會知道布洛克．卡特並不像他的表哥布萊特一樣善良無辜。

「這樣吧，如果你告訴你那個混蛋表哥，叫他下次進城時打電話給我，我這次就放過你。」李維笑著說，「不過，你得向我保證，以後要小心一點。我可不希望再把你攔下來，好嗎？」

「謝謝你。」卡特這才鬆了一口氣地放開方向盤，在牛仔褲上擦著已經汗濕的手掌。「我保證。」

李維看著卡特小心地把車開到路面上，慢慢地遠去，直到他的車尾燈在黑暗中變成了兩個紅色的小點。他搖搖頭。布萊特．卡特。該死，他已經有好幾年都沒有想起這個人了。一個好人。

他回到巡邏車上，發動引擎。收音機裡的鄉村音樂已經被某個脫口秀節目取代了。

李維繼續他的巡邏行程，在加油站買了飲料和一片披薩。這個夜晚剩餘的時間也和稍早一樣安靜、沒有任何事件發生。

太陽在霧濛濛的天空升起，帶來了新一波的熱浪。李維的夜班還有一個小時就結束了。他覺得筋疲力盡。他打算回家，沖個澡，然後上床睡覺。

六十分鐘之後，李維．羅賓斯警官就被召喚到布雷克郡有史以來最血腥的犯罪現場了。

13

現今

一回到農舍，薇莉立刻把鏟子和雪橇放在前門的台階上，匆忙進屋。她疲憊地脫下她的靴子。她要對男孩說什麼？只穿戴著薇莉的帽子和大衣，那名女子不可能在這種風雪中存活下來。

但是，現場完全沒有女子的蹤跡。任何留在積雪上的腳印，都被勁風掃平了。她就好像憑空消失了一樣。

現在，起居室裡空蕩蕩的。男孩和塔斯都不在她離開時的位置。火爐裡的火已經變成了橘色的餘燼，室內的溫度也變冷了。

她一間一間地檢查房間，內心裡的憂慮越來越大。她走上樓，木頭地板的寒意穿透了她的襪子。二樓的樓梯口一片黑暗。

她的臥室房門緊閉，薇莉轉動門把，輕輕把門推開。男孩就站在她床頭燈昏暗的光線底下，他背對著房門，塔斯則躺在他的腳邊。

「原來你在這裡。」薇莉的聲音讓男孩嚇了一跳轉過身。他的手中緊緊抓著薇莉那把九毫米的手槍。薇莉倒吸了一口氣。男孩瞪大眼睛凝結在原地；那把槍的槍口直接對準著薇莉的胸口。

「把槍放下。」她的話說得很不順，彷彿被鐵絲網勾到的一塊布一樣。

男孩只是看著她，震驚地張大了嘴。

「放下來，立刻放下來。」薇莉命令地說。

塔斯開始吠叫，男孩把槍丟在地上，彷彿燙到了手一樣。那把槍掉到地上，立刻就被塔斯搶走了。薇莉閉上眼睛，摀住耳朵，等著被子彈射穿。當槍聲沒有響起時，她撲上前，用身體蓋住槍，冰冷的金屬直接貼在了她的肚子上。

男孩站在她的頭頂上方，害怕到無法動彈，塔斯也開始狂吠。

「你在想什麼？」薇莉拿著槍爬起來，厲聲地說道。然後用顫抖的手指卸下彈膛裡的子彈。「絕對、絕對不要碰槍。你有可能射傷你自己，或者塔斯。你明白嗎？」

男孩沒有回答，也無法回答。他的呼吸卡在喉嚨，讓他企圖要吸氣。

「這裡不是你家，」薇莉斥責他。「你有可能殺了別人。你不應該亂翻別人的東西。」薇莉走到櫃子前面，盡可能地把槍推到櫃子上方最遠的角落。當她轉過身來的時候，她發現男孩已經蜷曲到了她的床底下。

薇莉覺得自己彷彿要生病了。她從來不用擔心自己需要把槍鎖起來，因為她是這個房子裡唯一的一個人。她沒有訪客；沒有人會來找她。

「塔斯，噓！」在薇莉的喊叫聲下，塔斯的狂吠逐漸減弱成了嗚咽聲。牠惴惴不安地抬頭看著薇莉。

薇莉讓自己降低到床緣的高度，同時試著讓自己怦怦的心跳平靜下來。當她相信自己的聲音已經恢復冷靜之後，她再度開口。「我不應該大喊的。我無意嚇到你。」沒有反應，床底下只有男孩微弱的抽鼻聲。

「那不是你的錯。是我不好。我應該把槍鎖起來的。出來吧。」薇莉要求著。

男孩依然躲在床下。「我很害怕。」薇莉試著要解釋。「你曾經害怕過嗎？真的、真的感到害怕？」

這是什麼蠢問題，薇莉暗自在想。當然，男孩一定感到害怕過。他才剛經歷了一場可怕的車禍，而且獨自穿越暴風雪，差點就凍死了。男孩知道害怕是什麼滋味。他知道恐懼是什麼。

薇莉等待著。男孩恐慌的呼吸平靜了下來。幾分鐘過去。薇莉感到自己的褲腳被輕輕拉扯了一下，就像一條翻車魚在拉扯著一個夜行者一樣。她彎下身，把頭探到雙腿之間，這樣，她才可以看到床底下。男孩沾著淚水的臉回視著她。「你要出來嗎？」薇莉問。

男孩終於從床底爬出來，站了起來。雖然他沒有開口，不過，薇莉明白他想知道什麼。

「我找到了那輛卡車。」薇莉小心翼翼地說，「沒有其他人。」這是明目張膽的謊話，但是，她幹嘛要增加他的擔憂呢？男孩的肩膀失望地往下垂。「你媽媽和你在卡車裡嗎？還是有其他人和你一起？」她問，「某個你在乎的人？」男孩沒有回應。

薇莉拉起男孩的手。他的皮膚冰冷，底下的骨頭彷彿隨時可能在她的手裡斷掉。他把手抽回來，彷彿被燙到了一樣。

「等到暴風雪過去，我會再去找找。」薇莉向他保證。她把手伸進口袋，掏出她在撞毀的卡車附近發現的那塊骯髒的白布。「我找到這個。這是你的嗎？」薇莉問。

男孩的眼睛亮了起來，在怯生生地伸出手之前，他的臉上浮現了一絲笑容。薇莉把那塊白布遞給他，男孩立刻將白布貼在自己的臉頰上。

那名女子為什麼不等薇莉回頭去找她？她可能去了哪裡？薇莉忍不住要想，她是否涉及什麼壞事，所以必須要逃跑。她的思緒裡湧出了各種的可能性：她在逃避法律的制裁或者在躲避丈夫的虐待。也許女子只是因為車禍而喪失了判斷力，所以才會在風雪中四處遊蕩。

他們回到樓下之後，薇莉又丟了一根柴火到火爐裡。男孩用一種很好笑的方式轉向側面，然後用眼角瞄著四周所發生的事，彷彿試著不要被發現他在注意一樣。薇莉把沙發上的毯子疊好，塔斯一把跳上沙發，一連轉了三圈，才在沙發一角安頓下來。這次，她並沒有把塔斯趕下去。

薇莉走進廚房去幫男孩倒了一杯水。他一定也餓了。她在櫥櫃中翻找到一盒麥片，倒了一碗。然後帶著乾麥片和水杯回到起居室，只見男孩嘴裡含著拇指，蜷縮在塔斯身邊的沙發上。

「你得要喝點東西。」薇莉說著，把水杯遞向他，然而，男孩卻緊閉著雙唇，把頭別開。

「好吧，」薇莉說著，把水杯和麥片碗都放到咖啡桌上。「你想吃的時候就自己吃吧。」

男孩的眼皮越來越沉重，很快地，他的呼吸聲就和塔斯的呼吸聲此起彼落；他們雙雙都睡著了。

薇莉看了一下手錶。怎麼可能才午夜？

室外，暴風雪變得更加瘋狂了。強風憤怒地咆哮，狂暴的雪也不停地沖刷在窗戶上。薇莉不停地望著窗外，希望可以看到那名女子走向屋子，然而，她所看見的只是一片白茫茫。過了一會兒之後，她放棄了。那名女子若非在風雪中找到了幫助——這似乎並不可能——就是屈服在這樣的天氣底下了。

薇莉從樓上拿來她的稿子和裝滿犯罪現場照片的檔案夾，考慮著要幫自己倒一杯酒，不過最終卻選擇了咖啡。她試著要閱讀，但目光卻不停地看著沙發上熟睡的身影。他是誰？一定有人在外面找他。

她時不時地檢查屋裡的電話，但每次電話裡都只是一片靜默。這是長久以來第一次，她想要找人說話。

不過，並非是任何人。薇莉想要和她的兒子講話。她想要為自己就那樣離開而道歉。她對他感到心灰意冷，她厭倦了爭吵，厭倦了塞斯把她和她的前夫拿來相比。當他那天晚上出去沒有回來時——那完全就是一種折磨。她不知道塞斯去了哪裡，和誰在一起，不知道他是活是死。

身為人母，薇莉選擇了最省事的方法來面對問題。塞斯的話重重地傷害了她。他恨她，希望搬去和他父親同住。在受傷之下，她以寫書為藉口，來到了這個傷心、孤寂的地方。薇莉離開了她的兒子，只有老天爺知道如何才能修補他們母子的關係。

此刻，只要能和塞斯聊聊他在學校的事、聊聊他的朋友，她就會感到心滿意足，然而，那不可能。現在，薇莉是另一個孩子唯一的照護者——一個她沒有能力應對的孩子。

暴風雪依然在怒吼，室內的陰影晃動，夜色越來越深。她看了看手錶；凌晨一點。薇莉痛恨這種安靜的時刻。感覺上除了她以外，全世界都進入了夢鄉。等到鴿灰色的光線從窗簾之間滲入時，她就可以鬆一口氣了。她將會閉上眼睛，在那短暫的一刻裡，她就可以和其他人一樣了。

薇莉在地板的吱吱聲中醒來。她眨著矇矓的睡眼，發現男孩正坐在火爐旁的地板上，背對著她。

有東西從男孩的指縫間掉落到了地板上。那是喉嚨被劃開的照片，還有牙齒斷裂、眼眶空洞的照片。噢，不會吧，薇莉心想。他發現了那些犯罪現場的照片。男孩跌跌撞撞地站起身，衝過房間。薇莉從沙發上跳起來，跟在男孩身後。他還沒來得及跑到浴室，他的胃就止不住翻騰，酸熱的膽汁從他的嘴裡噴了出來。

男孩乾嘔著，直到他的肚子裡再也吐不出什麼東西。

「你不應該看那些的。」薇莉在漆黑的浴室外面說道，「我很抱歉。那是我工作的資料。我是個作家。」

男孩爬進馬桶和牆壁之間的小空間，用雙手蓋住了臉。

薇莉在浴室門口逗留了一會兒，當男孩不肯出來的事實變得顯而易見時，她轉身回到了起居室。

薇莉要怎麼解釋那些可怕的照片是用來做什麼的？她找不出什麼適當的說法。他認為她是個怪物，任何可能讓男孩信任她的機會現在都喪失了。

14

二〇〇〇年八月

喬西躲藏在玉米田裡，努力壓抑著想要拔腿奔跑的渴望。他可能躺在哪裡等著，在她一動的時候就撲向她。因此，喬西繼續等待。她等待著會發生什麼事，等待著有人來幫忙，等待著有人來找她。她不停地希望她父親或母親會撥開重重的玉米稈走到她面前，然而，他們並沒有出現。

天空裡的雲層已經散開，月亮耀眼地俯視著她。喬西藉由月亮在天空裡徐徐爬行的方位來推算時間。她壓抑著反胃的感覺，深怕只要嘔吐，那個帶槍的人就會聽到她乾嘔的聲音，進而發現她的所在。然而，她無法忍住淚水，沉默的啜泣讓她的身體不自主地痙攣，她的頭彷彿有千軍萬馬在踩踏，下巴也因為強忍著吶喊而發痛。

儘管夜裡依然燥熱，喬西卻在顫抖。她手臂上的傷口已經不再出血了，不過，她可以感覺到鉛彈嵌在她三頭肌裡的硬塊。

她已經盡她所能地站在原地站得太久了，以至於她的肌肉開始僵硬。她赤裸的皮膚讓蚊子享受到了一場盛筵，牠們的叮咬彷彿一千根針刺扎在她的皮膚上。她終於蹲了下來，坐到自己的腳跟上，再將她的手臂藏進T恤裡抱著雙膝。她手臂上的那股疼痛宛如在擊鼓一樣。喬西悲慘地坐在那裡，就像一隻圓滾滾的甲蟲，正在等著天亮的來到。

每次，玉米田裡響起沙沙的聲音，她的心就像回力鏢一樣從恐懼飛向了希望。一定有人聽到了槍聲。聲音在鄉下地方會傳送到好幾哩之外。一定有人會聽到槍聲，然後警覺地報警。她半期待著她父親會出現，伸出手扶她站起身，然後帶她回家。然而，他一直沒有出現。任何人都沒有出現。

幾個小時過去了。星星逐漸隱沒，頭頂上的天空緩緩地褪去了夜衣，換上了一層粉紅和橘色的薄紗。喬西覺得口乾舌燥。每動一下，她的手臂就像受到了重擊，讓她忍不住發出痛苦的嗚咽。

她在十歲的時候曾經摔斷過腳踝。當時，她和貝琪在她家農田裡的圓形乾草堆上玩跳房子，由於誤判了乾草堆之間的距離，結果，她從六呎高的乾草堆頂端直接摔落到了硬土上。那股疼痛是那麼地劇烈——不過，比起中槍，摔斷腳踝的疼痛根本算不了什麼。當喬西再也無法憋住尿意時，她讓自己從T恤的蠶繭裡掙脫出來，站起身，用她還能動的一隻手，笨拙地拉下她的短褲，釋放了自己，同時催促著彷彿流不完的尿液盡快結束。

喬西口渴到想要走出玉米田去喝水，然而，她無法讓自己離開玉米田所提供的偽裝。她試著從田裡的陰影移動來判斷時間。她渴望著躺下來睡覺，卻又害怕那個槍手會發現她。

一陣紙張的搓揉聲穿過農田，她頭頂上方的玉米稈也跟著晃動了起來。有人來了。恐慌掐住了她的喉嚨。她跑不過他的；她沒有武器，沒有任何的保護。喬西緊緊地抱住自己，等待著即將來臨的一切。

然而，沒有人穿過玉米田，只有一朵巨大的黑雲快速飛過她的頭頂，落下、升起，然後又落下，再升起。紅色羽翼的黑鶇彷彿一層濃厚的黑煙，正聚集在她的頭頂上方，穿越農田，進行牠們每年一度的遷徙。

喬西的父親一定會感到很煩躁。這種事每年都會發生；那些肩膀上有著紅色和黃色補丁的黑鳥在農田裡俯衝，大肆享受著他們辛苦耕耘的農作。她期待聽到丙烷爆炸的巨響，那是她父親深為倚重的工具，專門用來驅趕那些討厭的鳥群。爆炸聲一直沒有響起，空氣裡只有啪啪的振翅聲和啁啾的鳥鳴。

喬西不能永遠躲藏在田裡。沒有人會來拯救她。她需要自救。喬西掙扎著站起身，鳥群的黑色陰影在一片嘈雜聲中往上飛升，向農田的另一邊飛去。她腿上的肌肉在大聲抗議，她的手臂在發脹，皮膚也在發燙。又一陣反胃的感覺襲來，喬西閉上眼睛，想像著自家農園在黎明中的模樣。

紅色的大穀倉以及她父母在廚房餐桌邊喝著咖啡的畫面，讓她冷靜了下來。朝陽正在從穀倉的後方升起，那表示如果她朝著太陽的反方向前進，她就可以走出玉米田，來到她家的農舍附近。

一步一步地，喬西在綠色的天篷下挪動，早晨的太陽在她的頭頂上燃燒。她很快就發現了她昨天晚上走過的路線。玉米稈平躺在地上，留下了被瘋狂踩踏過的痕跡。喬西的心在胸口劇烈地跳動著。

她離家很近了。她想要跑向屋子，用力打開前門，看到她的父母、伊森和貝琪就坐在廚房桌邊，因為她延誤了大家出發去嘉年華的時間而生氣，但是，喬西實在太害怕了。因此，她徘徊在農田的邊緣，從濃密的玉米稈之間往外窺探。

第一眼，一切看起來都很正常。院子和農舍就和平時一樣。她父親的卡車和她母親的車子就停在車道上。紅喉蜂鳥在屋旁那片亮橘色的馬利筋上方盤旋。穀倉頂上的銅製風向標公雞也在熱風中轉動。

然而，喬西依然無法讓自己踏出玉米田。後門的紗門在鉸鏈的支撐下搖擺。也許大家都還在睡覺，喬西滿懷希望地這麼想，雖然她知道這並不可能。屋外的羊圈空蕩蕩的，緊閉的穀倉裡傳來陣陣彷彿有人在哭泣的聲音。雖然，喬西知道那是山羊在飢餓下發出的咩咩聲，然而，牠們絕望的呼喚卻還是讓她手臂上的寒毛豎立。她父親從來都不會忘了餵食山羊和擠羊奶。

她想要衝向屋子，發現她的家人和貝琪正在等她，然而，她被石頭和乾土劃傷的腳底，卻讓她無法加速她的腳步。她所邁出的每一步都讓她在疼痛下畏縮。

雞舍裡的雞群在她接近的時候開始咕咕叫了起來，纏著喬西給牠們飼料和飲水。但願每個人都還在睡覺，她無聲地祈求著。

喬西抬頭看著屋子。她想起昨天晚上聽到的巨響，還有她父母臥房窗戶裡發出的閃光。窗簾後面沒有動靜，不過，窗簾有點歪斜，彷彿有人從窗簾裡往外在偷看。

那只是一個噩夢，喬西告訴自己；她以前也曾經夢遊過。她越想就越覺得很合理。她只是做了一個恐怖的噩夢。

等她經過了穀倉和雞舍，山羊和雞群就逐漸安靜了下來。她走過她母親用來儲藏園藝工具的舊棚舍，再經過她和貝琪昨天晚上快樂地彈跳過的蹦床。那彷彿是一百萬年以前的事了。

喬西歪著頭，希望可以聽見她母親和父親在廚房餐桌邊聊天的聲音。然而，除了紗門被熱風吹得忽開忽關的聲音以外，周遭全然一片安靜。

喬西抓住被風吹開到一半的紗門，踏進了玄關，再將紗門在身後關上。她會因為一整晚都讓後門開著而被碎唸一頓。見到她父親覆滿灰塵的工作靴還在玄關的衣帽間裡，喬西心裡不禁掠過另一抹焦慮。

廚房裡沒有人。只有冰箱的嗡嗡聲和天花板上的吊扇發出的呼呼聲。起居室裡，伊森的一雙網球鞋扔在地板上，她母親一直在閱讀的那本平裝書，也依舊攤開放在沙發扶手上。

喬西走到樓梯底下往上看。

「媽？爸？」她叫喚著。沒有回應。她無法抬起左手放在樓梯扶手上，因此，她只能抱住自己的右邊，讓肩膀靠在牆壁上來保持穩定。

她應該要轉身，直接回到樓梯底下，但是，她卻無法不推開她父母臥房的門，跨過臥室的門檻。臥房裡的光線很微弱，蓋住窗戶的窗簾將陽光擋在了外面。空氣聞起來並不新鮮，不過卻很熟悉。一陣恐懼竄過她的身體。

「媽，爸。」喬西小聲地叫著，輕輕搖晃著她父母的床。「該起床了。」沒有回應。太安靜了。

她的眼睛瞄向右邊，只見床邊的牆壁上噴濺著一灘彷彿光芒四射的血跡。她順著血跡往下看，赫然發現一個身影倒在角落，瞪大了雙眼，胸口上還有一個拳頭大小的洞。喬西無法把目光從眼前嚇人的畫面移開。那看起來有點像是她母親，然而，可能嗎？她臉上扭曲的神情彷彿恐怖片裡的畫面。那身被血浸透的睡衣就貼在她的皮膚上。

床邊那具藍色電話的電話線已經被人從牆壁上拔出來，雜亂無章地堆疊在她母親的旁邊。一股陌生的麻痺感擴散到喬西的四肢，她的耳朵裡只聽得到自己怦怦的心跳。她衝出了房間。

「爸爸？」她大聲喊著，「爸爸？」她歪歪斜斜地朝著自己的臥室而去，不過卻突然停下了腳步。從她的臥室門口看去，一隻半握著的手就在地板上，彷彿握拳握到了一半。喬西不想見到那隻手連接到什麼人，不過，她已經知道了。那是她父親。她不想看到他變成了什麼模樣。然而，她還是往前走了。一只結婚戒指發出的亮光正在對她眨眼。

喬西顫抖地吐出了一口氣，向門框裡望去。她父親的臉不見了，取而代之的是一片無法辨識的血漬、骨頭和灰色的物質。一陣尖叫卡在她的喉嚨裡，她轉過身，在匆忙之中，喬西赤裸的腳接觸到了柔軟的肌膚，她顯然踢到了她父親的手。她帶著恐懼衝下樓，雙腳幾乎沒有接觸到階梯。她用力推開前門，撞進了無情的太陽底下，開始沒命地奔跑。

早晨七點半，馬修．艾利斯朝著女兒和女婿位於草原路一哩外的農場前進。他正要到鎮上的飼料店，去和幾個舊識喝咖啡。

馬修看到大約一百碼左右之處，有一個身影正在跌跌撞撞地橫越馬路。在柏油路冒著的熱氣之下，馬修第一眼的印象是，那是一隻被車子撞到的小鹿。

當他把車開得更近時，他發現那個不成形、沾著血跡的身影並非動物，而是一個人，因為疼痛而佝僂著從路的一邊歪七扭八地走向另一邊。

馬修後來告訴調查小組說，那就好像遇到了那些老電影裡的殭屍一樣。毫無生命力又搖搖欲墜的模樣，當我看清那是誰之後，我的心臟差點就停了。

即便喬西意識到有卡車接近，她也沒有顯示出任何察覺的跡象。她的祖父把車子停在路邊，從卡車上跳下來。

「喬西？」他問，「發生了什麼事？你在幹嘛？」喬西彷彿沒有聽到他在說話，只是繼續往前走。馬修不知道該怎麼辦，最終只好抓住喬西的肩膀，強迫她看著他。

「喬西，」他注視著她泛紅無神的雙眼。「發生了什麼事？你要去哪裡？」

「去你家。」喬西試著用低沉沙啞的聲音說道。馬修心想，這也太奇怪了，因為喬西走的方向完全相反。喬西的手臂腫了起來，並且覆蓋著乾掉的血漬，她的手臂和雙腿上佈滿了數不清的刮傷。他把喬西帶到自己的卡車旁邊，扶她坐進車裡。

「怎麼了，噓噓？」馬修叫著他幫她取的小名問道。當喬西還在學步的時候，她總是跟在她祖父身後團團轉。「噓，走開，噓。」他會調侃地說，而喬西就會咯咯笑地跟在他身後吵個不停。「發生了什麼事？」他警覺地問，「發生了什麼意外嗎？」

「我想，一定是家裡發生了什麼意外。」馬修在警長抵達現場時告訴他。「當時，這個念頭是我唯一想得到的。他們計畫要在那天早上出發去愛荷華州的嘉年華。他們當時應該已經上路了。所以，我決定帶喬西回她家。我沒有想到會看到那樣的場面。」當馬修和喬西把車開到車道上時，馬修把自己的卡車停在了兩輛車的後面——他女婿的雪佛蘭以及林恩的小休旅車。唯一不見了的是伊森的卡車。

直到此時，馬修才再度看著他的孫女。只見她的臉頰上有一片羽毛般的紅疹，她沒有梳理過的頭髮糾纏在一起，她的眼睛紅腫，彷彿哭了很久。她光著腳丫，髒兮兮的腳看起來好像有人和她交換過腳一樣。在仔細的檢視下，喬西的手臂讓馬修的喉嚨一緊。他曾經看過這種傷口。「喬西，你的手臂怎麼了？」馬修問。

坐在他身邊的喬西強迫自己睜開眼睛，低頭往下看。她沾滿血跡的手臂腫脹，鉛彈卡住的地方鼓得像一顆高爾夫球一樣。

雖然早晨的氣溫已經很熱了，但喬西卻開始顫抖。

「其他人都在哪裡？」馬修問。

喬西望向車窗外面，看著房子的二樓。

「在樓上？」馬修的聲音裡充滿了恐懼。喬西點點頭。「我需要打電話求救嗎？」

喬西又點了點頭，然後把頭轉開，靠在車窗上面。

馬修走下卡車。院子裡一片靜謐，除了引擎逐漸冷卻下來的嘀答聲之外。「待在這裡。」語畢，他往房子的後面走去。

喬西的祖父穿過紗門走進了屋裡，紗門在他身後砰的一聲關上。喬西記得自己把眼睛緊緊地閉了起來，彷彿這樣就可以保護她的祖父不被他即將看到的畫面嚇到。

儘管她摀住了耳朵，喬西仍然聽到了他窒息般的叫聲，然後是如雷般的下樓聲，以及後門被用力推開的碰撞聲。她聽到她祖父企圖呼吸的喘氣聲，隨即是悲慘的嘔吐聲，最後是液體拍打在地上的聲音。

馬修憤怒的哭喊聲劃破空氣，喬西緊緊地把雙手壓在耳朵上，但是卻阻絕不了任何的聲音。

當烏鴉飛過的時候，黛比．卡特正在一哩外的自家院子裡，她報警說她聽到了哭嚎聲。在持續不斷的淒厲尖叫聲中，她放下手中除草的工作，抬起頭來，她猜想那一定是什麼受傷的動物，黛比暗自希望有人可以幫那隻可憐的動物了結痛苦。在驚嚇之中，黛比匆匆地把曬衣繩上的衣服收進了屋裡。

馬修的哭聲漸漸地轉變成微弱的慟哭聲，然後安靜了下來。喬西記得自己又聽到了紗門打開的聲音。他又回到屋裡了？為什麼？她不知道。他為什麼要那麼做？

他並沒有在屋裡待太久。喬西聽到卡車的車門打開，隨即在她祖父回到車上之後又輕輕地闔上。她鼓起勇氣偷瞄了他一眼。但見他陷坐在駕駛座上，低垂著頭，那雙飽經風霜、佈滿老人斑的手緊緊地抓住方向盤。他們就那樣坐在車裡，彷彿坐了很長的一段時間，而隨著時間過去，卡車裡的溫度也跟著越來越高。

遠處傳來了一陣微弱而持續的鳴響。警笛。援助到了。

「噓噓，」馬修聲音沙啞地說，「這裡發生了什麼事？」他抬起頭，泛紅的雙眼注視著喬西。

「我想，他們死了。」喬西小聲地說，「你有找到伊森和貝琪嗎？」她問。

「沒有，只有你的……」他顫抖地呼出一口氣。他的雙手也止不住在發抖。

「我放開了貝琪的手。」喬西呆呆地說，「對不起，我不是故意的。」警笛的聲音越來越大。

「該下車了。」馬修說著，打開卡車車門。在警笛聲來到極限的同時，兩輛布雷克郡的警車開進了喬西家的車道，隨著警車停下，警笛聲也跟著靜止了。「待在我身後，噓噓。」他的話讓喬西躲到了他後面，揪住了他的皮帶釦環。兩名男子從警車裡出來，同時拔出了配槍。馬修立刻舉起雙手。

「他們在樓上。」馬修說著，朝著屋子點點頭。「他們中槍了。」

15

小女孩坐在地板上，讓她母親幫她編著辮子。「我小時候也會把頭髮綁成這樣。」她母親說，「我媽媽會把我的頭髮編成魚尾，不過，我一直都沒有學會要怎麼編那種辮子。」

女孩喜歡聽她母親年輕時的故事，但是，她母親很少提及。她母親的父母都死了，只要提起他們總是讓她母親很傷心，因此，每當她母親說起他們的時候，每一個字都能讓女孩聽得很入神。

女孩正打算問魚尾辮是什麼的時候，她母親突然發出了微微的呻吟。「怎麼了？」女孩轉過身問。她母親搖搖晃晃地站起來。一道鮮紅的液體從她的雙腿之間源源湧出，沿著她的大腿流了下來。

「是嬰兒。」她母親喃喃自語地跌撞到浴室。

「她要出生了嗎？」女孩問，她確定會是個女孩。

「太早了。」她母親喊著，一邊脫下她的短褲，一邊用力地關上了浴室的門。

女孩站在門的另一邊，聽著她母親的呻吟和哭喊聲。她叫得那麼大聲。太大聲了。女孩焦急地看著樓梯盡頭的浴室門，希望她母親的哭聲沒有驚擾到她父親。他一定會很生氣的。

「噓。」女孩隔著門說，「噓。」然而，她母親的呻吟依然在持續，彷彿海浪般地此起彼伏。她坐在地板上，背靠著門，等待著、祈禱著援助，但同時也祈禱著她父親不會出現。

這是快要死掉的聲音嗎？女孩不知道。沒有她母親的話，她要怎麼辦？誰會照顧她？她父親根本不在乎她。為她唱安眠曲的是她母親，幫她編辮子、在她的指甲上塗顏色的是她母親，在她做噩夢時將她緊緊摟在懷裡的也是她母親。

房間裡越來越暗，她母親依然在門的另一邊。讓她害怕的東西很多，但是，黑暗絕對不是其中之一。女孩一點也不介意黑暗。黑暗有三種。早晨的黑暗鑲著灰色的邊，會漸漸地轉變為藍色和粉紅色，而且，大部分的時候，那樣的黑暗都示意著她父親很快就會去工作了。她喜歡她父親不在的時候，雖然，那會讓她母親感到更加地焦慮。她母親會擔心他不再回來，那樣一來，她們該怎麼辦？她們沒有錢可以買食物和衣服。她母親會感到焦躁，然而，她父親離開的好幾個小時裡，女孩卻只感到更放鬆。

然後是晚餐後的黑暗。那是在她洗完臉、刷完牙之後的時間。她會坐在沙發上，就在她母親和父親之間，看著電視底下那台小機器在他們塞進一個東西之後所播放出來的一部電影。晚餐後的黑暗是由迷濛的紫色和海軍藍所構成，那總是給她一種一切都很安好的感覺。一起看著電視，有時候分享一碗爆米花，那讓女孩覺得她的家庭並沒有和電影裡的家庭有什麼不同。

不過，晚餐後的黑暗同時也是一天中最不安的時刻。如果她父親的心情不好，或者她母親感到傷心難過，她就無處可去。她得要聽著那些憤怒的言語、眼淚，還有刺耳的裏掌和打人的聲音。在那些時候，女孩會走到窗戶底下她最喜愛的那個位置，在漸暗的光線下看書，從百葉窗和玻璃窗框的縫隙裡偷窺著外面的世界。

最暗的黑暗會在午夜裡來到。那樣的黑暗既溫暖又絲滑，而且聽起來就像她母親在她身邊的呼吸聲。

女孩在想，黑暗不是你應該要害怕的東西，從黑暗中走到光線底下的怪物才是你需要感到害怕的。

16

現今

薇莉在等待男孩從浴室出來時打開了前門，讓塔斯出去。風雪再度加大了馬力，冰冷的寒意穿過她的衣服。這回，塔斯很快就回來了。

男孩不可能在浴室裡待一整個晚上。那裡面太冷了。薇莉輕輕地敲了敲門。浴室裡沒有反應。

「你在裡面還好嗎？」薇莉問。依然沒有反應。她轉動了門把，浴室的門瞬間就打開了。男孩坐在那裡，拳頭緊貼在自己的眼睛上。

男孩就像一隻受到驚嚇的小鹿般膽怯，薇莉知道，她接下來要說的話得要小心用詞。「我知道你很害怕。我知道那些照片很嚇人。我寫的書是關於受到傷害的人們——我試著要說出他們的故事。不過，我絕對不會傷害別人。你懂嗎？」男孩依然拒絕迎向她的眼光。

「我想要幫助你。我想要和你家人聯絡，可是，我需要你的幫助才能做到。」

她向男孩招手，示意男孩走向她，不過，男孩只是坐在原地。她不能怪他。

雖然時值深夜，但薇莉懷疑男孩在看過那些照片之後還能再睡得著。她走到廚房，一分鐘之後，她聽到了男孩輕微的腳步聲在她身後響起。「我猜你應該餓了。」薇莉說，「你想要吃點東西嗎？」

男孩沒有回答。「好吧，我餓了。」她說著打開冰箱。「我們來看看裡面有什麼？雞蛋和鬆餅怎麼樣？」薇莉把蛋盒放在流理台上，從櫥櫃裡拿出鬆餅粉，「你要喝什麼？」薇莉問。「我有牛奶、果汁，還有水。或者咖啡。你喝咖啡嗎？我猜你喝黑咖啡吧。」

薇莉回頭看看她的小玩笑是否有讓男孩露出笑容，不過，他的神情卻依然高深莫測，只是用一隻小手在他的平頭頭頂搓了搓。「你的頭怎麼樣？」她問。「一定很痛吧。」

男孩指著鬢邊的瘀青，不過並沒有開口說話。

「噢，你的衣服應該乾了。」薇莉說，「我馬上回來。」語畢，薇莉走向洗衣室，把男孩的衣服從乾衣機裡拿出來，放在廚房的椅子上。「你可以到浴室去換衣服。你回來的時候，第一份鬆餅就會煎好了。」

男孩很快地把衣服從椅子上抓走，彷彿怕有人會打他一樣，然後匆匆地離開了廚房。薇莉把蛋打到碗裡，再把攪拌好的鬆餅麵團倒進一只熱煎鍋。

薇莉將鬆餅翻面，接著把奶油、糖漿和一碗葡萄放到廚房的桌子上。

「你喜歡鬆餅嗎？」當男孩悄悄地回到廚房時，她問道。

薇莉把一片鬆餅盛到盤子裡，遞給男孩。「你坐下來，可以開始吃了。我等下就加入你的行列。」

薇莉把一盤鬆餅和裝著炒蛋的煎鍋端上桌，舀了一些炒蛋放到男孩的盤子裡，然後也在自己的鬆餅上加了一些。她在那張橡木圓桌前坐了下來，就坐在男孩對面。「吃吧。」她催促道。「你不用等我。」男孩不確定地看著她。

「你要我幫你切嗎？」薇莉問，但男孩只是把餐盤拉近自己，然後用手指抓起鬆餅。她看著男孩把鬆餅沾上糖漿，怯生生地拿到嘴邊，嘗試性地舔了一下。在決定沒有問題之後，男孩把自己盤裡剩下的鬆餅全都吃光，然後開始吃起薇莉放到他盤子裡的第二片。他完全沒有停下來，甚至沒有多花時間咀嚼就吞了下去。

「慢點，」薇莉說，「還有很多。」

男孩低下頭，嗅了嗅炒蛋，隨即皺起了鼻子。

「沒關係的，」薇莉向他保證。「你不需要吃你不想吃的東西。」

男孩期盼地看著門口。

「記得暴風雪嗎？」薇莉問。「現在到外面去還不安全。路況很差。」男孩在椅子上動了一下，彷彿準備好要逃跑一樣。

薇莉不想讓孩子陷入恐慌，不過，她也不想再對他說謊。「我保證，我一定會盡力送你回家的。」她說，「雪不可能一直下個不停。」男孩思考著她的話，幾滴眼淚突然就滑下了他的臉頰。

「別哭。」薇莉警覺地說。「我們來玩遊戲吧？」薇莉問道，希望可以讓他分散注意力。

男孩懷疑地看著她。

「這個遊戲叫做你先、我後。」薇莉說著站起身，把自己的盤子拿到水槽。「首先，你問我一個問題，然後，我也問你一個問題。你要先開始嗎？你只需要問我一個問題就好，例如，我最喜歡的事情是什麼，然後，我就會回答。」

薇莉在盤子上沖水，再將它們放到洗碗機裡。「好吧，那麼，從我開始吧。」看到男孩不回答，薇莉提議說。

薇莉抬起頭看著天花板，輕輕地敲著下巴，彷彿陷入了思考。她想要提出簡單的問題，一個不會涉及太個人的問題。「你最喜歡的顏色是什麼？」薇莉問。一陣沉默。

薇莉決定嘗試不同的方法。「好吧，薇莉，」薇莉帶著一絲孩子氣的口吻自問自答地說，「我最喜歡的是藍色。你呢？」

薇莉轉回自己正常的聲音又說：「這不是很湊巧嗎？我最喜歡的也是藍色。」

薇莉看著男孩，期待著他有所反應，不過，他只是面無表情地回視著她。也許他不懂英文，也許他是因為生理上的原因而無法說話。或者，他只是害怕到了極點。

薇莉嘆了一口氣。「好吧，我想，我可以告訴你關於我自己的事。你已經見過塔斯了。你有養狗嗎？」薇莉暫停了一下，並不期待會得到回應，然後準備提出她的下一個問題。

「我最喜歡看的電視節目是『約會線上』。你呢？」薇莉一邊在男孩的杯子裡再倒滿牛奶，一邊問著。

男孩從碗裡抓了一顆葡萄，嘗試地咬了一小口。他也從來沒有吃過葡萄嗎？薇莉很好奇。

男孩甚至不願意看著她。

薇莉攤開雙手。她的舉動讓男孩畏縮了一下。「我只是希望你可以告訴我你叫什麼名字。如此而已。有這麼困難嗎？」她問。

男孩想了一下，他的神情看似就要開口了，然而，卻又瞬間緊閉起嘴巴。

薇莉的腦海裡響起了更多的警報。她知道自己沒有給男孩太多信任她的理由，不過，她救了他一命，讓他沒有在外面凍死。是什麼原因，讓他不願意說出自己的名字或者他父母的名字？這孩子在隱瞞什麼，而他這麼做又是為了什麼？

17

二〇〇〇年八月

「我是馬修．艾利斯。」馬修聲音顫抖地說。

「我們接到報警電話說發生了槍擊。」巴特爾警長說著，神色憂慮地把槍放低。李維．羅賓斯警官站在他旁邊，他的車剛才就跟在警長的車後面。

「是我打的。」馬修告訴他。由於他接下來的話幾乎聽不清楚，警長不得不請他再重複一次。「我女兒和她丈夫死了。」馬修哽咽地重複說道。「到處都是血，」他哭著說，神情絕望地看著警長。「到處都是。」

喬西站在他身後，臉埋在了他的背上。「他們也對喬西開槍。」馬修從身後的口袋裡掏出一條手帕，擦了擦眼淚。

「我們的救援馬上就到了。讓我先看看。」巴特爾告訴他。喬西依然躲在她祖父後面。

「沒關係的，噓噓。」馬修說著往旁邊挪動了一下，讓警察可以看到他身後的小女孩。

「他們是來幫忙的。」

李維發出了一聲微弱的口哨聲。他不知道這個女孩怎麼還能站得住。喬西晃了一下，她祖父立刻抓住她沒有受傷的那隻手臂，讓她坐到卡車的腳踏板上。

「不用擔心，親愛的，救護車馬上就到了。」警長向她保證。「你說他們也對喬西開槍。所以是不只一個人嗎？」馬修靠在卡車上穩住自己。「我不知道。我不知道是誰幹的。」

「你認為他們已經離開了？」警長的眼睛掃視著眼前的建築物和土地。

「我沒有看到任何人在屋裡。」馬修說，「啊，天啊，情況很糟。真的、真的很糟。」

「你進去過了？」巴特爾問。

馬修點點頭。「我發現林恩在她的臥室裡，而威廉在喬西的房間。我不知道我的孫子在哪裡。」一波新的淚水又湧上來。

「在我們讓緊急救護人員進去以前，我們必須先確認屋裡沒有人。」警長帶著歉意地說，「你能理解的，是嗎，馬修？」

「你現在也幫不上他們什麼了。」馬修低聲地說。

喬西伸出手，拉了拉他的衣袖。「不要這麼說，爺爺。他們得試試。」她堅持地說，「他們可以把爸媽送到醫院，讓他們的情況好轉。」喬西的淚水在她髒兮兮的臉龐上滑出一道痕跡。

「讓我們來處理吧，親愛的。」巴特爾警長低聲地安慰她。

「現在，我需要你們離開房子旁邊，」警長說，「讓我們開始做我們應該做的事。」他和李維需要檢視犯罪現場，並且保護現場。他們認為行兇者還在屋裡，而且被害人幾乎沒有存活的機率。關鍵的幾秒鐘已經流失了。那是永遠無法再回頭的幾秒鐘。

太陽早已經烤乾了早晨的濕氣。馬修用他汗濕的手扶著喬西的手肘，協助她一跛一跛地走向那棵老楓樹，坐在那片綠色的天篷底下等待。警長和李維把槍重新舉起來，謹慎地走向後門。

接下來的時間在一片朦朧中過去。更多的警察趕到了現場，馬修再一次告訴他們他所知道的事。

在越來越大的救護車嚎叫聲中，馬修加入了喬西，也坐到楓樹底下。他用雙臂摟住他的孫女，小心翼翼地避免碰到她受傷的手臂，喬西把臉埋在他的肩膀上，讓混合了菸草和他用來清洗工作服的洗衣精味道充斥在她的鼻腔裡。

「在他們尋找伊森的時候，我們會讓他們幫你檢查的，噓噓，好嗎？」馬修用拇指拭去喬西眼睛底下的淚水。

救護車開上了通往他們家的小徑，在警戒線外停了下來。一男一女兩名護理人員下了車。他們打開後車廂的門，掃視著眼前的現場，等待警察給他們進一步的指示。

馬修向緊急救護人員招了招手。「我孫女中槍了。」他告訴護理人員，後者很快地拉著一具輪床，快步跑向他們。他們把喬西放到擔架上面，將她帶到救護車的後車廂，這樣，他們才能好好地檢查她的傷勢。

「你們還不會走吧？」馬修問那名女性護理人員。

「我們會先幫她檢查，不過，從那隻手臂的外觀看起來，我們需要送她到阿格納的醫院。我們得盡快動身，不過，在我們離開之前，我會讓你知道的。」她說著，對馬修露出一個保證的笑容。

「我馬上回來，親愛的。」馬修說完，喬西立刻拉住他的手，不想讓他離開。「我不會離開你的視線的。」在他的保證下，喬西才不情願地鬆手。

走進沒鎖的前門之後，巴特爾警長在腦子裡提醒自己一件事，他得要詢問馬修．艾利斯，稍早的時候，他是直接走進屋裡，還是用鑰匙開門進來的。

屋內的光線很黯淡、也很安靜，瀰漫著一股空洞感。巴特爾和李維從起居室開始，檢查了厚重的窗簾背後和櫥櫃裡面，確定沒有人之後，才往一樓的洗手間移動。

「裡面沒人。」李維表示。「不過，看來水槽裡有一些血跡。」

巴特爾警長把頭探進洗手間。水槽的白瓷邊緣和底部都覆蓋了一層粉紅色的薄膜。巴特爾點點頭。兩人繼續移往飯廳。飯廳中央是一張有著原木桌板的大桌子，旁邊還圍繞著六把椅子。桌子中間擺了一束乾燥花的裝飾。

「沒人。」巴特爾說著，拭去臉上的汗水。房間裡比荷蘭鑄鐵鍋還要熱，雖然他留意到窗戶上裝了一台冷氣機。奇怪的是，在這種熱氣底下，冷氣並沒有打開，窗戶甚至都還緊緊地關著。

李維首先走進廚房。廚房裡也沒有人。一個咖啡壺裡裝滿了黑色的液體。李維伸手摸了一下玻璃壺——摸起來是涼的。後門旁邊的一座鑰匙架上面吊著兩套鑰匙，可能是停在外面那兩輛車的鑰匙。

「我們應該要檢查樓下嗎？」李維朝著地下室的門點了點頭問道。

巴特爾檢視了靠近門頂上的滑動鎖。門是上了鎖的。「門是從外面鎖住的。」他說，「等我們從樓上下來時再來檢查。馬修說被害人就在樓上。」

巴特爾率先走向樓梯。屋裡的悶熱讓豆大的汗珠掉到了他的眼睛裡。巴特爾可以嗅到身後這名年輕警官身上散發出的恐懼味。李維之前看過很多屍體，包括車禍意外的傷亡、兩宗自殺案件，還有在獵火雞時被自己的槍絆倒、不慎走火擊中自己的一名男子，不過，他從來沒有目睹過謀殺現場的被害人。對於他們正在走向什麼，李維完全沒有概念。雖然，警長什麼都見識過了，然而，過去的經驗並沒有讓走進一個犯罪現場變得比較輕鬆。這是殺人後自殺的事件嗎？闖入者是在進屋後就開始射殺嗎？如果是的話，動機是什麼？

樓梯上有一個轉彎的死角。他們不知道什麼人或者什麼東西會出現在轉角處。巴特爾試著聆聽任何可能從他們頭頂上方傳來的聲音，不過，他所能聽到的只有自己的呼吸聲。他們需要繼續提高警覺。警長示意李維暫停下來，然後在一個深呼吸之後，穩穩地舉起槍迅速地繞過那個轉角。沒有人。他停下來穩住自己的呼吸，然後才繼續上樓。

當巴特爾走到二樓時，一股味道瞬間撲面而來。那是鐵鏽混合了排泄物的味道。血液和糞便在人死之後，通常會因為體內失去壓力而很快地解放出來。

「天哪。」李維說。

「用你的嘴巴呼吸。」巴特爾一邊往走廊移動，一邊下令。他推開第一扇門。那是一間浴室。他把浴簾撥開。沒有任何人。「沒人。」巴特爾回頭說。他們越來越接近了。

李維站在一扇關著的臥室門前。他很擔心要觸碰到門把。萬一上面的指紋被他擦掉了呢？他不想看到門後有什麼東西。他回頭瞄了警長一眼，只見警長對他點了點頭。李維試著盡可能少碰到一點門把的表面，然後扭動了門把，輕輕把門推開，舉著槍踏進房間裡。那個氣味排山倒海而來，李維只能壓抑著想要掩住鼻子的衝動。

上午的陽光從百葉窗的邊緣滲入房間裡。這個房間在第一眼看到時，就和任何房間一樣。一座梳妝台靠牆擺著，上面放了幾個鑲嵌著家庭照的相框、一張還沒有整理好的床、一疊書，還有散落著幾枚硬幣的床頭櫃。不過，床邊那個畫面無庸置疑是一場大屠殺。一名女子。她的身體已經在房間的熱氣底下開始腐爛了。

巴特爾的聲音在李維身後響起。「有人嗎？」他問。

李維花了一秒鐘才能有所反應，他彎身掀開蕾絲邊的床裙，查看了床鋪底下。他半期待會看到有人回視著他，不過，床底下沒有人。他又檢查了衣櫥，也沒有人。

「沒人。」李維喘了一口氣，一手掠過沾滿汗水的頭髮回答。「第一個受害人。」然後在警長從他身後的房門口擠進來時說道。

「啊，天啊。」巴特爾說著，「那是林恩．杜爾。看起來像是近距離朝著胸口開槍的。」

「艾利斯先生說有兩具屍體。」李維在他們退出臥房時說。

「嗯，這回你掩護我，」巴特爾對他說，「我走在前面。你還好嗎？」他面帶憂慮的看著臉色蒼白、瞪大了眼睛的李維。

「我沒事。」李維回答。

警長帶頭在下一間位於左手邊的臥室門口停下了腳步。臥房的門大開，一名男性受害者面部朝上躺在硬木地板上。他光著腳，身上穿了一件四角內褲和一件T恤，不過，那張臉已經變成了一個大洞，暴露出骨頭和灰色的物質。

「該死。」李維喘著氣。「這是她丈夫嗎？」他的心臟在狂跳。

「看起來是，不過，我們得再確認。」巴特爾說。

李維環顧著臥室。這顯然是一名青少年的房間。應該是坐在楓樹底下那個女孩的房間。牆壁上有一張海報，是一匹馬奔馳在黃色草原上的圖片，還有一張超級男孩樂團的海報。踢腳板則裝飾著棒球的貼紙。

房間裡有一張蓋著紫色棉被和一堆絨毛動物玩偶的單人床。若非稍早有人鋪過床，就是沒有人在上面睡過。此外，還有一張白色的木頭梳妝台，上面擺了一只壘球和一瓶粉紅色的指甲油。梳妝台上方是一個貼滿四健會緞帶的布告欄。床邊還放了兩個沒有捲起來的睡袋。

「走吧，」巴特爾說，「我們還有一間房間要檢查。」

最後一間房裡堆滿了髒衣服、汽水罐和汽車雜誌，是典型的青少年男孩的房間。裡面瀰漫著襪子的汗水味和爽身噴劑的味道。沒有屍體。

兩人回到走廊上，站在男性被害人的那間房間門口。「你怎麼想？殺人後自殺？」李維問，「他先殺了他妻子，然後在這裡自殺？」

「我覺得不像自殺。」警長回答他，「沒有武器。」

「是啊。」李維點點頭。「我們現在去和樓下那個女孩談談，然後去找她哥哥？」

「還要找另一個女孩。」警長嚴肅地說。

「另一個女孩？」李維問，「什麼意思？」

「地板上有兩個睡袋，」巴特爾解釋道，「旁邊還有一個裝滿衣服的運動包。有人來這裡過夜。」警長說著搖搖頭。「另一個女孩發生了什麼事？」

護理人員羅威爾．史杜本在救護車裡，試圖要把喬西．杜爾的注意力從他們車後忙成一團的警方身上分散開來。

羅威爾有著瘦長的四肢、巴吉度獵犬般棕色的眼睛，以及一絲有助於他處理傷者的親切笑容，三十九歲的他和林恩．杜爾是小學同校，他記得她是一個害羞、安靜的女孩，不過，他們彼此過去並沒有太多的交談。儘管這個地方很小，不過，羅威爾和林恩的社交圈並沒有交集。

「你看起來很冷。」羅威爾觀察著喬西。「讓我們很快地幫你檢查一下，然後，我會給你一條毯子。」喬西沒有回應。她只是閉上雙眼，但是，閉上眼睛並沒有辦法關掉警察的說話聲以及那些無線電不時響起的嗡嗡聲。那些聲音對農場來說是那麼地陌生。

救護車的後面聞起來像一間醫院的病房。就像酒精棉球一樣。乳膠手套發出的啪啪聲讓喬西畏縮了一下。

那名女性護理人員輕輕地撥開喬西眼睛上方的一縷髮絲。

「我叫做艾琳。」她說，「這位是我的朋友，羅威爾。我們要幫你做檢查，然後，等到巴特爾警長說我們可以離開的時候，我們就會帶你到醫院，這樣，醫生才能幫你看看你的手臂。我來看看你的另一隻手臂，幫你量一下血壓，好嗎？」她問。

喬西伸出她的左手臂，讓女子在她的二頭肌上繫上量血壓的袖帶。當血壓計在她的手臂上一張一縮時，喬西不禁皺起了眉頭。「我弄痛你了嗎？」艾琳問，「對不起。」

「沒有，」喬西遲鈍地說，「不痛。只是感覺很奇怪。」

屋子旁邊的一陣忙亂讓喬西坐直了身體，企圖要看清楚發生了什麼事。羅威爾將她輕輕地按回擔架上。

「你可以告訴我，你的手臂發生了什麼事嗎？」他問。喬西的三頭肌上有一塊沾了血跡的缺口，鉛彈就嵌在那個凹洞的皮膚裡。

「我們正在蹦床上玩，然後就聽到槍聲。我們跑去看發生了什麼事，結果有人就開始追我們，然後我們就開始一直跑。我跑到了田裡，但是貝琪沒有。然後，他就對我開槍。貝琪還好嗎?你們找到她了嗎?」

羅威爾和艾琳交換了一個眼神。「我相信警察很快就會來和你談話了。」艾琳低聲地說,「我去看看現在是什麼狀況。」

「你知道我哥哥在哪裡嗎?」喬西問羅威爾。「我找不到他,也找不到貝琪。」

「試著先不要去想這些事。」羅威爾安慰地說,「我會讓醫生幫你仔細檢查你的手臂。」

羅威爾帶著鼓勵的笑容對她說。

「這可能會有點刺痛,」羅威爾輕輕地用一種冰涼的液體擦著喬西的腳底。「這是酒精。」他解釋道,「可以幫你清潔傷口。」灼熱的感覺讓喬西畏縮了一下。「傷口沒有太深。我們會先清潔乾淨,然後送你到醫院去,在那裡,會有真正的醫生幫你仔細檢查。」

「我不能和我爺爺留在這裡嗎?」喬西問。「我的手臂沒那麼痛。」

「抱歉,孩子,」羅威爾說,「我們得帶你去醫院,這是醫生的指示。」

「我不想去。」喬西說著,企圖要從羅威爾身邊溜走。

「哇。」他一把抓住了喬西的手腕。「等等。你不希望讓我惹上麻煩吧?」

馬修看到了這場騷動,立刻走向救護車。

「別這樣,噓噓。」他說,「你不要亂動。讓他們幫你。」

喬西不情願地再度坐下來。「你會和我一起去,對嗎?」她問她祖父。

馬修沒有回答,只是拉起她的手。「聽著,」他對她說,「在他們帶你去醫院之前,警察會想要和你談幾分鐘。你覺得你可以做得到嗎，喬西？這很重要。我們需要盡我們所能地幫忙他們找到你哥哥和你朋友。」

喬西只想要忘記一切。忘記那些血腥的場面，忘記她父母殘破的身體，忘記遭人追逐、躲進玉米田的恐懼，然而，那些畫面卻牢牢地嵌進了她的腦子裡。她永遠也無法忘記，但是，她可以試著忘記，也可以幫忙。她會記住所有的細節，然後一一告訴警察，這樣，不管誰是兇手，都會被逮住，而她的哥哥和貝琪也會回到家來。

在波登，貝琪的母親瑪歌．艾倫剛開始她在雜貨店的值班，當她今天的第一名顧客走近她的結帳台時，她正在把她的綠色圍裙套過頭，一邊在她的收銀機上簽名報到。「你好嗎，伯妮？」伯妮．米歇爾把她購買的物品放在櫃檯上時，瑪歌和她打了招呼。

「噢，我還不錯。」伯妮說，「你有聽說這個鎮的西邊發生了什麼事嗎？」她靠近瑪歌，詭秘地低聲說道。

「沒有，怎麼了？」瑪歌一邊問，一邊把收據遞給伯妮。

「那棵老山核桃樹附近發生大事了。一堆警察都在那裡，那一定是稍早我之所以會在街上聽到救護車警笛的原因。」

「山核桃？」瑪歌重複了她的話。「草原路的那棵山核桃樹？」一絲擔憂掃過她的心裡，不過，她很快地忽略了。杜爾一家住在草原路。然而，他們應該在幾個小時以前，就已經出發去德梅因的嘉年華了。如果出了什麼事的話，她相信早就會有人聯繫她了。

「我敢打賭，一定是那些製作冰毒的房子之一。」伯妮說著，搖了搖頭。

瑪歌把裝在袋子裡的物品交給伯妮，祝她有個美好的一天。草原路上有多少戶人家？她在腦子裡回想著。至少四家，也許更多。希望和杜爾家無關。

瑪歌四下張望著雜貨店裡。只有寥寥幾個客人。「嘿，湯米。」瑪歌對正在展示新鮮玉米串的男孩說，「你可以幫忙看管前面幾分鐘嗎？」

瑪歌走進休息室，把皮包從櫥櫃裡拿出來，在工作的時候，她向來都把皮包收放在櫃子裡。皮包裡有一本她用來記載重要電話號碼的小記事本。她拿起電話，撥打到杜爾家。電話響了又響。在無人接聽之下，她把電話掛斷。當然不會有人接電話。她看了一下手錶。剛過上午九點。瑪歌撥弄了一下一撮沒有夾好的髮絲。

雜貨店的老闆李奧納多・薛佛應該不會介意她外出一會兒。湯米可以暫時代理她的工作。她的丈夫，幾乎算是前夫，她自我修正了一下，會認為她很傻，對孩子保護過度了。雖然，貝琪成長得那麼快，但是，她依然是她的小女兒。一絲疑惑不停地在她內心裡蠢蠢欲動。出事了，出事了。瑪歌看著手錶。她可以在四十分鐘之內來回。而且，那有什麼壞處呢？她只是要開車經過杜爾家的農場，然後就立刻回來。

無視於一群執法人員和護理人員都在屋外，李維直接就從屋裡跌跌撞撞地衝出了前門。他把雙手支撐在膝蓋上，大口地吸進新鮮的空氣，試著要清除鼻子和喉嚨裡那股血腥和死亡的味道。跟在他身後的是一臉嚴肅、滿頭大汗的巴特爾警長。

「警長？」一名年輕的警察走上前來，他的臉龐因為期待而發亮。

「封鎖這裡。」巴特爾警長下令。「未經我准許，所有人不得進出。」那名警察點點頭，隨即跑開去傳達命令，然後從他的巡邏車裡拿出黃色的警戒帶。

「李維──」巴特爾叫道。李維立刻站直，希望自己不再反胃。「長官？」他回答。

巴特爾望向馬修．艾利斯站著的那棵楓樹底下，手裡拿著他的帽子，小心翼翼地觀察著他們。巴特爾微微地搖了搖頭，馬修的神情立刻垮了下來。

「我需要你打電話給州警，」巴特爾說著，把注意力轉到李維身上。「告訴他們，我們需要他們盡快派一些探員過來。」他用袖子擦著額頭上的汗水。「還有，叫他們要帶搜尋犬來，我們有兩具屍體，還有兩個失蹤的孩子，我們需要得到全力的幫助。」

18

現今

吃完東西之後，薇莉和男孩回到起居室，在爐火前面坐下來。薇莉無法不盯著他看。他嘴邊的紅疹似乎消退了一點點。雖然還在發紅，不過至少已經不像發炎了。薇莉往前再靠得更近些。一個銀色發亮的東西正在對著她閃爍。薇莉輕輕地摸了他的臉，揉了一下。出乎意料地，男孩並沒有閃開。他的皮膚短暫地黏在了薇莉的手指上，不過，很快地又鬆脫了。

薇莉小心地把那個銀色的東西從男孩的下唇挑起來，在自己的手指之間搓揉了一下。黏黏的。強力膠帶？不可能。

「有人用膠帶貼住你的嘴嗎？」薇莉小聲地問。

男孩對著薇莉眨眼。他並沒有被這個問題嚇到，或者出現什麼憤慨的反應。他只是點了點頭。

「誰？」薇莉問，她的胸口因為某個她說不出來的東西而收縮。恐懼、憤怒、悲傷。也許三者都有。「你爸爸？」薇莉問，「你媽媽？」

在男孩能夠回應之前，一聲巨大的爆裂聲響起。然後又一聲，再一聲。薇莉跳了起來，小腿肚直接撞到了雪松櫃。

「可惡。」她對著屋外聽起來像是玻璃碎掉的聲音低聲地說。窗戶都起霧了，薇莉用手指擦了擦玻璃，企圖要擦去霧氣。從這個位置看出去，她無法看出聲音的來源。外面還在下雪，強風越來越狂烈，她幾乎連幾呎之外的景象都看不清楚。

又一聲爆裂聲充斥在空氣裡，讓塔斯發出了一陣嗚咽。

「是樹，」薇莉說，「樹枝斷了，被冰雪的重量壓斷了。首先是樹，接下來就是電線了。」

男孩疑惑地看著她。

「也就是說，很快就會變得很暗很冷了。」薇莉說著，從窗戶邊走到櫥櫃。她打開櫥櫃，從櫥櫃頂端取出一支高功能的手電筒，放在雪松櫃上面。接著，她又打開沙發邊的茶几抽屜，找出另一支小一點的手電筒。

「這個，」薇莉把小手電筒遞給男孩。「你按一下這裡打開。試試看。」男孩把手電筒的黑色開關往上推了一下，一束光線瞬間亮起。「現在把它關掉。只有在燈光全都熄滅的時候才打開。」男孩又把開關推向相反的位置。「待在這裡，」薇莉說，「我再去拿其他的手電筒。」

薇莉從一間房間跑到另一間房間，蒐集著手電筒。在她初到農舍時，她曾經在房子裡儲藏了好幾支手電筒，以防類似這樣的情況發生。在此之前，薇莉從來都不需要它們，但是現在，一想到會陷入一片黑暗之中，即便是在她如此熟悉的地方，她的心跳也忍不住加速了起來。她認為如果有光線的話，一切就不會有事。

薇莉把手電筒帶回到男孩旁邊，全數放到沙發上。「我要上樓再多拿一些；我馬上就回來。」

一看到男孩猶豫的臉，薇莉暫時停下動作。薇莉已經讓男孩驚嚇過好幾次了，她不想要再嚇到男孩了。黑暗是她的問題，不是他的。

「只是再多拿幾支，我也要拿一些電池過來。」薇莉說著，從手電筒堆裡拿了一支，快步走向樓梯。比起手電筒，她更應該要擔心的是火爐的柴火夠不夠。理性上來說，薇莉知道黑暗傷害不了他們，然而，寒冷卻可以。等她把手電筒都拿出來之後，她就會到穀倉去多拿點木柴。

上樓之後，薇莉走到她用來當作辦公室的房間。這裡是她向來最常停留的地方，因此也是她儲藏防風燈的所在。只要一組電池，防風燈就可以持續亮上一百四十個小時。

屋外，樹枝折斷的聲音還在繼續。薇莉震驚地看著一根被冰裹住的樹枝從她的窗戶外面掃過，彷彿牙籤一樣地斷裂，直接掉到了窗戶下面的地上。在薇莉打開書桌最底下的抽屜、拿出好幾盒電池的同時，一道橘色的閃光劃破了暴風雪。

薇莉靠在書桌上，把臉壓向窗戶，企圖看個清楚。只見大風將滾滾的暴雪吹過農田。緊接著又是一道橘色的閃光。那是車子的頭燈，也許是救護車？薇莉無法分辨。

她關掉書桌的桌燈，希望可以藉此看得清楚一些。外面的燈光消失了，剎那之間，薇莉以為剛才的閃光是自己的想像，不過，空氣突然凝結了，彷彿暴風雪正在換氣一樣。在暴雪散開之下，一團橘色的火球點亮了小徑頂點的天空。

是那輛卡車的殘骸起火了。

也許有電線掉到車上，引燃了油箱？一定是這樣吧。

她什麼也做不了，只能任由車子燃燒。

風雪彷彿吐了一口氣，讓前方的道路都受到了遮蔽，也把大火包裹在一片白茫茫裡。

又一道橘色的閃光劃破黑暗。薇莉可以聽到火焰在風中發出的劈啪聲。她想到了車子的雜物箱，任何可能告訴她卡車主人身分的文件，也許都儲存在雜物箱裡，只是，那些東西現在應該都付之一炬了。在一開始發現車子殘骸的時候，她應該要多花一點時間檢查的。

她頭頂上方的燈光閃了一下。薇莉屏住呼吸，不過，燈光持續亮著。她需要拿到更多的手電筒，更多的電池。

關於那輛卡車，薇莉現在已經無能為力了。她需要擔心的，是她能控制得了的事情。例如讓她自己和男孩保持溫暖，讓黑暗遠離他們。

薇莉從窗戶邊走開，捧著她的防風燈和一大把電池穿過走廊，走向樓梯。就在她的腳碰到第一級階梯時，整間房子突然陷入了一片黑暗。

薇莉凍結了。她的指尖在刺痛，她的心臟在狂跳。一波暈眩向她襲來，讓她放開了手裡的電池。電池掉落在樓梯的台階上，消失在黑暗裡，薇莉只能往下瞪著她底下的那一片黑色深淵。她的理智知道她沒有什麼好害怕的，不過，她無法思考。冷汗從她的額頭冒出來，她的耳朵裡也響起了一片低沉的嗡嗡聲。

她搖晃地在樓梯頂端坐了下來。她無法呼吸；空氣沒有辦法順利被吸進她的肺裡，而是被某個蟄伏多年的東西擋住了。某個黑暗油滑的東西悄悄地出現，控制了她。

薇莉把手指壓在喉嚨上，彷彿這樣就可以掙脫它冰冷的控制。黑夜終於在她沒有防備的時候找上了她，薇莉覺得自己也許就要窒息了。

在此之前，她一直都還能掌控住明暗。但是，她再也勝不了黑暗了。她緊緊地閉上了雙眼。

一陣尖銳刺耳的咳嗽聲彷如海豹的鳴叫，趕走了她腦子裡嗡嗡叫的蜂群，薇莉睜開眼睛。

「嘿？」她喊著，「你還好嗎？」薇莉問，試著保持聲音的穩定和平淡。

一束光線投射在牆壁上，讓樓梯間籠罩著一片詭異的微光。她的暈眩褪去，世界又自動回復了原貌。有了光線，一切就會沒事。

「我這就下來。」語畢，薇莉等到她的呼吸穩定之後才站起來。她的四肢恢復了感覺，她可以感到木頭的手扶欄杆就在她的手指底下。她的雙腿感覺很沉重，不過，藉著男孩手電筒的光線，她可以慢慢地走下樓。

看到男孩臉上擔心的神情，薇莉低聲地對他說：「我沒事，我只是不太喜歡黑暗。」

男孩伸出手，把防風燈的開關打開，一股柔和的光線立刻盈溢在室內。不為所動的塔斯就躺在火爐前面。薇莉喉嚨裡那個黑色的結不知何時偷偷地溜走了。

薇莉把防風燈放在雪松櫃上。「維修人員可能要花好幾天的時間，才能讓電力恢復，不過，我們不會有事的。我們有燈光、食物和木頭。」她的語氣聽起來並不堅定。

薇莉看著火爐旁邊稀疏的木柴，她的心瞬間就往下跌落了。木柴。他們需要更多木柴生火，不過，屋裡已經沒有木柴了。她需要外出到穀倉去。這是她最不想做的事，然而，她有其他選擇嗎？他們需要木頭生火取暖。「我們需要木柴。你想要幫我嗎？」

男孩低頭看著自己的鞋子。

「我的手臂會抱滿木頭，所以，你也許可以幫我開門，然後再把門關上。不過，首先，我們需要確定你穿得夠暖。這裡很快就要變冷了，特別是當門打開的時候。你覺得如何？」薇莉問。

男孩終於點點頭，薇莉感激地對他笑了笑。

薇莉想要打開她所蒐集到的每一只手電筒，不過，她知道那只是在浪費電池。她得要湊合著用她的防風燈。薇莉和男孩各自拿著一把手電筒，一起走到玄關。薇莉先測試了一下屋外的燈，希望後院會突然被照亮。不過，什麼也沒有發生。

薇莉找到一件舊運動衫，幫男孩從頭上套下。運動衫蓋到了男孩的膝蓋下，雖然，薇莉還得幫他把袖子捲上好幾捲，不過還是可以起到保暖的作用。她又在一只裝滿戶外工具的籃子裡翻了翻，發現了一頂針織帽，從而幫男孩戴上，蓋住他的耳朵。

「好了，」薇莉說著，往後退開一步打量著自己的傑作。「把你的手縮在袖子裡，這樣你就準備好了。」

薇莉穿戴上自己的配備，踏出大門去拿稍早被她丟在前門台階上的雪橇。她會用雪橇來把木柴載運回來。

「嘿，你那裡還好嗎？」一名男子從小徑的頂端喊道，「我從家裡看到火光，所以就騎我的雪地摩托車去看看發生了什麼事。」

男子往前來到車道的中途停下來，拿下頭盔。雖然還在下雪，但薇莉認得出來他是住在東邊的鄰居之一。藍迪・卡特。從她為了寫書而蒐集的資料裡，薇莉知道藍迪和黛比・卡特離婚了，在那之後，他就搬到了不遠處的另一棟房子。

「我發現那是一場車禍，」他喘著氣說。藍迪灰白的頭髮從他的針織帽底下鑽出，睫毛上也沾著雪花。「有人受傷嗎？看起來很嚴重。」

「是啊，」薇莉大聲回應，「很糟糕。我發現一個男孩。他被嚇壞了，不過沒有受傷。我比較擔心的是和他一起在卡車裡的那個女人。她不見了。」

「什麼意思？不見了？」藍迪問。

「在我發現男孩之後，我就出去看看是否能弄清他是從哪裡來的，」薇莉解釋，「結果我發現了那輛卡車和一個女人。她被一些鐵絲網困住了，我也沒辦法幫她脫困。我回來拿一些工具，結果，等我回去的時候，她已經走了。」

「走了？」藍迪重複她的話。「該死。她會去哪裡？」

「問得好。」薇莉說，「實在想不通。她看起來好像傷得很重。我無法想像她能走多遠，但我就是找不到她。這場暴風雪太可怕了。」

「是啊，沒錯。」藍迪同意道。「我很樂意讓你和那個孩子一起搭著我的雪地摩托車跟我回家，待在那裡等風雪過去，可是，風雪越來越大。你留在原地可能比較好。」

「我想你說得對。我們在這裡還好。」她向他保證。「我們有木柴、水和食物。我們不會有事的——我比較擔心那個女人。你有可能去找找她嗎？」

「我可以。」藍迪說，「一想到有人受困在這種天氣裡，我就難以忍受。我會繞一圈，看看能有什麼發現。這樣吧，我明天再過來，看看你這邊怎麼樣，也讓你知道我是否有什麼發現。希望到時候雪已經停了。」

「那就太好了，謝謝。」薇莉說著，猶豫地送他上路。「小心安全。」她看著藍迪迴轉，重新駛向小路的頂端。

回到室內之後，薇莉甩掉身上的雪，把雪橇帶到玄關裡。她反覆考量著是否要把藍迪來訪的事情告訴男孩，不過卻又擔心女子在車禍中受傷的消息會讓男孩傷心。她最好還是等藍迪的通知，看看他是否可以找得到那名女子。

薇莉站在門邊，這才意識到如果她帶著手電筒的話，她的手就無法空出來把裝滿木柴的雪橇拉回來了。

B計畫。薇莉的車子裡有一具頭燈。到了穀倉之後，她可以到車子裡拿她的頭燈，這樣，她就可以空出雙手，同時也不會失去光源。

「好了。」薇莉說著，戴上她的手套。「你和塔斯在這裡等著，等我回到門口時，你就轉動門把，讓我進來。」

見男孩點頭，薇莉於是打開前門。一股冷峻的空氣立刻就撲向他們。薇莉踏出門口，低頭抵禦著強風。空氣裡有汽油的味道。應該是卡車燃燒散發出來的。

薇莉手上的手電筒讓她可以看到自己前方幾呎的範圍。及膝的新雪覆蓋住地上的冰，雪地的磨擦力讓她得以加快腳步前進。

當薇莉抵達穀倉的時候，她用力地把門拉開。然而，穀倉的門卻只開了幾吋，門的底部被積雪卡住了。她用穿著靴子的腳踢了踢積雪，試著要清出一條軌跡，隨即再把臀部擠進門縫，用力將穀倉門頂到足以讓她閃進穀倉的寬度。

雖然昔日養在這裡的牛隻早已撤走，老舊的農場設備卻依然還儲存在穀倉裡：一支叉取乾草的長矛、鏈耙、一台箕斗裝載機等等。

薇莉筆直地走向她的野馬，從車子裡找出了頭燈。她按下開關，一束光線立刻就亮起。她把頭燈牢牢地套在她的針織帽上，望向堆積在穀倉角落的木頭。

她得要來回好幾趟，才能帶回足夠撐過暴風雪的木柴。薇莉把木柴推在雪橇上，再蓋上一塊塑膠的防水布。

驀然之際，她的頭頂上方傳來一個聲響。一陣沙沙的聲音。有什麼東西在乾草棚裡。「哈囉。」她怯生生地喊。也許是車禍現場那個女人在穀倉裡找到了庇護。對於那名發生意外的女子，她有一種混雜的感覺。男孩臉上殘餘的強力膠帶讓她感到很不安。那個女人綁架了男孩嗎？她可能是他母親嗎？

薇莉爬上搖搖欲墜的梯子前往乾草棚，然後瞄向乾草棚的邊緣。頭燈的光線照亮了前方的空間，只見穀倉夾層的地板上蓋滿稻草，纏繞在天花板角落橫梁上的蜘蛛網都已經凍結了。她踩著樓梯的最後一級踏上了穀倉夾層。

一小片塵埃在薇莉穿過鬆散的稻草時飛了起來。兩隻微小的金色眼睛在角落裡朝著她發亮，隨即匆匆跑過薇莉身邊。看來是一隻正在為過冬尋找遮蔽處的浣熊。

薇莉粗略地巡視著穀倉夾層。沒有那名女子的蹤影。她走向過去用來出入乾草棚的那道上了鎖的門，然後從門邊的一扇骯髒的小窗戶望出去。如果在沒有下雪的天氣裡，從這個制高點，她應該可以看到綿延數哩的鄉村景色。大雪已經撲滅了卡車引燃的火勢，此刻，她的視線在頭燈的照明下相當有限。

透過濃厚的大雪，薇莉可以看到男孩的小手電筒在屋裡散發出的微弱光芒。他正在等她回去。

有一瞬間，強風似乎停止了，大雪也穩定了，頭燈的光線反射到花園裡的一樣東西，那是一抹正在從老舊的棚舍裡走出來的陰影。那個搖搖欲墜的身影正朝著屋子走去。朝著男孩而去。

那一定是卡車裡的那個女人。她一定是在舊的工具棚裡找到了庇護。可是，她為什麼沒有直接到房子去尋求庇護？薇莉曾經告訴過那個女人說孩子很安全，說她是去幫她的。薇莉無法甩開那個女人不安好意的念頭。

她匆忙地走下階梯，推開穀倉的門，穀倉的門卻瞬間動也不動。有人把我鎖在裡面了，薇莉的第一個想法立刻就讓她感到恐慌。薇莉用肩膀抵住門用力地推擠，穀倉門終於在一聲呻吟下被推開了幾吋。在她進到穀倉裡的短短幾分鐘裡，疾風又刮來了一堆雪堵住了她的去路。

薇莉繼續推著門，直到推出一道夠寬的開口，足以讓她擠出穀倉。寒風無情地吹打在她的臉上，讓她的眼睛裡泛出了淚水。透過風雪，薇莉瞇著眼睛看到那抹身影正在緩慢地朝著屋子前進。

薇莉壓抑著衝向女子的衝動，因為他們仍然需要木頭才能生火。那名女子在雪地裡和冰冷的花園棚舍裡待了幾個小時之後，勢必需要恢復體溫。因此，薇莉盡可能地把穀倉的門推開到最寬，然後重新走進穀倉，拉出雪橇，堆上木柴，走進了風雪裡。

薇莉每邁出一步，她的靴子就深深地陷入積雪裡，彷彿在爛泥裡步履維艱一樣，不過，她正在趕上女子。在她的頭燈照射下，薇莉可以看到那確實就是車禍現場的那名女子。她頭上戴著薇莉的帽子，身上也穿著薇莉的大衣。

「嘿。」薇莉大聲地喊，不過，女子並沒有停下來，只是蹣跚地繼續往前走。

當她們接近房子時，男孩的臉孔出現在窗戶上，彷彿一輪蒼白的月亮浮現在夜空裡，不過隨即又消失了。當強風停止時，他又出現了。他的手壓在玻璃上，一抹恐懼的神情籠罩在他的臉上。那個陌生人幾乎已經要走到門口了，而薇莉還在三十碼之外。

薇莉丟下雪橇的繩子，開始奔向屋子。「嘿。」薇莉大喊，「把門鎖上！」然而，男孩只是站在那裡，彷彿著了魔似地看著那道走向他的身影。後門打開了，女子迅速地走進屋子。透過怒吼的風聲，薇莉覺得自己聽到了塔斯在狂吠。

一陣狂風掃過，捲起了如雲般的大雪，遮蔽了整幢屋子。在那個當下，就連她頭燈的光線也無法穿透風雪。薇莉只能努力地往前走。

當她終於抵達後門時，薇莉抓住門把轉了又轉。後門怎麼樣都打不開。門被鎖上了。她握著拳頭用力地敲打著後門。

「嘿，」她高喊著，「開門！」薇莉把臉壓在窗戶上，她的頭燈照亮了玄關的衣帽間。室內，塔斯狂叫著在那名女子身邊興奮地轉圈，卻被女子一腳踢開。塔斯發出一聲尖叫，立刻竄逃開來。

女子背對著薇莉，不過，她可以很清楚地看到男孩的臉。那張小臉上佈滿眼淚和恐懼。然而，讓薇莉屏住呼吸的卻是女子手上搖晃著的東西。她的手裡握著一把光滑的木柄，木柄尾端那片三角形的金屬在頭燈的光線下閃閃發亮——那是一把斧頭。

女子手握斧頭，一把拉住男孩，從玄關走進了黑暗裡。

19

當女孩的母親終於從浴室裡出來時，她喃喃自語地說：「沒了。」然後愣愣地走向床鋪，在地上留下了微弱的紅色腳印。

女孩跑進浴室。地上蓋滿了被鮮血滲透的紙巾。女孩明白了。她的妹妹死了，正躺在那些沾滿鮮血的紙巾底下。她摀住嘴，很快地把門關上。

地下室的熱氣讓人越來越難忍受。空氣既沉重又潮濕，嚴峻的太陽扼殺了企圖要在窗邊成長的小草。只見那些草被烤成了一團棕色，無力地躺在那裡。偶爾，會有一隻長著鮮黃色胸口和黑色翅膀的鳥停在窗戶上，挑選著最完美的乾草作為牠的鳥巢。女孩和小鳥會透過窗戶的玻璃互相注視著對方。那隻鳥總會率先撇開頭。牠還有事要做，還有地方要去拜訪。

她母親哭著又睡了。女孩得去上廁所，但是，她無法讓自己打開那扇門。她試著要藉由看書、藉由看向窗外尋找那隻黃色的小鳥來讓自己分神，但是，想要上廁所的急迫感越來越難以忍受。

女孩推開門，希望那些沾血的紙巾已經奇蹟般地消失了。但是，它們並沒有消失。她踮著腳尖走過地板，試著避開那些黏黏的斑點，終於走到馬桶前面。

她父親很快就會來了，當他看到這團混亂的時候，他會做什麼？他一定會很生氣。他會咒罵、怒吼，然後傷害她虛弱地躺在床上、因為悲傷而不吃不喝、動也不能動的母親。她會無法承受的。

女孩找到了一個黑色的垃圾袋，開始把那些髒紙巾丟進袋子裡。「不要想。」她告訴自己。女孩用紙巾擦去遺留在地上的血跡，再把紙巾丟進袋子裡，直到袋子滿了為止。「不要去想。」她不停地告訴自己。當她擦完之後，當嬰兒的殘餘物都清掉了之後，女孩爬上床，躺在她母親身邊睡著了。

當她父親終於來到的時候，他帶了一杯奶昔給她的母親。那只脹滿的塑膠袋就放在房間中央。「發生了什麼事？」他問。

「沒了。」她母親在床單下發出聲音。

「你還好嗎？」她父親問，不過，她母親並沒有回答。「也許這樣最好。」說著，他在床邊坐下來，把一隻手放在他母親的臂上。她轉過身，避開了他。

「是你打掃的嗎？」她父親問女孩。

女孩點點頭。

「呼。」她父親發出了彷彿佩服的聲音。他走到垃圾袋旁邊，往裡面瞄了一眼，然後將他帶給她母親的奶昔丟進去，隨即拎著那只血腥的袋子離開了房間。

20

二〇〇〇年八月

六名警察在杜爾家的前院裡不停地轉來轉去，等候著巴特爾警長告訴他們接下來該做什麼。在過了安靜的一個月之後，巴特爾對於犯罪事件又報復性地回到了布雷克郡，照理說不應該感到太吃驚才對。他預期的也許是闖空門、入室行竊，或者冰毒爆炸、酒吧鬥毆之類的，但絕對不是這種。威廉和林恩・杜爾是奉公守法的好人。從來不招惹麻煩。當然，他們的青少年兒子確實偶爾會打架肇事，不過從來都不至於太嚴重。

唯一的目擊者是一個受到槍傷的十二歲女孩。那個女孩得到醫院去，但是，巴特爾需要先和她談一談。從現場看起來，這家人似乎有訪客留下來過夜，他需要弄清楚這個客人是誰。

「天啊。」他自言自語著。兩個人死了，兩個人失蹤。他得在救護車把目擊者送到醫院之前先和她談談。

巴特爾警長大步走向救護車，兩名護理人員正在那裡照顧那個小女孩。馬修・艾利斯站在一旁，焦慮地看著他們。「她還在發抖，」馬修說，「你們可以再給她一條毯子嗎？」

那名女性護理人員把另一條毯子裹在喬西身上。「你還好嗎，親愛的？」她問。喬西下巴緊繃地點點頭，彷彿試著在讓牙齒不要打顫。

「嗨，喬西。我是巴特爾警長。」他把頭探進救護車裡。「艾琳和羅威爾有好好照顧你嗎？」說著，他輕輕地碰了一下她的小腿。喬西立刻把腿縮開，彷彿被燒到了一樣。「哇，抱歉。」巴特爾說著把手拿開。「你很痛嗎？」他問。

「有點痛。」她承認地說。

「我們給了她一點東西止痛。」羅威爾說著，往救護車更裡面移動了一下。

「我只有幾個問題想問你。」巴特爾說著，對喬西露出一個憐憫的笑容。「還有，我很抱歉這麼直接了當地問你問題，因為我們得送你去醫院。你有看到傷害你父母的人是誰嗎？」

喬西看著她的祖父，後者點了點頭。「我沒有真的看見，」喬西小聲地說，「我們在外面。貝琪和我。我們聽到槍聲，但是沒有看到是誰開的槍。」

「貝琪姓什麼？」巴特爾問。

「艾倫。」喬西說，「貝琪．艾倫。」

「她母親在薛佛雜貨店工作，」馬修補充說道，巴特爾立刻轉向一名警員。「我需要你去找艾倫家的父母，告訴他們發生了什麼事。只要說最基本的就好。」巴特爾小心地處理。「告訴他們杜爾家發生了意外，我們正在設法找貝琪。只要說這些就好，知道了嗎？」那名警員點點頭，立刻就走開了。

「好，你做得很好，喬西。」巴特爾說，「你看到是誰對你開槍的嗎？」

喬西搖搖頭。「太暗了。我只看到有人朝著我們走來。他有一把槍。他在追我們。」

「所以是個男的?」巴特爾問。

「我想是的。」喬西回答。

「是年輕人還是成人?」警長又問。

喬西的臉浮現一絲疑慮。「我想是個男人,不過我不確定。」她口齒不清地說,然後眨了幾下眼皮,閉上了眼睛。「我沒辦法看到他有多大年紀。」

「好,喬西。」巴特爾警長嘆了一口氣。他沒能趕在護理人員給她止痛劑之前先和她談話。「昨晚,你有看到或聽到其他什麼嗎?」

「一輛卡車。有一輛卡車。」喬西昏昏沉沉地說。

「昨天晚上?你看到一輛卡車停在你家的腹地範圍內?」巴特爾問。這可是很重要的資訊。

「不是,」喬西說,「在路上。我早先的時候看到它停在路上。兩次。是白色的。」

警長吐出了一口氣。白色的卡車在波登郡很常見。向來如此。這個消息並沒有太大的幫助。

李維.羅賓斯走近警長。「州警已經在過來的路上了。他們說需要一點時間才能把搜尋犬送到這裡。」

警長點點頭,把注意力回到喬西身上。「你最近還有遇到什麼不尋常的事情嗎。有陌生人在附近出現嗎?」

喬西搓揉著她的頭,彷彿思考會讓她頭痛一樣。「沒有。我們在晚餐之後見過卡特。」

「卡特？」李維驚訝地問。

「布洛克．卡特。他是我哥哥的朋友。」喬西告訴他們。

「你還有見到其他人嗎？」警長問，「任何人？」

「我奶奶和爺爺，因為我們把派送到他們家去，然後貝琪和我就去找羅斯克了。我們在那幢房子停留了一下，就是那間堆滿垃圾的房子。」

巴特爾警長知道喬西說的是誰。茱妮．亨雷和她兒子，傑克森．亨雷。他們住在兩哩之外的奧西路上。外面傳聞說茱妮．亨雷病得很嚴重。癌症。

傑克森經營了一間什麼都賣的大雜燴店，包括汽車零件、金屬廢料還有回收的農場機具等等。傑克森是一名患了創傷症候群的波斯灣戰爭退伍軍人，而且還有酗酒的問題。他的駕照之前被吊銷了，後來他就轉而在一些偏僻的路上駕駛沙灘車。傑克森確實是個怪人，不過，他並未以暴力聞名。

警長潦草地在他的筆記本上寫下這個名字。

「還有一個問題，」巴特爾說，「貝琪．艾倫。你最後一次看到她是什麼時候？」

喬西閉上雙眼，試著要想起來。她們聽到槍聲。聽到有人叫她的名字。那是誰？伊森？她爸爸？不，不是。她們手牽著手一起跑。更多的槍聲響起。貝琪的手從她的手裡滑開。但是，她繼續往前跑。

喬西的臉已經淚濕了。「我不知道，」她哭著說，求助地看著她的祖父。「對不起。」

「嘿，好了，」羅威爾說，「我想暫時可以了。」他把冰涼的手放在喬西額頭上。「之後還會有很多時間可以問問題。我們真的需要讓醫生看看那隻手臂了。我們不希望發生任何感染。有人會在醫院和我們碰面嗎？」

「我妻子。噢，天啊，我得要打電話給我妻子。」馬修閉上眼睛。他的肩膀在無聲的啜泣下微微顫抖。

「你為什麼不和喬西一起去醫院？」巴特爾警長問。「稍後我會去醫院，到時候我們可以再談。」

馬修搖搖頭，顫抖地掠了掠灰白的鬍子。「我不能離開，」他堅持道，「在找到伊森和那個女孩之前、在他們把我女兒帶出來之前，我都不會離開。」

巴特爾警長把目光瞄向喬西。她的眼睛已經閉上了。「等到現場處理好，郡法醫也抵達之後，他們就可以被抬出來了。」

兩名警員從穀倉裡走出來，身後響起一片山羊不耐煩的咩咩聲，牠們正在等待著被餵食和擠奶。「穀倉沒人。」一名警員喊著。

「我們知道這裡應該要有幾輛車嗎？」巴特爾問。

「兩輛，」馬修說，「林恩的車和威廉的卡車。」馬修看了看院子。「事實上應該是三輛。伊森有一輛卡車。一輛老舊的日產達特桑。不過不在這裡。」

兩名青少年和一輛卡車失蹤了。父母死了，妹妹中槍。巴特爾把李維拉到一邊，在沒有人可以聽到的情況下，拉下嘴角交代他：「對伊森．杜爾的卡車發布全面搜尋。」

在救護車上，馬修親吻著喬西的額頭說道：「要乖。聽醫生的話。」馬修擦了擦眼睛。「你奶奶很快就會到醫院去。」

「嘿，」有人在玉米田邊緣大喊，「我們發現了一個東西。」

所有的目光都轉向玉米田。馬修不知道應該要抱著希望還是應該感到害怕。他發現這兩種情緒他都有。在所有人來得及做出任何動作之前，一道上氣不接下氣的聲音從他們的後面傳來。「發生了什麼事？怎麼了？」馬修往旁邊跨出一步，看到了一名女子。

「女士，你不能到這裡來。」巴特爾警長說。

「我女兒在這裡嗎？貝琪．艾倫？」瑪歌抓住巴特爾的手臂問。

「你是貝琪的母親？」巴特爾猶豫地問。「你何不到這邊來，我們才好談談。」

「警長，我們需要你。」一名警員再度喊道，「我們發現了一個東西。」巴特爾分身乏術。他需要去看看他們在田裡發現了什麼，然而，他不能丟下這個失蹤女孩的母親。

「她在哪裡？我聽說發生了一些事。」瑪歌四下張望，一臉的不知所措和困惑。「她在哪裡？」

喬西用手肘支撐起自己，身上的毛毯立刻滑到救護車的地板上。沒有人開口。

瑪歌看著一張張的臉孔。一個冰冷的結在她的胸口成形，擴散到了她的四肢。「求求你們，」她虛弱地說，「你們得要告訴我發生了什麼事。」

她的目光落在喬西身上。喬西沾血的手臂和衣服映入她的眼簾。「噢，我的天哪，」她吸了一口氣。「發生了什麼事？貝琪在哪裡？」

巴特爾警長一手扶住她的手肘，不過卻被她甩開。喬西瞪大眼睛看著她。「貝琪在哪裡！」她叫了出來。

「我不知道，我不知道。」喬西嗚咽地說著，開始急促地喘氣。

「喬西，你媽媽在哪裡？」瑪歌問。她環顧四周，彷彿林恩・杜爾會突然現身一樣。「你告訴我她在哪裡。我現在就要和她說話。」

「請跟我過來，女士。」巴特爾說著，再度要去扶她的手臂。

「不，」瑪歌抓著救護車的邊緣不願意離開。「喬西，你媽媽呢？」

輪胎磨擦在碎石路上的聲音讓所有人轉移了目光。一輛黑色的SUV從小徑上開過來，車側印著幾個顯眼的白色字體寫著布雷克郡法醫。

「噢，天啊，」瑪歌的雙腿一軟，差點就跪了下來，巴特爾警長及時穩住了她。「不，不，不，不。」她一次又一次地說著。

「我們還不確定這裡發生了什麼事。」當救護人員關起救護車的門時，巴特爾警長低聲地說著，然後帶著瑪歌從救護車旁邊走開。

「試著不要多想，喬西。」羅威爾安慰地說，「他們會照顧她的。一切都會沒事的。現在，我們要開始打點滴了，把一些液體注射到你身體裡。你會覺得有點刺痛，好嗎？」喬西閉上眼睛，讓羅威爾把針頭插進她的手臂裡。當救護車駛離小徑時，救護車嗚嗚的警笛聲音裡還夾雜了瑪歌．艾倫的哭泣聲。

開到阿格納的醫院需要三十分鐘的車程，喬西閉著眼睛也知道這些道路。她知道每個彎道、每個轉角、坑窪和路上的顛簸。然而，躺在救護車後面和搭乘她父親的卡車或母親的廂型車卻完全不同。她已經迷失了方向，不停地問著他們要去哪裡。

「我們要去醫院，」羅威爾說，「醫生會在那裡幫你做檢查。」

「他們也會把我媽媽和爸爸帶過去嗎？」喬西問。如果他們被送到醫院的話，那麼，醫生就可以幫他們治療，她心裡想著。那就是醫生所做的事。把人重新變得完整。她試著推開那些不停地在她眼簾底下閃爍的畫面，她父母的那些血腥、殘破的畫面。

「每個人都會盡他們的全力來幫你父母的。」他希望能讓她安心。

「我奶奶會到醫院嗎？」喬西凝視著羅威爾那雙晶亮的棕色眼睛，尋求他的保證。「你覺得他們找到伊森和貝琪了嗎？」

「噓，」他安慰地說，「現在不要擔心那些事。你奶奶會在醫院和我們碰頭的。我保證，喬西。你現在很安全。」

他的話和其他的畫面讓喬西全身飄浮了起來，滿佈著金色球體的星空、她和貝琪往上彈跳、企圖抓住星星的畫面。

在她意識到之前，他們已經到達了醫院。救護車的後門打開，她身體底下的輪床被抬了起來。在她的頭頂上方，喬西短暫地瞥見一小片湛藍的天空，同時又聽到羅威爾在說話。「右臂槍傷。雙腳和手臂有割傷和挫傷。血壓和心跳都低於正常。小心休克的可能性。」

「這就是波登郊區那個農場的女孩嗎？」一名穿著黃色醫院工作服的女子問。

「對，」羅威爾說著，捏了一下喬西的手。「她祖母隨時都會到達醫院。」

「現場還有其他人會被送過來嗎？」女子問。

當他們沿著走廊前進的時候，冰涼的空氣裡有一股強烈的消毒藥水味道刺激著喬西的鼻子。喬西懷抱著希望地看著羅威爾；她的胸口燃起了一絲希望。

「我不確定。」他簡短地回答。

「我是羅培茲醫生，」女子說著，傾身彎向喬西。「接下來，我會照顧你。你可以告訴我發生了什麼事嗎？」

「我中槍了，」喬西說著，再度看著羅威爾。「你可以陪著我嗎？」她在被推往檢查室的時候問道。

「恐怕沒辦法，喬西。」他抱歉地說，「我得要回去工作，不過，稍後我會再回來看看你怎麼樣。你覺得如何？」喬西點點頭，羅威爾隨即就離開了房間。

醫生和幾名護士接手了檢查的工作。「看起來有子彈卡在裡面。不過，你很幸運。」羅培茲醫生說著，一邊溫柔地用戴著手套的手指探測著她的傷口。

喬西並不覺得自己幸運。

「只是擦到而已，謝天謝地。我並沒有看到肌腱或骨頭受到傷害，不過，我們會再拍一些X光，並且幫你清潔傷口。」羅培茲醫生說。

喬西被推去照了X光，然後又被帶回檢查室。羅培茲醫生用生理食鹽水幫她清洗了傷口，整個過程中，她都很清楚地告訴喬西她正在做什麼。「我們會麻痺你的手臂，然後，我會幫傷口做清創，再幫你縫幾針，之後，你就會完好如新了。」當喬西緊張地看著她時，羅培茲醫生笑著說：「意思是，我會把殘留在你手臂裡的子彈拿出來。別擔心，你不會有任何感覺的。」

她說得沒錯，除了注射麻藥時有一點刺痛之外，喬西什麼都沒有感覺到，不過，她依然把頭別開，讓眼睛緊閉，這樣，她就不需要看到正在發生什麼事。羅培茲醫生接著又檢查了喬西腳上的割傷，以及她手臂上的刮傷。「這些都只是表皮上的傷。沒有什麼需要擔心的，不過，它們會痛一陣子。保持這些傷口的乾淨，我們會給你一些抗生素藥膏，讓你塗抹在上面。」

喬西昏睡了過去，等她睜開眼睛時，她已經在另外一間房間裡了，而她祖母正坐在角落的椅子上。她那頭長長的白髮在腦後綁成了一束馬尾。身上穿的是那件她稱之為打雜服的牛仔褲，以及一件短袖的有領襯衫，她正在捏著她腿上的那只黑色的大皮包。

「奶奶。」喬西小聲地叫喚。

「喬西，」凱洛琳．艾利斯從椅子上跳了起來。「你怎麼樣？」她的聲音在顫抖。

喬西檢視著自己的身體。她沒有覺得不舒服。她的舌頭腫脹，感覺很厚重，她想要喝水。

她試著要坐起身，不過，一股疼痛立刻竄過她的右手臂。「媽媽，爸爸？」喬西嗚咽著。她祖母站到她身邊，臉龐蒙上了一層深沉的哀傷。

喬西呻吟著，試著側躺蜷曲成一團，然而，稍稍移動就讓她疼痛難耐。因此，她只能仰躺在病床上哭泣。淚水沿著她的臉頰滑落，鼻涕和黏液堵住了她的鼻子和喉嚨。「為什麼？」她聲音沙啞地問。

「我不知道，親愛的。警察想要和你談談你記得的事。我知道那很可怕，」見到喬西臉上恐懼的神情，凱洛琳很快地補充說：「不過，他們有些問題。你覺得你做得到嗎？」

「可是，我已經和某個人談過了。」喬西抗議地說。

「我猜，他們希望你多回想幾遍，喬西。」凱洛琳說著，握住她的手。

喬西可以回想一百萬遍，但是，那改變不了她已經知道的事。她什麼也沒有看到。不算有。昨天晚上的事情已經消散成一團模糊不清的霧了，不過，有幾個細節還很清楚：刺耳的槍聲、黑暗中的那抹身影朝著她們而來、貝琪沒有跟上。

「伊森？貝琪？」喬西問。她祖母搖搖頭，在那短短的幾秒鐘裡，她以為搖頭代表著他們也死了。她猛然吸了一口氣，空氣卡在她乾燥的喉嚨，引發了她的咳嗽。

喬西舉起手，企圖要掩住自己的嘴，不過卻拉扯到了正在接受靜脈注射的臂彎，因此，她只能立刻把手放回床上。

她祖母見狀，立刻從喬西的床頭拿來一杯水，把吸管放到她的雙唇之間。喬西啜飲了一口。

「他們還沒找到伊森或貝琪。」凱洛琳解釋說，「你爺爺認為他們可能躲在田裡，就像你那樣。警察現在派人去尋找他們了。」

冷水舒緩了她喉嚨裡的火焰。「我能幫忙嗎？」喬西問，「我也可以去找他們嗎？」

「現在不行，」凱洛琳懷抱歉意地說，「你現在的任務是休息，並且回答警察想要問你的任何問題。那是你所能做的、最重要的事。」凱洛琳咬著下唇，顫抖地吐了一口氣。「你覺得這件事可能是誰做的？」她問。

淚水再次湧上喬西的雙眼。「我想，」她的聲音小到幾乎聽不見。「起初，我認為可能是伊森。」

見到她祖母臉上的驚恐，喬西立刻修正。「不過，我知道不是他。他絕對不會傷害我們的。」

「是啊，他當然不會。」凱洛琳說著，抓緊孫女的手。「他是個好孩子。」她慢慢地自言自語，彷彿試圖在說服她自己。「他是個好孩子。」

21

女孩的父親不斷地保證，有朝一日他會帶一隻小狗來給她，但是那從來都沒有發生。他經常這樣——承諾和保證。「有朝一日，我們會去海邊。我們會走在沙灘上撿貝殼和海玻璃。」連續好幾天，女孩都提起了這件事。她畫著海邊的圖畫，從書架上的世界百科全書裡，汲取著關於太平洋和所有海洋生物的資訊。

「你知道藍鯨是全世界最大的動物嗎？可是，牠的喉嚨比我的手還要小。」她握拳示範著。

「他在騙人，你知道的，」她母親一邊說，一邊翻著一本雜誌。「他一直都如此。那永遠也不會發生。」

當女孩仔細考量的時候，她知道她母親是對的。她的父親總是會說類似這樣的話。兩年前，他承諾說要帶她們去迪士尼世界，但卻在她不斷地追問之下退卻了。「你以為我是錢做的嗎？」他怒斥道，「我不想再聽到這件事被提起。」

去年，他開始說要去威斯康辛達爾斯旅行，因為那裡有一間擁有水上公園的旅館。聽起來，他們這回可能真的會成行，然而，她父親回到家之後卻說：「抱歉，我得要工作。」

不過，女孩依然希望他會帶給她一隻小狗——甚至一隻小貓。她開始站在窗戶底下的椅子上，這樣，她就可以聽得到他卡車輪胎發出的隆隆聲。每次她父親走進門的時候，她總是會盯著他的外套口袋，希望可以看見口袋裡有東西在動。那種畫面有時候可以在電視裡看到——某個爸爸在走進家門時，口袋裡塞了一隻小狗。不過，她的小狗一直都沒有出現。

在她終於放棄的時候，有一天，她父親帶著一只大紙箱回來了。女孩的心在飛翔。終於，她心裡想著。他把紙箱放在桌上，女孩也滿心期待地衝過去。

「我帶了東西給你。」他說。

「我可以打開嗎？」女孩問，她父親點點頭。就連她母親都好奇地走過來，想要看看他帶回來了什麼。

女孩打開了箱子的一片頂蓋，期待會看到一個小鼻子探出來。然而，只有一股乾燥的霉味撲鼻而來。她打開第二片頂蓋。箱子裡面是書。十幾本的書。從味道和殘破的封面看起來應該是舊書。

小女孩抬起頭看著她父親，盡最大的努力隱藏她的失望。書也很好。女孩喜歡書，但是，紙箱裡沒有小狗，而且這些書的邊緣都已經捲起來了，顯然沒有被好好保存。

「怎麼？」她父親突然問，「你不喜歡嗎？我特地去挑了這些給你，而你竟然連聲謝謝也沒有？」

小女孩吸著鼻子，揉了揉眼睛。「謝謝你。」她忍住淚水，把手伸進箱子裡，拿起一本封面上有咖啡色污漬的書。

「我甚至不知道我幹嘛要在乎，」她父親說著，出手撞了一下她手中的書。女孩立刻把手指塞進嘴裡，企圖緩解那一陣刺痛。「不知感恩的小混蛋。」她父親喃喃自語著把紙箱從桌上推下。箱子裡的書立刻就散落到地板上，發出了一陣碰撞聲，女孩看著她父親重重地爬上樓梯，將房門在他身後鎖上。

稍後，在他離開之後，她母親把女孩拉到自己的腿上。「你看，」她搓揉著女孩的頭髮。「我告訴過你他在騙人。你最好不要對他懷抱任何希望。」

22

現今

「讓我進去。」薇莉一邊大聲喊叫，一邊敲打著後門。手持斧頭的那個女人已經將男孩拖得不知去向。整幢房子陷入一片黑暗，所有的手電筒都關掉了，爐火也已經燒盡，或者被撲滅了。塔斯也不再吠叫，薇莉急促的喘息聲，以及彷如利刃般刺穿她衣服的強風所發出來的嚎叫聲，成為了眼前唯一的聲音。

她無法在屋外待得了多久，然而，她沒有任何的武器。薇莉權衡著她的選擇。她可以折回穀倉，尋找什麼可以保護她自己的東西，然後再回到屋子來。

薇莉知道她沒有時間做這件事。她得要進屋去，她必須找到男孩。她轉過頭，遮住她的臉，用手肘撞向玻璃，不過，只在玻璃上留下了蛛網般的裂痕，窗戶依然緊閉。她知道就算是風雪的怒吼聲，也遮蓋不住玻璃破碎的聲音，薇莉再度撞了一次，這回，窗戶被擊破了，碎裂的玻璃四處飛散。薇莉屏住呼吸，把手伸進窗戶裡，打開了門鎖。

她打開門，踏進了玄關，半預期著會有一柄斧頭朝著她的頭砍來，不過，門後並沒有人。沒有揮舞著斧頭的瘋子，也沒有小男孩，甚至連塔斯都不在那裡。

薇莉走向廚房，把玄關的門在身後關上。她很快地在抽屜裡摸索著，企圖找出任何的武器，終於，在一堆刀具之中，她摸到了一把切肉刀。金屬的刀身雖然有八吋長，但卻因為長年沒有使用而變鈍了。不過還是可以派得上用場。

即便她只是外出了一下子，室內的溫度就已經降低了許多。薇莉靠著頭燈引路，以謹慎的步伐，一吋一吋地小步穿越廚房。相較於闖入者來說，薇莉具有一個很大的優勢，她很熟悉這幢屋子。她知道房子的格局，知道哪裡是最低的地方和最暗的角落。當她發現異樣時，她已經走過半個廚房。她差點就錯過了，因為那幾乎很難分辨得出來——地下室的門。那是一道只夠一張紙穿過的隙縫。

地下室？薇莉不解。那裡堆滿紙箱和舊傢俱，有很多地方可以躲藏，不過，為什麼一個闖入者要把男孩帶到地下室？這個想法讓薇莉感到不寒而慄。她輕輕地把門關緊，上了鎖，不管誰在門的另外一邊，現在都被囚禁在裡面了。

如果男孩和那個女人在地下室裡，至少，她可以暫時把他們留在裡面。

薇莉拖著無力的雙腿，沿著走廊前進，穿過空蕩蕩的飯廳，走向起居室，隨即停下了腳步。爐火已經熄滅了；只剩下幾許橘色的餘燼還在閃爍。薇莉緩緩地掃視著房間，當頭燈的光線落在沙發上時，她的心臟顛簸了一下。那個女人抱著斧頭，正坐在沙發上。

薇莉不敢呼吸，躡手躡腳地走上前，目光緊盯著女子手裡的武器。「你要幹什麼？」薇莉握著刀問道。

見女人沒有回應，薇莉將目光移到她的臉上。

那絕對是車禍現場的那名女子。她還穿著薇莉的大衣，一邊的臉腫得很嚇人，另一邊的臉則在乾燥的血跡下發黑。女子鄙視地回看著她。薇莉依然把刀舉在手裡，頭燈細長的光束直挺挺地投射在闖入者的身上。凌晨兩點了。這個女人是如何能在暴風雪中待了好幾個小時而存活下來的？不可能。

「走開。」女子說著，朝著薇莉揮舞著斧頭。

「老天。」薇莉往後退了一步。「搞什麼？」她的體內燃起一股憤怒。這個女人把薇莉鎖在屋外，擺明了要讓她在外面凍死，而現在又對著她的頭揮動斧頭。薇莉所做的一切都只是為了幫她。她想要做什麼？

男孩又在哪裡？還有塔斯？恐懼在薇莉的肚子裡加劇。

一絲微弱的咕噥聲在薇莉身後響起。薇莉對於即將看到的畫面感到害怕，因此，她緩緩地轉過身，卻見一臉蒼白的男孩帶著堅毅的神情，正在把火鉗朝她的頭揮過來。她往旁邊閃開一步，火鉗的重量讓男孩失去重心摔倒在地上。

「嘿，」薇莉大聲喊道，「你在幹嘛？」男孩防禦性地看著她。薇莉伸出手，輕易地就把火鉗從他手中扯掉。

女子企圖要從沙發上站起來，不過，薇莉一把將她推回去，同時搶走了斧頭。女子痛苦地喘著氣，薇莉不敢置信地看著男孩從地上爬向沙發，讓自己的身體撲蓋在女子身上。

薇莉的第一個念頭是將女子趕出房子，不過，她可以看到男孩臉上的恐懼。他怕的不是那名女子——而是薇莉。

「我不會傷害你的，」薇莉氣惱地說，「我不會傷害任何人的。」

女子瞪著薇莉，男孩則把臉埋在女子的胸前。

「天啊，」薇莉喃喃自語地說。「看著我。看著我。」她嚴厲地說。男孩小心翼翼地偷瞄著薇莉。「你看，我現在把這些都擺到一邊。看到了嗎？」薇莉走了幾步，踮起腳尖，把武器全都放到一座書櫥的頂端。

薇莉回到剛才的位置，向男孩和女子展示她空著的雙手。她依然不信任那個女人，不過，她有信心可以勝過那個女人，如果她膽敢再發動另一次攻擊的話。

「我看到你試著要保護她。她是你媽媽，對嗎？」男孩看著薇莉，過了很長一會兒，才微乎其微地點點頭。

「噓。」那名女子噤聲道，「不要開口。」

「你得閉上嘴。」薇莉斥喝著女子。「我不知道你是何方神聖，還有你為什麼覺得有必要拿斧頭砍我，不過，你受傷了，你需要幫助。我會幫你，但是，如果你敢再耍什麼花招的話，我就會把你丟到雪堆裡。」

薇莉轉而對著男孩開口。「你不希望我幫你媽媽嗎？」這回，薇莉沒有等男孩回答，就繼續往下說。

「首先，我們需要讓她暖和起來。這裡太冷了。幫我多蓋幾條毯子在她身上。」

語畢，薇莉往沙發靠近一步，男孩爬起身，擋住她的去路。薇莉閉上眼睛，默默地數到十。當她再度睜開眼睛時，她相信她的聲音應該夠冷靜、慎重了。

「到現在為止，我沒有好好照顧你嗎？」薇莉問。「我把你從冰天雪地中帶進屋裡，我讓你保持溫暖，給你吃東西。我也會對你媽媽做同樣的事，我保證。」

男孩的眼睛裡閃過一絲不確定。

薇莉從茶几上拿起一支手電筒，打開，然後遞給男孩，希望他不會決定把手電筒當作武器來攻擊她。男孩搶過薇莉手裡的手電筒，抱在自己胸口。

「你把這些毯子裹在她身上。」薇莉說著，朝滑落到地板上的幾條毯子點了點頭。「我要再去拿幾條被子。我們需要讓她盡快暖和起來。」

薇莉看著男孩輕輕地把毯子蓋在他母親身上。女子並沒有抗拒，不過，她沒有受傷的那隻眼睛卻一直盯著薇莉。

薇莉不知道女子的傷勢有多重。他們只能試著讓她舒服一點，然後希望暴風雪能夠盡快停止，救援可以很快地抵達。「塔斯呢？」薇莉突然想起了那隻狗。

男孩愧疚地指著廚房。薇莉衝到地下室的門口，拉開門鎖，朝著黑暗的地下室大喊。「塔斯，過來！沒事了，你可以上來了。」在薇莉的誘哄聲中，塔斯這才謹慎地爬上樓梯，然後直接走到牠的狗床上躺下來。「我不會傷害她的，」薇莉向男孩保證。「我保證。」

薇莉匆忙地上樓，走到臥室。她不認識這個女人。不能相信她。薇莉摸索著櫥櫃上方，直到發現她的槍為止，她把槍裝上子彈，塞進她的口袋裡。

她來到走廊上，打開放置床單桌布的壁櫃，只見裡面堆疊著一落落蒙上灰塵、散發著輕微霉味的棉被。她抱著一手臂的棉被回到起居室，和男孩一起幫女子層層蓋上，直到女子只剩下一顆傷痕累累的頭露出來。男孩也依偎在她身邊。

「你是誰？」薇莉問女子，「你要去哪裡？」女子頑固地保持著靜默。

「聽著，在風雪結束之前，我們都會被困在這裡，你至少可以告訴我你是誰，還有你在那麼大的暴風雪中要幹什麼。」

「我們會盡快離開這裡的。」女子口齒不清地說。

「你覺得你做得到嗎？」薇莉回嘴地說，「你的卡車已經報廢了，道路也沒有辦法通行，而且你也受傷了。」

「我們會有辦法的。」女子倉促地說。

「好吧，只要電話線通了，我們就打給九一一。他們會盡快趕來援助的。」

「不，不要打給警察。」女子說著，這是薇莉第一次在她臉上看到了恐懼。「如果你那麼做的話，我們就走人。我們現在就離開。」女子說著，把身上的毯子推開，企圖要站起來，不過，她實在太虛弱了。

薇莉沮喪地搖搖頭。「算了。反正我們現在也沒辦法打電話。晚點再來擔心這件事吧。」

他們現在只能等待風雪過去。不過，薇莉怎麼都不能相信這個女人。薇莉把最後一點木柴丟進火爐裡，然後坐在地板上，面對著沙發，看著女人和蜷曲在沙發上的男孩。她看著他們，手放在口袋裡，手指牢牢地握住了那把上了膛的槍。

23

二〇〇〇年八月

在布雷克郡警察局要求支援之後的三個小時，卡蜜拉．桑托斯探員加快速度行駛在碎石路上，就在她開到一座山丘頂時，長在路中間的一棵樹讓她重重地踩下了煞車。

「什麼鬼。」就在桑托斯大喊一聲的同時，乘客座上的另一名探員約翰．藍道夫雙手也抵住了儀表板。他們的黑色轎車在緊急煞車下擺尾，滑行一小段距離後才停了下來。

這兩名愛荷華州犯罪調查部門的探員瞪著眼前那棵大樹。「可惡，」藍道夫說，「這可不是什麼每天會見到的景象。」

桑托斯慢慢地把車繞行過這棵樹皮彷如魚鱗般的六十呎高大樹。「他們需要在這裡立一個警示牌還是什麼的。」她同意藍道夫的說法。

他們又穿過一條小溪，轉了一個彎，然後，那幢房子就出現在視線裡。那幢房子給人的第一眼印象，就像他們從德梅因到波登郡途中所看到的其他十幾棟白色農舍一樣，不過，屋子前面凌亂的活動，卻足以讓警探們知道他們沒有走錯地方。

桑托斯緩緩開過十幾輛停在附近的車，只見幾支搜尋小隊正在費力地穿越路邊溝渠裡的長草。神情嚴肅的搜索員在他們經過的時候都停下了腳步看著他們。「希望他們沒有把犯罪現場都踩亂了。」藍道夫擔心地說。

「兩個人被謀殺，兩個孩子失蹤，每個人一定都陷入了恐慌。」桑托斯說著，把車停在路邊，就停在一輛生鏽了的Bonneville重機後面。「我相信這裡的警長會讓一切都在掌控之中。」

「你為什麼把車停在這裡？」藍道夫問，他並不想在這種大熱天裡，走那麼長的一段路到犯罪現場。

「我想要先了解一些地理關係。」桑托斯說著下了車，在烈日下審視著四周。放眼所及的建築物都在杜爾家的腹地上：一幢房子、一座筒倉、一座大穀倉，穀倉外牆斑駁的紅色油漆已經剝落了不少，還有少數幾間附屬建築。這裡的四周都圍繞著成熟的玉米田。偏僻而孤立。

桑托斯的身材袖珍而強壯，儼然就像一名體操選手一樣，具有二十年執法經驗的她在一九九五年從堪薩斯市移居到德梅因之後，就加入了愛荷華州的犯罪調查部門。她晉升得很快，在很多重大案件中都擔任主要調查員，包括謀殺和失蹤人口的案件。而這次這個案子則涉及了兩者。

藍道夫是兩人中比較年輕的一個，他穿著一件西裝夾克，打了一條紅藍條紋的領帶。他那雙擦得發亮的皮鞋在這些蓋滿灰塵的路上，恐怕很快就會黯然無光了。

藍道夫比他的搭檔高出太多，以至於她必須得伸長了脖子仰望著他。不過，桑托斯探員身上自帶一種威嚴感，包括她抬高的下巴以及嘴部的神態。很顯然地，她是那個負責發號施令的人。

犯罪現場自有一種規律，在有效的管理下，現場會有一種具有效率的、穩定的節奏。從警察到犯罪現場調查員、探員，到法醫專家和法醫，每個人都知道自己所扮演的角色。

桑托斯相信，主要的犯罪現場——那幢房子、那些附屬建築，以及杜爾家的玉米田，都受到了執法人員的保護和搜尋。這點至關重要。不過，犯罪現場周邊的外圍地區也同樣重要。

正常來說，志願搜尋者不會在這麼快的時間內就投入搜索的行列，不過，桑托斯也知道，志願搜尋者在類似這樣的情況下是很寶貴的，特別是在搜尋的地區範圍如此之廣，而人力又十分有限的情況下。當地人知道地形，知道隱蔽的角落和鮮為人知的地方，那都是外來者所不熟悉的。

桑托斯察覺到在他們走向屋子的一路上，一直都有好奇的目光跟隨著他們。對於表情和身體語言，桑托斯向來都有所研究。為了要掌握案情調查的先機，兇手有可能會置身於現場的人群之中，這從來都不是什麼新鮮事。

穿著連身工作服、靴子上沾滿灰塵的男人們站在人群中搖著頭。穿著T恤和短褲的女人們，將她們的眼淚隱藏在太陽眼鏡後面。沒有人看起來有明顯可疑的跡象，不過，那並不代表兇手就不在那裡看著這一切。

桑托斯將注意力轉到那幢農舍上。房子已經老舊了，需要重新刷漆。白天的熱氣已經讓前廊吊籃裡的紫色和白色的花朵都軟弱無力地垂了下來。一陣詭異而低沉的聲音從穀倉的方向傳送過來。雖然，這幢房子在外觀上完全看不出發生了什麼恐怖的事，桑托斯卻可以感覺得到一股來自土地上的恐懼，正在熱氣中閃爍著。

有人正在散發失蹤青少年的照片。桑托斯探員拿了一張傳單仔細地檢視。伊森・杜爾的這張照片拍得很好看。照片中的他笑容燦爛，那雙藍色的眼睛裡流露出一絲溫和的調皮。

桑托斯再把注意力挪到貝琪・艾倫。一個漂亮的女孩。大部分的女孩在這個年紀都顯得有點笨拙，五官也還沒能完全定型下來，但是，貝琪卻散發著一股成熟、自信的味道。

「哈囉，」散發傳單的那名女子說道，「謝謝你們過來。如果你們可以在這裡簽名的話，我們會……」

「我們是和州警一起來的。」桑托斯說。

「噢，」女子結巴地說，「我剛才還告訴這裡的警察說，前幾天晚上，我看到一輛陌生的卡車停在碎石路上，就在那裡。」她轉頭指向杜爾家的玉米田外面。

「你叫什麼名字？」桑托斯探員問。

「艾比・莫里斯。我住在那邊。」女子說著，又轉頭指向北邊。

「我是羅賓斯警員。我記下她的陳詞了。」李維說著，拍了拍因為裝了一本小筆記本而鼓起來的襯衫口袋。

「記得給我們一份。」桑托斯說，「我正在找巴特爾警長。」

李維點點頭。「要走一段路。」

「還好我穿了我的走路鞋。」桑托斯說。李維猶豫地笑了一下，不確定自己是否冒犯到了這名探員。當她沒有回報笑容時，李維只好收起自己的笑臉。「他在這邊。」李維說完，開始走向屋子後面。「一名警員在深入玉米田三十呎的地方發現了一個東西。」

「有人碰過那個東西嗎？」桑托斯問。

「他們說沒有。有人跑來找我，我立刻就跑進田裡，把所有人都撤出了那個區域。」

「很好。」桑托斯說。紅色的穀倉矗立在這片土地上。那棟傾頹的建築足足有她家的三倍大。桑托斯是個都市女孩，成長於堪薩斯市，現在住在德梅因市中心，不過，她知道郵遞區號在暴力和死亡面前是沒有豁免權的。這裡只是水泥建築比較少，而土壤比較多而已。

當他們接近玉米田時，桑托斯的脈搏開始加速。她曾經身處在製作冰毒的房子裡，也曾經走在黑暗的巷弄裡，然而，他們一踏入玉米田，那些俯視著她的玉米稈立刻就完勝了她。每一株玉米稈頂端，都有一根尖刺的玉米穗直指天空。才踏進玉米田不到幾步，農田就將她完全吞沒。桑托斯感到了一陣不安。

當他們在玉米田中往前走時，桑托斯可以想像得到喬西．杜爾在躲避她的攻擊者時，曾經有多麼地恐懼。無論往哪個方向望去——左邊還是右邊——在你眼前的都是另一根一模一樣的玉米稈。

桑托斯抬起頭，瞇起眼睛往上看。天空是那麼地遼闊、無邊無際，就和這片玉米田一樣。

昆蟲在她的耳邊唧唧鳴叫，玉米田的甜味充斥在她的鼻腔裡。

很快地，微風吹過玉米稈的聲音被一聲乾咳所取代。幾步之外，巴特爾警長的卡其制服赫然出現在眼前。

「警長。」桑托斯探員打著招呼。巴特爾轉身面對她，往旁邊跨出一步，露出了志願者發現的東西。

一把迷彩色的獵槍，槍口朝上靠在一根粗壯的玉米稈上。「看起來有人把它擺在了這裡。」一名警員說。

桑托斯探員蹲了下來，檢查著豎立在泥土上的槍尾。「也許吧。有腳印嗎？」

「沒有。土壤太硬了，」巴特爾警長說，「不過倒是有很多被踩踏過的玉米稈。很符合喬西說她在田裡被追逐的事實。」

桑托斯探員從地上抓起一小撮土，在手指之間搓了搓。「他為什麼要把武器留下來？」

「企圖把槍擺脫掉嗎？」李維提出看法。「他在匆忙中試著要把槍藏起來。」

「所謂的他是誰？」巴特爾問，「一個陌生人嗎？那麼，伊森．杜爾和貝琪．艾倫又在哪裡？如果他把他們倆抓走了，難道他會不需要武器來控制他們嗎？如果你認為伊森是嫌犯的話，道理也是一樣的。他不需要這把槍讓貝琪就範嗎？」

桑托斯探員站起身。「我們得要整理一下。弄清楚我們知道什麼，以及還需要知道什麼。先成立一個指揮所吧。警長辦公室距離這裡有多遠？」

巴特爾警長搖搖頭。「大概三十哩。太遠了。警局有一個遙控指揮所，不過，它現在停在郡的另外一頭，被用來處理一樁火車脫軌的事件。我在想，十一號高速公路旁邊那座老教堂怎麼樣？距離這裡只有幾哩路而已。」

「好，」桑托斯說，「我們需要和生還者談一談，還有失蹤女孩的家長。」

「我們從喬西・杜爾那裡獲得了一些基本的訊息，」巴特爾說，「她提到昨天白天稍早的時候，曾經有一輛陌生的卡車在附近出現。」

「有提到什麼名字嗎？」藍道夫問。

「沒有什麼太可疑的——只有女孩們在昨天遇到的幾個人而已，」警長說，「布洛克・卡特，一個本地的男孩。還有亨雷家的人——他們住在奧西路上，距離這裡大約兩哩左右。」

「好吧，」桑托斯警探說，「藍道夫警探會協助成立指揮所。警長，有人已經去找亨雷家，以及這個叫做卡特的孩子談談了嗎？我會去找艾倫家的人。等到醫生允許喬西・杜爾會客的時候，我們需要更仔細地詢問她。我們就約在教堂見面——」桑托斯看看自己的手錶。「就訂在下午四點吧。」

每個人都點了點頭。

「把獵槍裝袋，列入證物，然後去找布洛克・卡特談談。」巴特爾命令李維，隨即把警局的採證相機遞給他。

「是的，長官。」李維說完，巴特爾警長和兩名探員就消失在了一片玉米稈裡。

李維留在現場，幫獵槍拍了幾張照片，又在他那本小筆記本裡畫了一個圖解。他戴上一雙手套，小心翼翼地拾起獵槍。他打開槍膛，讓槍管暴露出來。裡面是空的。子彈沒有上膛。

也許布洛克・卡特是杜爾家事件的目擊者。李維想起當他讓布洛克停車時，後者身上散發出的那股酸臭的汗水味。那純粹是因為天氣太熱嗎？也許是恐懼。而他竟然在想也沒有多想的情況下，就放掉了那個孩子。

一股憤怒滑過李維全身。那個小王八蛋騙了他嗎？也許他知道什麼可以破解這個案子的訊息。李維把槍握在身邊，小心翼翼地避免把槍枝上可能殘留的指紋弄糊。李維開始朝著農場走回去。他需要找到布洛克・卡特。

桑托斯探員需要看到屍體。「我們可以進去嗎？」她問守在農舍後門的那名警員。

警員點點頭，然後把一套紙靴遞給兩名探員，讓他們套在自己的鞋子上。從玄關步入到廚房之後，桑托斯留意到的第一件事就是一股令人窒息的熱氣。所有的窗戶都緊閉著，沒有風扇在運轉，窗戶上的冷氣機也是關著的。

「這裡面一定有一百一十度（約攝氏四十三度）吧。」藍道夫說著，舉起手把領帶弄鬆。

「我們得記下來，稍後要問喬西・杜爾，昨天晚上這間房子是否門窗緊閉。」桑托斯說著走向起居室。「一整個星期天氣都這麼熱，我無法想像他們沒有開冷氣，就算沒有，至少也會開窗吧。」

「也許兇手企圖要改變現場，」藍道夫表示。「刻意讓窗戶關著，並且關掉冷氣，好讓屍體盡快腐爛。這樣，法醫就比較難以判斷他們死亡的時間。」

「有可能。」桑托斯說，「看起來並不像破門而入。我們得查清杜爾家在晚上的時候是否會把門鎖上。」他們繼續穿過室內。這間屋子看起來就是一個典型的、整潔的家。

「我們知道屋裡存放了幾把槍嗎？」桑托斯問了一個靠近她身邊的警員。

「根據馬修．艾利斯的說法，就是那個祖父，杜爾家裡面有好幾把槍。」該警員回答，「這一帶大部分的家庭都是這樣的。馬修認為他們有三、四把。」

「你知道那都是什麼樣的槍嗎？」藍道夫探員問。

那名警員看了一下他的平板電腦。「他說他認為他們有一把獵鹿用的滑動式獵槍，20口徑的，還有一把ＢＢ槍。可能是12口徑的。」

「查一下玉米田裡發現的那把20口徑的槍，是不是杜爾家的。」桑托斯對那名員警說。

他們慢慢地走上樓，小心地不要碰到任何東西。藍道夫留意到樓梯旁邊的牆壁上濺了一大片血跡。「有可能是其中一名被害人、也可能是兇手留下的。也有可能是喬西．杜爾在回來找她家人時，她那隻受傷的手臂造成的。」

桑托斯和藍道夫踏進主臥房。他們的目光都集中在林恩．杜爾身上。她胸前的傷口實在太大了。「非常近距離地開槍。」藍道夫說。

汗水浸濕了桑托斯的臉，不過，她抗拒著想要脫掉西裝外套的衝動。臥室裡甚至比樓下還要熱。「暖氣開著嗎？」桑托斯問著，走向地板上的一個通風孔。溫暖的空氣徐徐地吹在她的手指上。「你說對了，」她告訴藍道夫，「那個混蛋把暖氣打開了。」

他們走到喬西的房間，威廉．杜爾就躺在房間門口。「有什麼有趣的發現嗎？」桑托斯問一名犯罪現場技術人員。

「我們在蒐集指紋，」那名技術人員說，「找到了好幾組不同的指紋。還有很多纖維——目前還不知道它們有沒有什麼重要性。」

聽起來幫助不大。「沒別的了？」藍道夫問。

「我還沒說到精采的部分。」該名技術人員笑了一下說，「我們在這裡發現了兩種不同的彈殼。兩顆20口徑獵槍的彈殼，還有一顆是九毫米手槍的。我們差點就漏掉了那個九毫米的。」

桑托斯站在威廉．杜爾的屍體上方，考量著這個訊息，藍道夫則走到伊森．杜爾的臥室。兩把槍。那是否意味著有兩名兇手？他們得等法醫的報告出來，才能知道杜爾夫婦中了多少發子彈，以及那都是什麼樣的槍枝擊發的。

這屋子並沒有被洗劫一空。看起來沒有什麼值錢的物品被兇手拿走了，因此，搶劫不可能是行兇的動機。

「嘿。」藍道夫打斷了她的思緒。他把一個五×七吋的金色相框遞給她。裡面是一張伊森・杜爾站在他祖父旁邊的照片。照片裡的伊森驕傲地握著一把末端是迷彩顏色的獵槍。

雖然還需要法醫確定，不過，在玉米田裡發現的那把獵槍，看來極有可能是屬於伊森・杜爾的。然而，他現在在哪裡？還有，貝琪・艾倫又發生了什麼事？

24

現今

當女子打瞌睡的時候，薇莉把手電筒聚焦在女子身上，並且竭盡所能地評估著女子的傷勢。一隻眼睛腫脹到完全無法睜開，鼓起的臉頰發紫，嘴唇需要縫合。她的鼻子偏離了正中央，耳朵邊緣點綴著水泡。凍瘡。女子不知道用了什麼方法讓自己支撐到了那座小工具棚，然後又來到這幢房子——這算是一個好跡象，不過，她還是需要醫療上的援助。

屋子裡又黑又冷，然而，男孩依舊不肯離開他母親的身邊。他蜷曲在她旁邊，偶爾在她的耳邊低聲地喃喃自語。看來，這孩子是會講話的，薇莉心想。她已經盡了她最大的努力，想要藉著各種問題來從男孩口中獲得更多的訊息。你媽媽叫什麼名字？你叫什麼名字？你們在躲避誰？

薇莉把手電筒照在自己的臉上。「看著我，」她命令地說，「我是認真的，看著我。」男孩不情願地將視線轉移到薇莉身上。「我有傷害你嗎？」他沒有反應。「即便在你用槍指著我、用火鉗攻擊我之後，我有做什麼事，讓你以為我就要傷害你了嗎？」

過了一會兒，男孩謹慎地搖了搖頭。

「這就對了，」薇莉說，「我也不會傷害你媽媽的。我保證。」

男孩依然雙唇緊閉，幾分鐘之後，薇莉放棄了，轉而走到廚房。廚房裡寒氣逼人。她用紙箱貼在破掉的窗戶上，再將她稍早扔在外面的木柴撿拾到屋內。她在火爐裡添了幾根木柴，直到火焰變大為止。不過，要讓室內變暖可能還需要一些時間。直到此時，薇莉才在男孩的對面坐了下來。

薇莉試著不去理會老舊的管線因為結冰而發出的嗶剝聲。狂風還在怒吼，吹得窗戶乒乓作響。

「我真的需要你幫忙，」薇莉輕聲地說，「你得要告訴我你是誰，你來自於哪裡。」

他們沉默地對坐了一會兒，一起聽著女子不安穩的呼吸聲，看著微弱的白煙在她呼吸時從她腫脹的雙唇之間冒出，隨即又消失。

「如果你們在躲避某人的話，我可以幫助你們——我可以保護你們，但是，你得要和我說話。」薇莉央求著男孩。

女子突然睜開了眼睛。「如果你想要和誰說話的話，那就和我說。」她說。

「很好，」薇莉說，「那就說吧。」

女子卻保持著沉默。

「好吧，」薇莉說著攤開雙手。「但願救援很快就可以來到，然後，你們就不再是我的問題了。」

一抹恐懼在女子的臉上蕩漾開來。「我們不需要救援。」

「在我看來並非如此。」薇莉說。

「親愛的，」女子對著男孩說，「我還很冷。你可以再去幫我拿一條毯子嗎？」

「你知道毯子在哪裡。」薇莉說完，男孩拿著一支手電筒匆匆地上了樓。

「聽著，」等到男孩消失在視線範圍裡，女子才開口。「我們會等到風雪停止，然後就上路。就這樣，我們會離開的。不要再問問題了。你明白了嗎？」

「抱歉，」薇莉搖搖頭。「只怕那不是我做事的態度。還有，在這件事裡，我唯一關心的人是樓上那個孩子。在我不知道你要把他帶去哪裡、他是否夠安全之前，我不會讓你們離開的。」

女子瞪著薇莉，然後抬頭看向樓梯。「那個在追我們的人會不惜一切把我們抓回去。」她稍微坐起身，姿勢的變換讓她皺起了眉頭。「不過，我會拚命、我是說真的拚命，」她的語氣低沉而危險。「確保那種事不會發生。即便我必須要把你劈成兩半才能確保如此。」

一陣恐懼的寒意在薇莉心裡升起，薇莉緊緊地握住口袋裡的手槍。她相信女子說的話。

男孩抱著一整個手臂的毯子下了樓。「媽媽，這個。」他驕傲地說，「我帶了兩條毯子給你。這樣夠嗎？」

「謝謝你，親愛的。」她說，目光依舊盯著薇莉。「這樣剛剛好。」

25

二〇〇〇年八月

瑪歌・艾倫坐在自家廚房的椅子上，她分居的丈夫凱文則在屋子裡來回踱步。送她回家的那名警員曾經建議她打電話給鄰居，請鄰居在他們等待消息的時候，暫時先幫他們照顧兩個年幼的孩子。瑪歌搖搖頭。她絕對不會讓她的孩子離開她的視線範圍。四歲的托比正坐在她的腿上，把玩著她脖子上的銀製十字架項鍊，而十歲的艾迪則坐在他們對面，聚精會神地盯著他手上的電玩。

在看到法醫的車停在杜爾家的車道時，瑪歌差點就暈厥了過去。她這輩子從來沒有這麼害怕過。那就彷彿有人抓住了她的喉嚨，讓她完全無法呼吸一樣。警長不肯說死者是誰，只是說那不是貝琪。警長小聲地做了一些保證，然後，就將她交給另一名警員，但是，那名警員對她來說一點幫助也沒有。

當她哀求那名警員帶她去找貝琪時，他不得不承認他們不知道她人在哪裡，不過，每個人都在盡力尋找她。瑪歌當下失去了控制，立刻衝向杜爾家的房子。他們動用了三名警員才總算拉住她。她無意要製造混亂；她只是想要親眼看到貝琪並不在屋子裡。

一名警員開車送瑪歌回家的同時，另一名警官也開車尾隨在瑪歌的車後。等到他們抵達那幢座落在拉瑞爾街的灰色小屋時，她的丈夫已經坐在廚房桌邊，保姆也已經離開了。

「我們為什麼還沒有聽到任何消息？」凱文想要知道。就像瑪歌一樣，他的眼睛已經因為哭泣而發紅。有人死了，喬西被送到了醫院，而貝琪下落不明。

「很抱歉，艾倫先生，我相信警長很快就會來和你們談談了。你確定你不要打電話給任何人嗎？家人還是朋友？」

瑪歌搖搖頭。她知道她可以打電話給她的父母，但是，住在奧瑪哈的他們，一定會堅持要開四個小時的車趕過來。她還沒準備好要面對他們。她希望貝琪會從前門衝進來，氣喘吁吁地道歉說她讓他們擔心了。然後，瑪歌就可以打電話給她母親，抱怨貝琪已經變成了那種令人煩惱的青少年之一。前門響起了一陣敲門聲，瑪歌立刻站起身，隨即又坐下來。貝琪不需要敲門的。她站在廚房門口，看著達爾警員前去應門。他走到屋外，幾分鐘之後，又帶著一名瑪歌不認識的女子回到廚房。女子自我介紹說，她是來自愛荷華犯罪調查部門的卡蜜拉．桑托斯探員。

「你們找到她了嗎？」凱文．艾倫問。

「只怕還沒有。」桑托斯探員說完，低頭看著瑪歌抱在腿上的小男孩。他不停地輕拍著他母親的臉，幫她擦拭著眼淚。另一個孩子全神貫注在電玩上，但不時會偷看著廚房裡的大人。

「女士，」桑托斯探員溫柔地說，「遇到這種情況的時候，我們認為有家人在這裡支持是很重要的。你有什麼家人或朋友是我們能聯絡到的嗎？」也許是因為桑托斯探員同為女性，或者是因為她身為探員的身分，讓瑪歌把她的話聽進去了。

瑪歌點點頭，在一張紙上寫下了一個電話號碼和一個名字。桑托斯探員把那張紙遞給了那名警員。「艾迪，把你弟弟帶到臥室去，然後打開電視。」

「好，媽咪。」艾迪小聲地說，然後從他的椅子上滑下來，牽著托比的手，將他帶離了廚房。

「噢，我的天。」瑪歌開始在椅子上前後搖晃。「噢，天哪。」桑托斯探員靜靜地看著凱文走到她身後，把雙手放在她的肩膀上，不過，她扭動了一下掙開他的手。瑪歌清了清喉嚨。「你可以告訴我發生了什麼事嗎？那個警員沒辦法對我們說太多。」

「艾倫先生、艾倫太太，」桑托斯探員在她的對面坐下。「以下是我們知道的事。威廉和林恩．杜爾昨天晚上遭人殺害。他們的女兒，喬西．杜爾中槍。當執法人員到達現場的時候，伊森．杜爾和你們的女兒並不在那裡。」

瑪歌的雙手緊握，指甲陷入了她的皮膚，留下了明顯的半月形凹痕。

桑托斯探員繼續往下說。「根據喬西．杜爾告訴我們的，她後來沒有看到貝琪。我們現在推測有兩種可能性。第一，貝琪跑走了，正躲藏在哪裡；第二，兇手把貝琪抓走了。」

凱文在瑪歌身後持續地踱步。她想要大聲叫他停下來，問他這輩子可不可以有一次靜止不動。不過，瑪歌只是咬著臉頰內側，直到她的嘴裡散發出鮮血的味道。

「我們已經針對現場不見了的一輛卡車發布了安珀警報❸，而你提供的貝琪照片也已經被送到了所有的媒體。警察會繼續搜索附近地區，明天，我們會有搜尋犬加入。」

「搜尋犬？」凱文停下來腳步。「搜尋犬不是用來尋找屍體的嗎？你們認為貝琪死了？」他的聲音破了。

「閉嘴，凱文。」瑪歌輕聲地說。

他又開始踱步，沿著狹長的廚房來回不停地走動。「那是狗的用途。尋找屍體。你有什麼事沒有告訴我們嗎？你認為她死了？」

「閉嘴，凱文。」瑪歌再次說著，雙手用力地拍打在桌面上。刺耳的啪啪聲充斥在廚房裡。刺痛從她的手掌擴散到她的手腕。痛苦從胸口轉移到手上，讓瑪歌頓時鬆了一口氣。她一次、一次，又一次地拍打著桌面。砰、砰、砰。

她希望這張廉價的膠合板桌子可以破裂成一百萬塊的碎片，然而，桌子卻依然好端端地立在那裡。砰、砰、砰。她雙手握拳，又試了一次。她感到左小指的骨頭斷了，但是，她依然在擊打著桌子。凱文終於不再走動，轉而僵在原地注視著他的妻子，彷彿她是個陌生人一樣。艾迪跑進廚房，瞪大的眼睛裡充滿恐懼，想要知道發生了什麼事。

桑托斯探員把她的手放在瑪歌的手上，讓那雙不停拍打著桌面的手固定在了桌上。她的皮膚冰涼地貼著瑪歌灼熱的手。「我懂。」桑托斯探員低聲地說，「我懂。」

瑪歌凝視著桑托斯探員深色的眼睛，瑪歌知道，這個女人見過的事太多。恐怖駭人的事。

不過，不只如此——她的眼睛裡還有一絲希望在閃爍。瑪歌抓住了那一點微弱的曙光，緊緊地注視著探員的雙眼。會沒事的。必須得沒事。

回到警長辦公室之後，李維．羅賓斯警員將那把獵槍列為了證物，同時對伊森．杜爾的日產達特桑卡車發布了搜尋的訊息，不過，還有另外一件事正在啃噬著他。

布洛克．卡特和伊森．杜爾是朋友。喬西說，她們那天傍晚稍早的時候曾經見過布洛克。凌晨一點剛過的時候，他攔下了超速的卡特，當時，卡特來時的方向正是杜爾家農場的方位。李維知道自己應該把攔下布洛克的事情說出來，不過，他決定先聽聽那孩子怎麼說。李維希望自己沒有遺漏什麼重要的事才好。

他朝著卡特家的農場開去，不過，很走運地看到了布洛克的卡車就停在加油站。李維開進加油站，然後把車停在遠處角落的一個位置。熱浪從水泥地裡冒出，加速了垃圾桶裡的東西腐爛，不管垃圾桶裡是些什麼，都發出了陣陣難聞的味道。李維靠在布洛克的卡車上等著。

布洛克從加油站走了出來，一隻手臂底下夾著一瓶開特力運動飲料，閒晃地走向他的車，當他看到李維時，不禁認真地多看了一眼。從他左右轉動的眼神看起來，李維覺得他可能會突

❸ 安珀警報是「美國失蹤人口緊急應變廣播」的縮寫，指的是警方所發布的「兒童綁架警訊」。在美國和加拿大，只要警方認定疑似發生兒童綁架案時，就會透過各種媒體，向社會大眾傳播警訊，以大範圍搜索失蹤兒童。

然拔腿就跑。「你為什麼這麼緊張？」李維問。「我只是想要問你幾個問題而已。」

「什麼問題？」卡特懷疑地問。他看起來狀態不是很好。蓬頭垢面，一副很疲憊的樣子。

李維覺得自己此刻也是如此。

「關於杜爾家農場發生的謀殺案。」李維說著，仔細地觀察著卡特。

他的肩膀垮了下來。「是啊，我聽說了。真的很讓人難過，」卡特說，「他們找到伊森和那個女孩了嗎？」

「你認識伊森．杜爾？」李維問。

「啊，是啊，」卡特喝了一口他的開特力。「我們上同一所學校。」

「你最後一次看到他是什麼時候？」李維揉揉自己的脖子，手上立刻沾滿汗水。

卡特望向天空。「嗯，有一陣子了。我們在夏天開始的時候因為打架惹了點麻煩——」

「你們互毆？」李維打斷他。

「不是，是一起打架。我們遇到一些混混，然後就打架了。那不算什麼。」卡特後悔地搖搖頭。「我們的父母說，我們以後不能再繼續混在一起。」若非這孩子在騙人，就是喬西．杜爾在說謊。李維想不出那個女孩為什麼要說謊的任何理由，說她在父母被殺害那天見到了布洛克．卡特。

李維想要看看布洛克的謊會說得多大。

「可是，昨天晚上，我在距離他家不遠的地方攔下你。當時你在幹嘛？」李維說，「你的車速真的開得很快。」

「我告訴過你，我在趕著回家。我回去遲了的話，我爸爸會很生氣的。」卡特防禦性地說。

「你去看電影，對嗎？什麼電影？」李維試探地問。

「恐怖電影，」卡特說，「我和我表哥里克一起去看的。你可以打電話給他。」

李維點點頭。「是啊，我會的。你知道伊森可能會在哪裡嗎？」

卡特搖搖頭。「不知道。就像我說過的，我們已經有很長一段時間沒見面了。我最後一次聽到的消息是，他被禁足了。」

「你何不盡可能地猜猜看他可能會在哪裡。」李維逼迫地問。

「我不知道，他喜歡釣魚，也許在池塘那邊。他曾經和卡拉．透納約會過一陣子，也許在卡拉那裡。」卡特說完，把他剩下的開特力一飲而盡。「我只能想到這些了。」

「好吧，」李維說，就讓卡特的謊言暫時說到這裡。明天，他會把他帶到警察局去正式訊問，讓他不得不說出實話。在此同時，他會盯著布洛克，跟蹤他。也許，他會因此而發現伊森．杜爾的下落。「如果你有想到什麼的話，就打電話給我，好嗎？」李維意有所指地說。

「當然，」卡特說著，把他的飲料罐扔進垃圾桶裡。「我希望你們可以找到他。」

「我也是。」李維看著卡特走開。這孩子在說謊，李維心想。可是，他為什麼要說謊？他是在保護伊森．杜爾，還是保護他自己？

三百哩之外，距離內布拉斯加州里洛伊不遠之處，內布拉斯加州警菲利普・洛布正在I-80公路上往西前進。他收到了一則警報，要求幫忙尋找一輛一九九〇年銀色日產達特桑皮卡，而現在在他後視鏡裡的那輛車，不就是警報裡所說的車嗎？愛荷華發生了很嚴重的事。兩人死亡，兩人失蹤。

當然，他得要仔細再看一下，查一下車牌。也許只是虛驚一場——通常都是如此。

洛布減低了巡邏車的速度，希望那輛卡車會因此而和他的車並行，這樣，他就可以看一下車內，不過，當他降低車速時，那輛卡車也慢了下來。好幾輛車都超車越過了他的巡邏車，但是，那輛銀色的卡車卻獨獨遠遠地跟在他的後面。有意思。

從這個位置，洛布無法看清卡車裡的人，不過，他可以看到車子裡有兩個人。他的脈搏加速。他需要繞到那輛卡車後面。他聯繫了調度中心告知自己的位置，然而，距離他最近的州警卻在四十哩之外。洛布不想花那麼久的時間等待支援趕到，他知道兩名青少年的性命可能危在旦夕。

洛布再度減速，那輛卡車也跟著減速，讓其他車輛開入他們之間。那個司機肯定在躲避他。

就在洛布把車停到路邊，準備讓那輛卡車超過他時，那名駕駛突然踩下油門。當卡車咆哮越過巡邏車時，洛布瞄見了那名乘客——一個滿臉恐懼的年輕女子也在回視著他。

洛布重新上路，開始追逐卡車，卡車的時速現在明顯地超過了八十哩。

「可惡。」洛布喃喃自語著。他把警笛和車頂的警示燈都打開，不過，他得等到擋在他前面的幾輛車都閃開，才能安全地切入快車道。他加快車速，車速表上的紅色指針衝到了九十哩。

他前面的車輛很快地停到了路邊讓他通過，直到洛布和那輛卡車之間只剩下一輛車為止。駕駛那輛車的是一名看似毫不在乎的年輕人，他完全沒有減速，也不打算把車子停到路邊。洛布往左邊超車，企圖越過那輛車，不過，直到此時，他才發現自己犯了一個錯誤。卡車駕駛突然把方向盤右轉，剛好趕上了高速公路的出口。

洛布完全不可能依樣畫葫蘆，他只能無助地看著出口飛快地往後退去。他咬緊牙關詛咒了一聲，然後減速在下一個安全島的缺口處迴轉。

等到洛布抵達出口匝道時，那輛銀色的卡車早就無影無蹤了。

桑托斯探員站在貝琪．艾倫的小臥房中央，試著要揣摩一個十三歲青少年的心思。房間很凌亂，裡面有一張沒有整理的床鋪，衣服也亂丟在地板上。釘在木板牆上的是克莉絲汀．阿奎萊拉、曼蒂．摩爾，以及後街男孩的海報。

她把貝琪的抽屜、床底下、衣櫃裡——所有明顯的地方——都檢查過了，不過卻沒有發現任何特別之處。一只標籤還沒拆除的後背包放在房間一角，旁邊還有兩個沃爾瑪超市的購物袋，裡面裝滿了新學年所需要的物品：筆記本、檔案夾、活頁夾、麥克筆、鋼筆和鉛筆。

從桑托斯視線所及的畫面來看，貝琪喜歡流行音樂、雞皮疙瘩系列[4]和保姆俱樂部系列[5]的小說，另外，從她床底下那些皺巴巴的包裝紙看起來，她對Laffy Taffy[6]和焦糖蘋果味的棒棒糖情有獨鍾。沒有跡象顯示貝琪有什麼秘密生活。不過，她和一個十六歲的男孩一起失蹤了。問題是，她是自願和他走的嗎？

桑托斯坐在貝琪的床鋪邊緣，從地上拿起其中一個沃爾瑪購物袋。袋子裡有幾種不同顏色的筆記本，以及一盒已經被打開了的尖細麥克筆。桑托斯把那包筆記本拿出來。她打開最上面的一本，很顯然地，貝琪已經用圓圓胖胖的泡泡字體，在筆記本的內頁寫下了自己的名字。她翻著筆記本空白的頁面，直到一些閃亮的顏色吸引了她的注意力。

桑托斯檢查著塗滿頁面的花朵、心形、星星和隨意塗鴉的字母。在那些亂七八糟的顏色之中，桑托斯的目光落在了一系列用藍色墨水描著粗邊的字母上。BJA + ED。貝琪．吉恩．艾倫。伊森．杜爾。也許貝琪是自願和伊森離開的。年輕人的愛情失控了？這是另一個邦妮和克萊德[7]，或者查爾斯．斯塔克威瑟和卡莉兒．富蓋特[8]嗎？那種命運多舛的戀人涉入了致命犯罪案件的故事。桑托斯還有幾個問題得問瑪歌和凱文．艾倫。

雖然她並不喜歡和艾倫家有這樣的對話，不過，桑托斯還是帶著那本筆記本回到了廚房。瑪歌的手肘撐在桌上，頭靠在雙手上，凱文則在講電話，他的聲音在激動下破音了。凱文很快地掛斷電話，隨即擦拭著眼睛說：「我姊姊。我告訴她發生了什麼事。」

「我們需要保持電話線暢通，」瑪歌嚴厲地說，「以免貝琪打電話回來。」

凱文開始和她爭論，不過，桑托斯拿起貝琪的筆記本打斷了他們，她打開畫滿塗鴉的那一頁，將攤開的筆記本放在瑪歌面前。凱文透過瑪歌的肩膀往下看，企圖要看清楚那是什麼。

「怎麼？」凱文問。「不過是一堆塗鴉而已。」

桑托斯探員用手指輕輕地敲了敲那些縮寫字母。「**BJA + ED**。貝琪和伊森有男女關係嗎？」她問。

「男女關係？」瑪歌憤怒地重複她的話。「她才十三歲！十三歲的孩子不會有男女關係。他們有的只是迷戀而已。」

「很抱歉，我不得不問，」桑托斯說，「伊森．杜爾有可能也有那樣的感覺嗎？像貝琪對

❹雞皮疙瘩 Goosebumps 是美國作家R．L．斯坦以青少年為主角和閱讀對象，所創作的一系列恐怖小說。自一九九二年七月第一部作品《死亡古堡》出版以來，截至二〇一五年共出版了一百八十本，並被翻拍成同名電視劇。直至二〇一四年，該系列叢書被翻譯成三十一種語言，共售出三．五億本，登上了紐約時報兒童暢銷書等許多暢銷書榜。

❺保姆俱樂部（The Baby-Sitter Club）是由 Ann M. Martin 撰寫、並由 Scholastic 於一九八六－二〇〇〇年期間出版的系列小說，共售出一．七六億冊。描述住在康乃狄克州某郊區小鎮的一群朋友，共同經營了一家專門提供保姆服務的「保姆俱樂部」的故事。

❻Laffy Taffy 是美國的太妃糖品牌。每個糖果本身的獨立包裝上會印有腦筋急轉彎的問答，以博君一笑。

❼一九三〇年代美國經濟大恐慌時期著名的鴛鴦大盜，兩人為情侶關係，在美國中西部合夥搶劫。他們的真實故事在一九六七年被改拍成電影《我倆沒有明天》。

❽美國青少年縱慾殺手查爾斯於一九五七年十二月至一九五八年一月期間，在內布拉斯加州和懷俄明州謀殺了十一人。卡莉兒是他的十四歲女友。

他的感覺一樣？」

「伊森．杜爾才幾歲？十六歲？」凱文不屑地問，「哪個十六歲的人想要和一個即將升上八年級的孩子玩在一起？」

「他們沒有任何關係，」瑪歌聲音顫抖地說，「正常的十六歲孩子是不會那樣做的。你的意思是，伊森．杜爾是兇手？他謀殺了他自己的父母，還帶走了貝琪？」

「我完全沒有這個意思，」桑托斯說，「不過，我們必須從所有的角度來看。所有的可能性。我需要知道你是否有察覺到貝琪和伊森之間有任何男女關係……任何接觸，除了伊森是她最好朋友的哥哥之外。」

「沒有，完全沒有。」凱文不假思索地回答，不過，桑托斯仍然看著瑪歌。她的神情透露出事情並非凱文所言那樣。

「艾倫太太？」桑托斯催促了一下，然而，在她還沒反應之前，那名警員就走進廚房，把桑托斯拉到一邊。

「怎麼了？」瑪歌害怕地問，「是什麼事？」

「我得要暫時出去一下，」桑托斯說，「我馬上回來。」

「發生了什麼事？」瑪歌高喊著說，「你們找到她了？噢。我的天。求求你，我沒有辦法承受。你得要告訴我。」凱文蹲到瑪歌旁邊，雙臂環抱住她。這次，她並沒有閃開。

「我保證，只要我有什麼確定的訊息，我一定會告訴你們的。」桑托斯對他們說，「很多消息來源最後都證明和案情無關。我們的職責是要將這些消息都先篩檢過。我知道不容易，不過，請你們要有耐心。如果真的有什麼事，我會讓你們知道的。我保證。」

桑托斯探員留下啜泣中的瑪歌離開了廚房，然後走到屋外打電話給藍道夫。

「怎麼了？」桑托斯環顧四周，確定沒有人聽得到她在講電話。

「剛剛收到消息，有人看到一輛卡車符合伊森．杜爾的卡車外型，正在內布拉斯加州的I-80公路上朝西而去。」藍道夫說，「目前還在等候確認。」

「知道了，」桑托斯說，「我只是需要再問艾倫家幾個問題，然後，我就會出發去教堂。」

「可能就是這輛車了。」藍道夫說。

「有可能，」桑托斯低聲地說，「待會兒見。」尋獲那輛卡車會是重大的突破，不過，卡車裡面的人是誰，那才是關鍵。

但願，伊森．杜爾和貝琪．艾倫平安無事，兇手也會被逮捕落網。她祈禱著這兩個孩子和謀殺無關——喬西．杜爾和這兩家人需要一個快樂的結局。然而，桑托斯知道，像這樣血淋淋的恐怖犯罪事件所遺留下來的，不會只有看得見的殺戮。無論他們在卡車裡發現的是什麼，杜爾家和艾倫家都永遠回不去了。

26

女孩窺視著外面，她可以看到樹在風中搖擺，金色、紅色和黃色的葉子紛紛從樹枝上飄落。樹葉掃過草地，在急速的翻滾中堆積到了窗戶的前面。

女孩在冰涼的房間裡感到很不安。電視上什麼都沒有，而她也厭倦了畫畫。她看著床邊角落裡那個堆滿書的箱子。從那只箱子被她父親帶來的那一天開始，她就沒有碰過那些書。她還在對她父親沒有遵守承諾、沒有帶一隻小狗給她而感到生氣。不過現在，她實在太無聊了，就算是一箱子的舊書，也比不停地看著窗外要好。

當她打開箱子的時候，箱子裡再度散發出一股霉味。雖然她不想承認，不過，她的肚子裡確實感到了一絲興奮。女孩喜歡書。她喜歡逃進故事和圖畫裡，而眼前這個箱子裡裝滿了她從來沒有讀過的書。她對她父親感到的一絲冰冷在這一刻有點融化了。

「我們幾乎沒有食物了。」她母親的聲音從房間的另一邊傳來。

女孩繼續翻著箱子。裡面有圖畫書。其中一本畫了一個男人，在食物從天上掉下來的同時撐著一把傘，擋住了他的頭，還有一本畫了兩隻名叫喬治和瑪莎的河馬。

「就這麼多了，」她母親說，「我們只剩下這些了。這個和一點點花生醬。」

女孩從一本書上抬起頭來，書裡有一個淘氣的男孩拿了一支紫色的蠟筆。只見她母親拿著一罐湯和一筒餅乾。

「他很快就會帶更多食物來的。」小女孩說。她並不擔心。她父親向來都會帶生活用品過來。雖然，並非每一件東西她都喜歡，不過，她們總是還有東西可以吃。

晚餐的時候，她們喝了那罐湯。她母親讓她用開罐器打開罐頭，把湯倒入玻璃碗裡，再加入水。她甚至讓她按那個小微波爐的按鈕，把湯加熱。「我們把餅乾留到之後再吃。」她母親說。

吃完晚餐之後，女孩回到那箱書的旁邊。

隔天早上，她們各吃了三片餅乾當早餐。午餐的時候，她們各吃了兩片加了花生醬的餅乾。可是，女孩的父親依舊沒有來。

「也許他不會回來了。」女孩說著，又喝了一些水。她母親說水可以讓她填飽肚子。

「他會回來的。」她母親對她說，不過，女孩可以從她的聲音裡聽到一絲擔憂。「他必須回來。」

晚餐時，女孩吃了兩片餅乾加上花生醬，而她母親吃了一片。花生醬的罐子已經空了。她們喝了更多的水。那天晚上，女孩輾轉難眠。她的肚子在咕嚕咕嚕叫，讓她不停地想著剩下的那兩片餅乾。等到什麼都吃光的時候，她們該怎麼辦？如果她父親沒有回來的話怎麼辦？她們會餓死在這裡。

她從床上爬起來，小心翼翼地避免吵醒她母親，然後走去看看那兩片餅乾是不是還在那裡。它們還在。女孩想要把餅乾從塑膠套裡拿出來吃掉，但是，那就太不公平了。她回到床上，試著讓自己睡著。

隔天早上，她母親把兩片餅乾都給了她。「我不餓。」她母親說。女孩不相信她母親的話，不過，她依然像老鼠一樣，一小口一小口地咬著餅乾，試著盡可能地吃慢一點。午餐時間過去了，晚餐也是。她父親還是沒有出現。

女孩開始有點脾氣了。水在她空蕩蕩的肚子裡晃動，讓她覺得很反胃。「我好餓，」她抱怨地說。「爸爸什麼時候會來？」她問。

「沒有食物了，」她母親終於沒好氣地說，「全都吃光了。什麼都沒有剩下了。」

「那你應該去那裡拿一些食物回來。」女孩回嘴地說。她母親卻什麼也沒有回應。

去那裡。那是他們的說法。不要去那裡，她母親總是這麼說，你父親會生氣的，那樣不安全。

她父親則會說：「那裡有壞人。他們會把你從我們身邊帶走，然後，你就永遠見不到你媽媽了。」

因此，她們從來都沒有離開過。她們就這樣一直待在混凝土地板和水泥牆的地下室裡。

然而，出乎她意料地，她母親走到樓梯上，站在緊閉的門口前面。她嘗試性地伸出了手，轉動了一下門把。門是鎖著的。她母親走下樓梯，站在房間正中央。

「你在做什麼？」女孩問，不過，她母親揮揮手讓她走開。

她在那裡站了很長一會兒，然後叫女孩拿一支筆給她。「筆？」女孩不解地問。

「給我一支筆。」她母親厲聲命令道。女孩匆匆地跑向她的美術盒，找到她需要的東西，然後把筆遞給她母親。在她的詫異下，她母親不停地扭轉著筆，直到外面的塑膠套鬆脫。她把塑膠套丟在桌上，檢查著剩下來的部分——尖銳的筆尖和滿是墨水的筆管。她母親再度回到樓梯上。女孩也跟在她身後。她母親蹲在房門前，開始把筆尖探入門把裡。

「你在做什麼？」女孩問，不過，她母親只是噓了噓她，然後繼續戳著門把。她母親持續著這樣的動作，彷彿永遠也不會結束一樣，然而，突然之間，一聲輕微的喀噠聲響起，門瞬間打開了。那麼快、那麼地容易。

她母親告訴她留在原地，但女孩並沒有聽從她的交代。她們一起踏進了「那裡」。眼前的畫面讓女孩大為驚嘆。廚房裡有一台大冰箱、一個爐子、一個微波爐，還有她曾經在電視上看過的洗碗機。此外，還有一張木頭圓桌和四張成套的椅子，晶亮的流理台上有一長排的櫃子。

女孩看著她母親，想要尋求解釋。她們為什麼要待在地下室，只能圍坐在一張小塑膠桌旁邊吃飯，沒有爐子，只有一台比她還要小的冰箱？

不過，她母親並沒有四下環顧廚房。她出神地往前走，穿過廚房和擺了另一張桌子和更多椅子的飯廳。然後，她繼續走到另一間房間。這間房間裡不只有一張沙發，而是兩張，還有一張和沙發配成套的椅子，一台電視和一座高度幾乎就要觸及天花板的時鐘。房間裡的每一扇窗戶都覆蓋著厚重的窗簾。

這些讓人嘆為觀止的景象也沒能讓她母親多看一眼。她的目光集中在一扇大門上，門的頂端還有著三扇方形的窗戶。明亮的陽光透過窗戶上的玻璃灑進室內，她們在陽光底下站了一會兒，感受著陽光的暖意滲進她們的皮膚。

她母親握住門把，然而，門卻無法打開。她把手指扣住門把底下的銅鎖，向右邊轉動了一下。然後再試了試門把，門吱地一聲打開了。

那就好像置身在一本圖畫書裡一樣。那麼多的顏色、氣味和景象，那是女孩從來都沒有看過的，眼前的畫面讓她一時看得目瞪口呆。她不假思索地跨出室內，踏上了混凝土的台階。空氣很冰涼，不過卻比地下室溫暖。天空很湛藍，蜂蜜色的太陽很和煦。各式各樣的樹上覆蓋著顏色彷若珠寶一般的樹葉，放眼所及，圍繞著她們的是一片無邊無際的金色農田。屋子前面有一條小徑，一路連接到外面的道路，而那條道路又會通往某個地方。也許是山，也許是海，也許是沙漠——某個距離這裡很遠的地方。

外面的世界比她想像中的要安靜。當一陣微風拂過的時候，田裡傳來了麥稈微弱的簌簌聲響，還有綠色的蚱蜢嗡嗡的低鳴聲，以及家燕在呼呼振翅時發出的囀鳴。她彎下身，想要摘下一朵漂亮的黃花，她的手臂卻被往後拉扯了一下。

她被拉進了屋裡，她母親很快地把門關上，鎖上門鎖。「我們不能到那裡去。」她母親說。她的臉上帶著恐懼的神情，呼吸也很急促。

她們手拉著手，轉頭穿過起居室和飯廳，回到了廚房。「我真的好餓。」女孩說著，渴望能從流理台上拿一根香蕉。她母親打開一個堆滿湯罐、豆子和玉米罐頭的櫥櫃。再打開另一個儲藏了麥片、餅乾和零食的櫥櫃。

「我們不能拿太多，」她母親說著，掃視著眼前的選擇。「如果他注意到有東西不見了，他就會知道我們上來過這裡。」她猶豫了一下，最後決定從櫥櫃裡拿走兩罐湯，再從冰箱裡拿了一顆柳橙和一個蘋果。

「我們走吧。」她母親說，「他隨時都可能回家。」女孩伸手抓住地下室的門把，然而，她母親卻沒有跟上來。她站在廚房牆上掛著的那具電話前面。女孩看著她母親用顫抖的手拿起電話的話筒，放到耳朵上，然後開始按下號碼。

女孩想要問她在打給誰。她們在樓下沒有電話，她只在電視裡看過，不過，她母親似乎知道自己在做什麼。一陣輕微的顫音在電話裡響起，然後是一個女人的聲音。「哈囉？」女人說，「哈囉？」

一抹深深的悲傷浮現在她母親的臉上，她只是安靜地掛斷了電話。她們帶著藏起來的一點點食物穿過地下室的門，她母親隨即停下腳步，把門鎖上。她們下了樓，走到最底下的台階時，她母親在台階上坐了下來，開始哭泣。女孩則坐在她的腳邊。

當她母親終於停止哭泣時，她擦了擦眼睛，告訴女孩說：「不要把這件事告訴你爸爸，好嗎？這是我們兩個人的秘密。」

女孩喜歡這個提議，她和她母親有一個秘密，因此，她點點頭，她們勾了小指頭許下承諾。可是，她的嘴裡還有兩個沒有提出來的問題。她們以前為什麼從來沒有出去過？她們為什麼不能再出去？

27

現今

看來，女子和男孩是在躲避一個虐待他們的男人。這就說得通了。她在暴風雪中潛逃，她絕望地想要躲起來，她對一切的疑心。「警察可以幫助你。」薇莉說著，在他們對面坐下。「等到風雪停了，我們就去找警長。」

「不，」女子痛苦地在她的座位上動了一下。「你不明白。他會來找我們的。你不知道他是個什麼樣的人。」

薇莉無法不同意她的說法。她不知道這個女人經歷過些什麼，她嫁給了什麼樣的男人。她的前夫，即便犯了那麼多錯，也不是一個會施暴的男人。而只是一個頑固、自私的人而已。

在為她的書所進行的研究裡，薇莉曾經見到一些最有佔有慾、最會施虐的配偶和伴侶。沒錯，薇莉確實不知道這個女人在她的婚姻裡忍受了些什麼，不過，她可以感同身受。

「你為什麼不告訴我你的名字？還有他的名字？」薇莉問。「這樣，當風雪結束的時候，我就可以陪你們去找警察，警察會幫助你們，確保你們的安全。」

「我不能。」女子搖搖頭。「我什麼也不能說。在我們遠離這裡之前，我什麼也不能說。」

「你有時候得要相信別人。」薇莉惱火地說，「你為什麼不能信任我？」

女子站起身。「走吧。」她對她的孩子說，「我們要離開了。」

薇莉忍不住大笑，不過卻發現女子是認真的。「你以為你能去哪裡？」薇莉不敢相信地問。「你的卡車已經燒毀了，你受傷了，而你卻想要拖著你的小兒子走進這樣的風雪裡？不、行。」

「我不是兒子。」一個微小的聲音抗議地說。

「什麼？」薇莉看著那個孩子問，「你說什麼？」

「噓，」女子瞪著孩子說，「不要說話。」

「我是女孩。」那個孩子用力地重複了一次，將一隻手掠過她的短髮。

「你叫什麼名字？」薇莉問。女孩看似就要開口，但她母親卻阻止了她。

薇莉震驚得說不出話來。她一直都認為她在前院發現的是一個男孩。

「不要告訴她。我是說真的。」女子凶狠地說，淚水同時湧上她的眼眶。

「對不起，」女孩靠到她母親身上。「對不起。」

「你看到了嗎？」女子問，「你認為我會把我女兒的頭髮剪成那樣，只是因為我想要離開我丈夫嗎？你認為這只是某種失控的監護權之爭嗎？」女子的聲音已經轉成了尖叫。「如果他找到我們的話，他會殺了我們。」她停了一下，試著要振作起來。「或者更糟。他會把我們帶回家。」女子拉起她運動衫上的衣袖，露出兩邊手腕上彷彿花圈一般的結痂。

薇莉不知所措地愣住了。女子手腕上的傷痕看起來像是曾經被什麼東西綁住一樣——繩子或束線，又或者手銬。

很顯然地，女子和她的女兒既絕望又恐懼。她們是真的在逃命。薇莉算什麼角色，竟然在對這個可憐的女子追問著細節。

她們在這裡會很安全的。她的丈夫聽起來雖然很可怕，但是，薇莉不認為他會闖入一個陌生人的家，把他的妻子和孩子帶回去。他不至於會做出這種事，會嗎？

薇莉可以給她一些空間。讓她休息。等暴風雪過去之後，她會讓女子和她的女兒坐上她的福特野馬，直接把她們載送到警長辦公室。

至於這個孩子，她稍早的行為現在看起來都解釋得通了。這個女孩終於對薇莉敞開了心房。她終於信任她了。也許，就算她母親不願意說出她們的名字、她們從哪裡來，這個小女孩最終一定會說出她們的故事。

28

二〇〇〇年八月

巴特爾警長把車停在亨雷家前面，檢視著雜草叢生的院子以及搖搖欲墜的前門台階。房子灰色的外觀凹凸不平、斑斑駁駁，明顯地需要重新油漆。巴特爾踩過殘破的前門台階，走上前廊，腐朽的木頭在他的腳底下不停地發出呻吟。他敲了敲門。沒有回應。

過去幾年裡，他只見過茱妮．亨雷幾次。他知道茱妮和她已故的丈夫務農了十數年，不過，幾年前，在她丈夫過世之後，她就把農地變賣了。他記得茱妮是一個和善的、喜歡與人往來的女人，這讓他對於必須要去詢問她關於喬西和貝琪昨天到亨雷家的事情感到高興不起來，然而，他不得不這麼做。

亨雷夫婦有一個兒子，傑克森，過去，他曾經是一名很優秀的棒球選手，高中畢業之後，他入伍從軍，在軍隊裡待了一陣子。他最後的任期是在九〇年代的波斯灣戰爭期間。

傑克森在結束軍旅生涯之後回到家，開始了他的雜貨舊貨生意。他和執法人員的衝突也是從那個時候開始的——絕大部分都和他喝酒過量有關，偶爾也伴隨著一些微不足道的犯罪事件。傑克森的紀錄裡似乎有一件較為嚴重的行為，只是，巴特爾不太記得是什麼事了。

巴特爾再次敲了敲門。依然沒有人前來應門。他們沒有時間這樣等待了。每過一分鐘，就代表著尋找那些孩子以及殺害杜爾夫婦兇手的時間又少了一分鐘。他知道他必須要和茱妮以及傑克森．亨雷談談，然而，與其在這裡等待，不如去做其他能讓他發揮更大效率的事情。他會派一名警員稍後再到這裡來。

巴特爾回到自己的車上，沿著車道緩緩地往前開，尋找足以讓車子迴轉的地方。他經過成排的廢車和彷如屍體般堆疊的農具。這幅畫面看起來實在很詭異，巴特爾一邊想著，一邊把車子調轉過頭，繞過在烈日燒烤下、堆積如山的黑色輪胎。

亨雷家的房子又回到了他的視線之內，巴特爾看到一輛白色的皮卡停在了房子前面。巴特爾踩下煞車，在強烈的陽光下瞇起眼睛，看到了一名蒼白高瘦、留著一頭灰黑色短髮的男子，正在幫忙一名年邁的女子走上前廊的台階。

茱妮和傑克森．亨雷。

當傑克森打開前門的時候，他回頭看了一眼，立刻就發現警長的車子正停在車道上空轉。他瞪大的眼睛裡瞬間充滿了警覺。

「嘿，你好，傑克森，」巴特爾隨意地說，「我正在想，你和你母親可以幫上我一件事。」

傑克森沒有回應，只是懷疑地看著警長。

「我相信你一定聽說了昨晚發生在杜爾家農場的事。我們試著要根據喬西．杜爾和貝琪．艾倫昨天一整天的行蹤重製一份時間表，而我們知道那兩個女孩來過這裡。如果你可以告訴我關於她們來這裡的事，應該會很有幫助的。她們是幾點來的，還有，你們都說過些什麼？」

「我什麼也沒做。」傑克森說著，緊張地舔了舔嘴唇。「她們在找一隻狗。她們沒有找到。然後就走了。」

「喬西也是這麼說的。」巴特爾說道。他想要確認傑克森知道另一個女孩現在很安全，於是他說：「我想，你可以陪我在這裡逛一圈，告訴我那兩個女孩曾經在哪裡找過狗。」

「我不需要讓你走進我的地盤，」傑克森說著，慢慢地靠近他的卡車。「我不需要和你講話。」

「噢，傑克森，」巴特爾聊天似地說，「我想，這裡並非你的地盤。我相信這裡歸你母親所有。」

「你不要把我媽媽扯進來。她生病了。」傑克森說著，看向屋子。「你不需要用這些事來煩她。」

「只怕我必須得這麼做，」巴特爾聲音裡充滿遺憾地說，「我們發現有兩個人死了，還有兩個青少年失蹤。我必須和昨天曾經看到過杜爾一家以及貝琪．艾倫的人談談。」巴特爾試著對傑克森露出一絲友善的微笑。「怎麼樣？我們稍微走一下，然後聊聊。」

巴特爾看到了傑克森臉上猶豫不決的神情，過去那麼多年裡，他曾經在數百張臉上看到過這樣的表情——他應該要回到卡車裡，然後立刻開車離開，還是應該停下來，等著看看警長想要做什麼？

結果，傑克森兩者都沒有做。他把卡車留在原地，然後拔腿就跑。巴特爾看著他衝到房子後面，他的靴子在他身後揚起了一大片厚厚的灰塵。就在那一瞬間，傑克森・亨雷從證人變成了警方感興趣的對象。

一股興奮感流竄過警長體內。人們會在他們感到愧疚或者害怕的時候逃跑。巴特爾把自己的車繞到亨雷家的卡車旁邊，然後停了下來。他打開車上的無線電，要求派遣支援。透過劈啪作響的靜電，巴特爾告訴調度中心讓後援待命，並且調出傑克森・亨雷的所有紀錄。

巴特爾知道他還沒有合法的權力可以進行搜索，因此，他必須要用其他方法讓自己獲得這家人的許可。

巴特爾在高度警戒中下了車。眼前有太多的未知——亨雷為什麼逃走、他躲在哪裡、他有什麼火力和武器。

巴特爾把手放在配槍上，亦步亦趨地走向腐壞的前門台階，再一次敲了敲門。茱妮・亨雷前來應了門，她那頂粉紅色的帽子歪斜地戴在頭上。茱妮孱弱的模樣讓巴特爾大感驚訝——彷彿她隨時都可能崩潰一樣。

茱妮疲憊地抬頭看著巴特爾。「我想，你來這裡是想要談談那兩個女孩的事吧，」她說，「進來吧。」

三百哩之外，州警菲利普・洛布依然在尋找那輛銀色的卡車。他在通往麥庫爾樞紐的匝道出口下了州際公路，那是座落在I-80五哩外的一個小村莊。其他的州警也加入了搜索的行列，並且隨時留意著那輛卡車有可能會再駛回州際公路。不過，洛布有一種感覺，他認為卡車司機應該是開到麥庫爾躲藏起來了。他緩緩地在安靜的街道上行駛，搜尋著卡車的蹤影。放眼所及的每一輛車都是皮卡，這讓他的搜尋增添了不少難度。他經過一所學校、一間銀行，還有一家得來速餐廳。

洛布從四號公路離開了麥庫爾樞紐的中心，來到麥庫爾賽車場，並且在停車場停了下來。卡車就在那裡。那輛銀色的卡車和它的兩名乘客就停在那裡。洛布通報了自己的所在，拿出他的武器，然後小心翼翼地下了他的車，走到他的巡邏車後面。

卡車上沒有車牌，這是另一個警訊。就是它了。他可以感覺得到。「雙手放在方向盤上，」洛布大喊，「手放在儀表板上！」他半期待著駕駛會發動引擎逃逸，不過，卡車只是靜靜地停在原地。

幾分鐘之內，另外兩名州警趕到了，其他三名來自約克郡警察局的警員也在同一時間抵達。他們用警車擋住了去路，將卡車團團圍住。卡車看起來無處可逃。持槍的執法員警紛紛下了車。

「駕駛人，」洛布高喊，「打開你的車門。」司機座位的車門瞬間彈開。「讓我看到你的雙手，讓我看到你的雙手！」一雙顫抖的手出現在視線裡。「駕駛人，從車子裡慢慢出來。」洛布下令。一只網球鞋踩在了混凝土地面上，然後是另一只。一個高大的身影從卡車裡走了出來。

那是一名年輕的男子，他瞪大的眼睛裡寫滿了驚恐。

「對不起。」他結巴地說，「對不起。」

「趴到地上。」另一名州警大喊，男孩立即彎向混凝土地面，雙手張開。警察立刻湧上前，用槍指著他的頭，將他的手腕抓到他的背後。

洛布將他的注意力轉向卡車的乘客座。「乘客，把門打開，雙手舉起來！」一名嬌小的身影從卡車裡出來，雙手放在頭頂上。

「你有受傷嗎？」洛布問，「他有傷害你嗎？」女孩啜泣地搖搖頭。

「貝琪．艾倫？」他問，「你是貝琪．艾倫嗎？」

她困惑地看著州警。「不是，」她搖搖頭。「我叫做克莉絲汀娜。」

巴特爾警長走進茱妮．亨雷的起居室，順手摘下了他的帽子。室內的空氣沁涼，瀰漫著一股尤加利的味道，炙熱的陽光被厚重的窗簾擋在了屋外。起居室裡的傢俱稀疏，不過卻整理得很乾淨整齊。一張茶几上擺滿了藥罐，也同樣整齊地排列在一只水杯旁邊。角落裡的電視正在播放著一齣肥皂劇。「是的，女士，」他說，「我是來談談那兩個女孩的事。」

茱妮單薄的骨架在一張鋪著軟墊的椅子上坐了下來，軟墊上的粉紅色西洋薔薇都已經褪色了。巴特爾也在她對面的一張雙人椅上坐下。

「我接到通報說，喬西・杜爾和貝琪・艾倫昨天晚上來過這裡。」巴特爾開門見山地說。

「是啊，」茱妮說，「我大概在七點鐘左右的時候和她們說過話。她們在找一隻狗。我告訴她們，她們可以在我的土地範圍內找找。」說著，她從身邊的桌上拿起一個藥罐，努力地要打開瓶蓋。

巴特爾警長伸出手，茱妮立刻將罐子遞給他。「她們在這裡待了多久？」巴特爾問著，同時扭開了瓶蓋。

「沒有多久。」茱妮回答。「謝謝你。」當巴特爾把打開的藥罐還給她的時候，她感激地說。「二十分鐘？也許更短。她們離開的時候還和我揮揮手道別。」

「你知道你兒子是否和她們有任何的互動？」巴特爾又問。

茱妮倒了兩顆藥丸在掌心裡，將它們放入口中，然後拿起身邊的玻璃水杯喝了一口水。

「據我所知沒有，」她把藥丸吞下後說道，「他沒有提過。」

「你知道為什麼傑克森在看到我的時候要逃跑嗎？」他問。

「什麼意思？」茱妮謹慎地問。

「在他把你扶進門以後，他一看到我就逃走了。他為什麼要那麼做？」巴特爾問。

茱妮揮揮手，想打消巴特爾的顧慮。「上回，他和你們其中一個人說過話之後就被逮捕了。所以，你不能怪他不想見到你們。」

巴特爾警長突然記起茱妮提起的那個意外。大約在六個月前，一個來自波登的女子報警說，有個身上的酒臭味比臭鼬還要嚴重的男人走進她家，企圖要爬上床和她睡在一起，傑克森因而就被捕了。結果，傑克森在州獄被關了幾個晚上，並且承認他在公共場合酗酒以及擅闖民宅的罪行。

「今天是誰開那輛卡車載你回來的？」警長問。茱妮瞇起眼睛。「我自己。」她堅定地回答。「傑克森陪我去做化療，不過是我開車的。」

巴特爾警長點點頭，不過心裡卻有所存疑。傑克森在很久以前因為酗酒而被吊銷駕照，不過，只要有機會，他極有可能依然在郡上開車到處跑。

「你介意我在你的腹地上稍微看看嗎？」巴特爾問。「你知道我們沒有時間可以浪費。我們需要找到那些孩子。」

「那你最好不要把你的時間浪費在這裡，」茱妮決然地回應他，然後掙扎著從椅子上起身。「我告訴過你，那些女孩來這裡找狗。她們找過之後就離開了。我們所知道的就是這樣。」

等到茱妮走到前門時，她已經有點喘不過氣來了。巴特爾跟在她身後。「亨雷太太，你知道我們得要盡一切所能找到那些女孩。你可以告訴傑克森，我需要和他談談嗎？」

茱妮張開嘴打算爭論，不過，巴特爾舉起一根手指。「只是聊聊而已。我知道傑克森很怕執法人員，而我也沒有理由認為他知道貝琪．艾倫在離開你這裡之後發生了什麼事，不過，她曾經來過這裡，而我需要和每個和她接觸過的人談談。這點你能理解的，是嗎？」

茱妮抿著她的薄唇，點了點頭。「我會告訴他你想和他聊聊，但是，他能告訴你的不會比我已經告訴你的還多。」

巴特爾從陰涼的室內走到令人窒息的燠熱底下。他犯了一個錯誤，他不應該讓茱妮心生防衛。不過，他會再回來的，如果傑克森拒絕和他談的話，他會帶著一張搜索令回來的。也許，那樣做可以讓他們得到一些答案。

29

女孩的父親出現了，雖然那是三天以後的事。他走進地下室的門，帶了一桶雞肉和一個塑膠袋，袋子裡塞滿了裝有馬鈴薯泥、玉米、涼拌捲心菜和肉汁的容器。

食物的味道讓女孩感到暈眩。她實在太餓了。她看著她母親，想要知道她是否可以走到她父親旁邊，不過，她母親的臉色卻很嚴厲。她母親在生氣。於是，她不敢有所動作。她母親搖搖晃晃地站起身，站在他面前，雙手扠在臀上。「你把我們留在這裡，」她說，「沒有食物。我們已經三天沒有吃東西了。」

「你們現在有食物了。」他走過她身邊，把食物放在桌上。

她母親跟在他身後。「你不能那樣，」她抓住他的手臂。「你不能就像那樣丟下我們。」她父親轉過身，低頭怒視她母親。她放開抓住他手肘的手，不過卻大膽地回瞪著他。

那記重擊在毫無預警之下落在她身上。他的拳頭擊中了她母親的太陽穴，讓她母親瞬間無法呼吸。她雙腿撞在一起跪倒在地，不停地喘氣。女孩動了一下，企圖走到她母親身邊，不過，她父親卻揚起一根手指，讓她停下了腳步。

「坐到那邊去。」他指著一張椅子說。女孩在桌子旁邊的椅子上坐了下來。她母親依然跪在地上，還在掙扎著呼吸。她父親從一個櫥櫃裡拿出兩個盤子，又從抽屜裡取來銀製的餐具。

他把每一個容器的蓋子都打開來，開始把食物盛到她的盤子上，然後是他自己的盤子。酥脆的炸雞、馬鈴薯泥和玉米，還有棕色的濃稠肉汁。

「吃。」他一邊命令她，一邊在她對面的椅子上坐下來。

女孩瞄了她母親一眼，只見她母親已經在地上蜷縮成了一團。「不要看她。」她父親塞了滿嘴的比司吉說，「吃。」

女孩拿起一塊雞肉，咬了一口。雖然食物已經冷了，卻依然十分美味。在她母親面前吃東西讓她感覺很難過，然而，她就是停不下來。她父親坐在她對面，表情誇張地把食物舀進嘴裡。「真好吃。」他從滿嘴的馬鈴薯泥之間擠出一句話。等他把一塊雞肉上的肉都啃光之後，他把骨頭丟在她母親旁邊的地上。

女孩雖然恨他，但她還是吃了。食物在她的盤子裡消失，即便是她覺得帶有苦味的涼拌捲心菜，也都被她吃光了。她的胃已經感到了飽足，但是，她依然無法停下來。她吃了一個比司吉，然後是第二個，當她父親重新在她的盤子裡盛滿食物時，她也沒有抱怨。當她父親沒有看著她的時候，她把一部分的食物藏到了桌子底下，放在自己的腿上。

終於，她放下了叉子，羞愧的酸楚在她的喉嚨裡燃燒。她的手指沾滿油脂，油膩膩的食物殘渣掉落在她襯衫的前襟上。她父親笑著說：「很好吃，對吧？」

女孩只能把食物儲存在自己的肚子裡。她母親畏縮在地上，飢餓和恐懼讓她渾身虛弱，而她卻在她母親不在身邊之下獨自吃了東西。她有一股不忠和罪惡的感覺。

她父親從桌邊站起來，開始清理幾乎已經空了的桶子。他沒有把吃剩的食物放到她們那個小冰箱裡，反而刻意把食物都掃進了垃圾桶。

「你應該要說什麼，小不點？」她父親問。

「謝謝你。」女孩小聲地說。

他站在她母親身邊，滿臉不屑地俯視著她。她母親準備好要再受到另外一擊。女孩動也不敢動，深怕藏在腿上的食物會掉到地上。「感－恩。」他咬牙地說著，「有時候，懂得感恩會比較好。」他等待著反應，不過，她母親依舊蜷縮在地上。他抬起了他的腳背，彷彿就要踢向她母親，女孩瞬間發出了一聲嗚咽。不過，他只是輕輕地用腳趾碰了碰她。「你得說什麼？」他彷彿在對一個孩子說話似地問她。

「謝謝你。」她母親說著，不過，聽起來完全沒有感謝之意。這幾個字有了新的意義。那是一絲過去沒有過的冷酷。

「不客氣。」他輕聲地說著，然後從她身上跨過。女孩屏住呼吸，直到他走過房間，上了樓梯，一路走出了房門。

她等了一會兒，才把腿上的食物拿起來放到桌上，然後走到她母親旁邊。「對不起，」她在她母親的耳邊低聲地說，「對不起。我不應該自己吃的。」

她母親對她笑了笑。「沒關係。我很高興你吃了。」

「我幫你留了一些。」女孩說，「你要我拿過來給你嗎？」

她母親搖搖頭，雙臂保護性地裹住自己的上腹部。「我想，我要在這裡再躺幾分鐘。」她的聲音因為痛苦而緊繃。女孩走到床邊，拿了一顆枕頭墊到她母親的頭底下。

她的胃在翻騰，不停地在攪動。她覺得反胃，但是，她不想吐出來。她再也不要餓成那樣了。她走到垃圾桶前面，開始把被扔進裡面的食物容器拿出來。她用一根湯匙把剩餘的食物都刮到一個盤子裡，不管是否只剩下一點點。

當她完成之後，盤子裡出現了微量的雞肉、比司吉、馬鈴薯和涼拌捲心菜。女孩把盤子端給她母親，在她旁邊的地上坐了下來。「給你，媽媽，你得要把這些吃掉。」

她母親搖搖頭。「不，你吃吧。」

「我吃過了，」女孩堅持地說，「我好飽。這是給你的。求求你吃吧。」

她母親皺著眉頭，強忍著疼痛，讓自己的背靠在冰冷的牆壁上，然後雙腿交叉坐在混凝土地板上。女孩把盤子放到她手裡。「一口就好。」她央求著。她母親把叉子舉到嘴邊，就著簌簌流下的淚水開始一口一口地吞下食物。

30

二〇〇〇年八月

下午四點，桑托斯探員把車開進了聖瑪莉教堂的停車場。這些年來，很多獨特的場所都被用來當作指揮中心，不過，教堂倒是第一次。桑托斯穿過主要的幾扇門，走進入口的通道，兒時熟悉的那股教堂的味道立刻迎面而來。那股乳香和沒藥樹脂的木頭煙燻味，早已滲入在紅色的地毯和石牆裡。

她沒有走進教堂的中殿，而是從樓梯走到了地下室。在短短的幾個小時裡，藍道夫已經把一個像樣的指揮所設置好了：電腦、印表機、照片、無線電，還有本地的地圖。

巴特爾警長和其他幾名警員坐在桌子旁邊的折疊椅上，桌子前面還有一張白板。手裡拿著速乾性麥克筆的藍道夫探員，正站在白板前面，用整齊的字體寫下一些筆記。

「有什麼發現嗎？」桑托斯問著，把一張椅子拉過來。「在內布拉斯加州看到的那輛車後來怎麼了？」

「沒戲，」藍道夫搖搖頭說。「兩個青少年。一個孩子偷開他父母的卡車，要載他女友去林肯。當他看到州警時嚇到了，所以就逃跑了。除此之外，沒有人看到那輛卡車。」藍道夫補充說道。

「好。還有什麼消息嗎？」桑塔斯問。

一個名叫佛斯特的警察開口。「凱文和瑪歌．艾倫的背景調查結果都很乾淨。那個母親說，謀殺發生的時候，她和兩個小孩在家，而那個父親則說他和他女友在他自己的家裡。他女友也確認了他所說的話。」

「他們離婚的時候沒有監護權的爭議嗎？」藍道夫問。

佛斯特搖了搖頭。

「兩名父母似乎都很焦慮，」桑托斯同意。「而且，他們也都很合作。還有呢？」

「我們調出了一些性犯罪者的紀錄，兩名警員已經去找這些人了。」藍道夫說，「我們也派了幾名員警在杜爾家附近，挨家挨戶去尋訪那裡的住戶，看看他們是否有聽到或看到什麼。」

「你這邊呢，警長？」桑托斯問。巴特爾警長敘述了他和茱妮．亨雷的對話，以及傑克森奇怪的舉止。「我想這家人的狀況值得追蹤，不過，傑克森．亨雷只是一個嚴重酗酒的人。我沒有看到他有涉及什麼暴力行為，而且，據我所知，他和杜爾家也沒有發生過什麼衝突。」

「這麼一來，問題就回到了那兩個失蹤的孩子身上，」桑托斯說，「我們對伊森．杜爾知道多少？他和他父母的關係如何？」

「我們從來沒有接到過任何報案，通知警察去他們家。」巴特爾說，「不過，伊森曾經因為和其他的青少年打架，而被警察盤問過一些問題。」

「還有，柯特．透納曾經打電話報警，說伊森在跟蹤他女兒。」佛斯特補充說。

「是啊，沒錯，」巴特爾說，「那個爸爸很生氣，因為伊森不肯遠離他女兒。他不停地出現在他們家，打電話到他們家去。我們曾經派了一名警察去找伊森，要他和透納家保持距離。不過，從來沒有起訴過他。」

桑托斯也把她在貝琪．艾倫房間裡的發現分享給眾人。「這有可能只是女學生的暗戀，不過，貝琪確實對伊森抱著某種情愫。他們有可能是一起逃跑的嗎？」

「喬西．杜爾沒有說太多，」巴特爾警長表示。「她還在醫院接受檢查。不過，從她在現場告訴我們的——貝琪．艾倫也和她一樣害怕。她們是在一起跑向玉米田的途中分開來的。」

一陣腳步聲讓眾人回過頭，只見李維．羅賓斯正朝著他們走來。「抱歉，我遲到了。」他小聲地說著，然後坐下來。

「這麼看起來，伊森．杜爾可能和他父母發生了衝突，」藍道夫猜測地說，「他殺了他父母，射傷了他妹妹，然後要不是殺了貝琪．艾倫，就是把她帶走了。」

「我不希望那是真的，不過，聽起來不無可能。」警長說。「你在卡特家的男孩那裡有什麼發現嗎？」他問李維。

李維搖搖頭。「我們需要把他帶到警察局，進行正式的問訊。」李維把自己是怎麼在大約凌晨一點鐘左右，在距離杜爾家不遠的地方攔下布洛克的經過說明了一遍。

「他說他和他表哥去看電影了，」李維繼續說，「我去找了那個表哥，起初，他的說法和布洛克所言相符，但是，當我仔細查問細節時，他就招架不住了。昨晚，他完全沒有和布洛克見過面。那個孩子說謊。」

「他有可能是在保護他的朋友。」巴特爾警長說著，疲憊地揉了揉眼睛。

「我不想要自我設限，」桑托斯說著，把她的座椅推離桌子。「不過，看起來伊森．杜爾是我們的頭號嫌疑犯。李維，繼續留意布洛克．卡特，看看他會不會讓我們有什麼發現。」

語畢，她轉向巴特爾警長。「我們需要追蹤傑克森．亨雷，不過，在此同時，你可以安排我跟喬西．杜爾見一面。看看她是不是有什麼新的訊息要補充。」

房門打開，羅培茲醫生和巴特爾警長一起走進了房間，陪同他們的還有另外兩個陌生人。

「喬西，」羅培茲醫生說，「你還好嗎？」

「還好。」喬西說著，不確定地看著站在巴特爾警長身邊的一男一女。

「你的手臂會痠痛一陣子。我們會給你一些止痛藥，你自己也要讓傷口保持乾燥。不過，好消息是你不用在這裡過夜。稍後，你就可以和你奶奶回家了。」

喬西驚訝地看著她祖母。她們要回去她家？她不知道自己從此之後是否還能回到那裡。喬西想起了自己的臥室，以及她所有引以為傲的收藏。她的索尼隨身聽和CD。她的四健會獎牌和那些擺放在窗台上的玻璃動物玩偶。她父親殘缺著臉、躺在她臥房地板上的畫面浮現在她的腦海裡。她不禁悲傷地看向她的祖母。

凱洛琳拍拍喬西的手，彷彿知道她的心思。「你要到我們家。」她說。

喬西點點頭，接受了祖母的話。當然，她不會回到那幢房子裡。她父母已經死了。她和伊森不能自己住在他們的家裡——他們變成了孤兒。

警長清了清喉嚨，摘下他硬邦邦的棕色帽子。他的目光越過他的鷹鉤鼻，落在喬西的臉上。「喬西，很高興看到你並無大礙。」他說，「這兩位是桑托斯探員和藍道夫探員，他們是從德梅因的犯罪調查部門來的。他們正在調查……你家昨天晚上發生的事。他們想要和你談幾分鐘。」

對於喬西而言，他們看起來並不像警察。他們身上沒有穿制服。那個女人穿的是一件黑色的長褲和一件同色的外套。

喬西看向她祖母，只見她祖母點點頭表示認同。「好。」喬西說著，在病床上挪動了一下姿勢。

在羅培茲醫生離開病房之後，桑托斯探員把一張椅子拉到病床邊坐下，她坐得那麼靠近，近到喬西都可以聞到她的配槍散發出的那股武器保養油的味道。巴特爾警長和另一名探員背對牆壁而站，好觀察她們談話的過程。凱洛琳則待在她原本的位置，就在她孫女的旁邊。

「我知道你經歷了很多，喬西。」桑托斯探員親切地說，「如果不是因為事關重要的話，我們就不會在這裡。我只有幾個問題要問你，好嗎？」

喬西點點頭。

「告訴我關於你哥哥的事，喬西。」她說。

「伊森？」喬西驚訝地問，「你知道他在哪裡嗎？」

「不，恐怕不知道。」桑托斯探員說著，把一撮頭髮塞到耳後。「不過，那正是我們需要你幫忙的地方。」

「我？」喬西問。「我不知道他在哪裡。也許他因為害怕躲起來了，就像我一樣。我奶奶說，大家正在玉米田裡找他。」

「是的，沒錯，他們正在找他。」桑托斯探員說，「我們也派人出去找了，不過，我們想要確定我們不會錯過任何伊森可能會躲藏的地方。他最喜歡去的地方是哪裡？」

「我不知道，」喬西聳聳肩。「他花很多時間待在他的房間裡。」

「還有別的地方嗎？」站在門邊的藍道夫探員問，「某個朋友家？也許是女朋友？」

「伊森沒有女朋友。」喬西不自覺地脫口而出，她沒有提及卡拉．透納。畢竟，他們之間結束得並不愉快。

「我們已經知道他和卡拉的事了，」桑托斯說完，喬西立刻因為說謊被抓到而臉紅了。「伊森沒事的時候都在哪裡消磨時間？」

「他喜歡在爺爺的池塘和小溪釣魚，」喬西說，「他大部分的時候都在釣魚。」桑托斯探員把她的話記在一本她從口袋裡拿出來的小筆記本裡。「他會和其他的朋友在一起嗎？」

「卡特。」喬西說，「他偶爾會和他在一起。」

「伊森和布洛克是好朋友？」桑托斯探員問。

「大概吧，」喬西說，「我媽媽和爸爸不喜歡伊森和卡特在一起。他有點亂來。」

「例如？」桑托斯探員又問。

喬西聳了聳肩。「他逃學，而且，我想，他還喝很多酒。」她解釋著。「他有點讓人發毛。」

「怎麼說？」桑托斯探員問。

喬西咬著自己的拇指指甲。卡特看著貝琪的樣子，他碰她的樣子。那實在很難用言語形容。「他一直在碰貝琪，企圖要和她靠得近一點。她不喜歡那樣。」

「是她告訴你的嗎？」桑托斯問。

「不完全是。不過，我可以看得出來。」喬西說。

「我聽說貝琪有點迷戀伊森。」桑托斯說。

「沒有吧，」喬西不自覺地說，「我想沒有。她從來沒有對我說過。」

「你表現得很好，喬西。」桑托斯說，「只剩下幾個問題了。你知道有任何人可能對你父母感到不滿嗎？想要傷害他們？」

喬西的第一個念頭是沒有。每個人都喜歡她媽媽和爸爸。她從來都沒有聽過她母親說什麼難聽的話，而她父親溫和的戲謔也總是逗得人們發笑。桑托斯探員直視而來的目光，讓喬西在病床上坐立不安。

喬西印象中唯一對她父母感到無比憤怒的人只有一個，但是，她無法說出伊森的名字。

「我爸爸不喜歡布洛克．卡特的爸爸。」喬西突然說道。

「是因為布洛克和伊森惹上的麻煩嗎？」桑托斯問。

喬西點點頭。「他們就是彼此看不順眼。」她不知道應該要如何解釋。喬西希望她母親可以在場。她媽媽一定會知道該怎麼辦，她會幫喬西找到對的字眼。喬西的祖母感覺到孫女的沮喪，於是插嘴。

「藍迪．卡特因為一塊土地，而對我女兒和她丈夫感到很生氣，」凱洛琳解釋道，「當時鬧得很僵。威廉買了一塊土地，而藍迪認為那塊地原本應該是他的。他們因此發生了衝突，只好找律師介入。威廉有幾頭牲口死了，他認為一定和藍迪．卡特有關。雖然，他一直都無法證明。過去幾年，這件事似乎平靜了下來，不過，他們之間再也不像從前那樣了。」

「因為土地的關係？」桑托斯問。

「我們這裡沒有太多的殺人案件，」巴特爾警長說，「不過，一旦發生殺人事件，通常都可以追溯到兩種原因——外遇或者土地糾紛。」

這倒是很有意思，桑托斯心想。卡特家的名字一而再、再而三地被提起。「我們今天早上在玉米田裡發現了你哥哥的槍，」桑托斯低聲而嚴肅地說，「距離你說你躲藏的地方不遠。」

喬西低頭看著自己綁著繃帶的手臂。「你知道他的獵槍為什麼會在那裡嗎？」喬西聳聳肩。

「喬西，我知道這很困難，」桑托斯說，「不過，你哥哥有沒有可能就是那個傷害了你父母，又把你追到麥田裡的人？」

「不，」喬西的眼裡盈溢著淚水。「他不會那麼做的，他不會的。」

「我們有一種測試可以得知一把槍最近是否有射擊過。關於伊森的獵槍，你認為那樣的測試能告訴我們什麼？」

「他不是故意的，」喬西哭著說，「他沒有瞄準我們。他是對空開槍的。」

桑托斯探員和藍道夫探員互換了一個眼神。「你昨天看到你哥哥開槍了？」藍道夫問。

「對，但是他並沒有對任何人開槍。」喬西堅持地說。「我的手臂好痛。」她說著看向她祖母求助。

「暫時先這樣吧，」凱洛琳堅定地說，「醫生說，喬西可以回家。」

「我們稍後再聊吧，」桑托斯探員說，「好好休息，喬西。」

桑托斯和藍道夫走到走廊，看到巴特爾警長正在那裡等待他們。

「兩個父母死了，一個女孩受到槍傷，還有一個和他的卡車、以及一個十三歲女孩一起失蹤的男孩。」桑托斯陳述道。「伊森．杜爾看起來情況不妙。」

巴特爾警長搖搖頭。「我認識這家人很久了，我知道他們是什麼樣的家庭，可是，我很難相信是伊森幹的。」

「你之前說你在一年之中處理過多少謀殺案？」藍道夫探員問。雖然，藍道夫的聲音裡並沒有帶著任何惡意，不過，巴特爾在被人看輕的時候是不會絲毫不覺的。

愛荷華州的謀殺率很低，因此，類似昨天晚上發生的這種犯罪事件，這個郡確實沒有太多的處理經驗，但是，事發以來，他的部門一直很努力，也一直很盡責。

「不多，不過，我認識這個郡的人，而我也沒有把伊森．杜爾鎖定為謀殺犯。」巴特爾說，他揉著眼睛，和他們一起走向醫院的出口。在藍道夫探員去開車的時候，桑托斯刻意落在後面。

「你還好嗎？」桑托斯站在大太陽底下問。

「嗯，」巴特爾說，「我們這裡並非沒有發生過什麼不好的事，然而，當事情涉及孩子的時候……」他的聲音淡去。

「我明白，」桑托斯說，「如果這件事是伊森．杜爾幹的話——這個社區就再也回不到從前了。」

巴特爾腰間的無線電嘎嘎地響了起來。他打開他的麥克風。「我是巴特爾，請說。」無線電裡傳來一陣沉悶的聲音，不過，訊息卻十分清楚。

「警長，」那個聲音說道，「我們剛收到艾倫家的通知。瑪歌．艾倫說他們接到一通電話，有人自稱他們的女兒在他手中。」

巴特爾看著桑托斯。「我們立刻就派人過去，看看我們是否可以追蹤得到那個號碼，萬一他們再打來的話。」她說，「喬西的祖父母家也一樣。」

巴特爾把這個訊息傳達給了調度中心，而桑托斯則打電話請求更多的技術支援。

「有可能是惡作劇。」當藍道夫把車開過來時，巴特爾表示。

「沒錯，可是，我們不能冒這個風險，」桑托斯說，「如果不是兇手的話，至少，我們可以抓到一個想要和這家人玩什麼把戲的變態混帳。」

巴特爾看了看手錶。「伊森和貝琪已經消失了大約十八個小時了。」

「我們會找到他們的，」桑托斯說，「我只希望他們還活著。」

「下一步呢？」巴特爾問。

「我們繼續搜尋、繼續問問題，追蹤任何最新得到的情報，」桑托斯說，「明天，搜尋犬就會加入我們。」

喬西在從醫院返回她祖父母家的路程上一直都很安靜。她的手臂很痛，她的胃也在翻攪。她母親和父親屍體的畫面不斷地閃現在她的腦海裡。它們就像快照一樣地出現，短暫卻鮮活。而且色彩鮮豔。喬西哀求她祖母停車，凱洛琳於是將車子停在路邊。

喬西打開車門，小心地踩過碎石路，走到水溝邊緣，然後抱著她受傷的手臂站在那裡。她深深地吸了好幾口氣，直到那股噁心的感覺過去。安妮王后的蕾絲花正在路邊擺動著它們白色的頭，喬西從毛茸茸的花莖上摘下一朵，放在手指之間搓揉，再將搓碎的花瓣壓在自己的鼻子上。它們聞起來就像她母親花園裡的胡蘿蔔花一樣。

喬西回到車裡，她的祖母把手探進皮包裡摸索，找出了一小片包著糖果紙的薄荷糖。她把糖果遞給喬西，然後繼續找另一片。「這對反胃有幫助。」她說。她們一起拆開紅白相間的包裝紙，將糖果塞進各自的嘴裡。空氣裡頓時充滿了玻璃紙的沙沙聲和吸吮糖果的聲音。幾分鐘之後，凱洛琳重新把車子開上路。她說的沒錯；薄荷糖確實有幫助，不過也只是一點點而已。

等她們到家的時候已經快要八點了，太陽正在往地平線融化。橘色的落日雪酪，喬西的母親總是這麼說。再過去一哩路就是她自己的家，雖然距離如此接近，但是，她知道那對她來說再也不是家了。

夜色很快就降臨了，整棟房子安靜地矗立在黑暗之中。凱洛琳走到乘客座旁邊，打開車門，伸出她的手。喬西感激地拉住她的手。她們一起穿過後門，走進玄關的衣帽間。馬修的鞋子和靴子整齊地排列在一塊橡膠墊上，牆上的黃銅鉤子則掛著他的穀倉外套和一件過大的開襟衫，那是凱洛琳為沁涼的夏夜所準備的外套。

一抹絕望向她襲來，她忍不住開始哭了起來。排山倒海而來的悲傷從她內心深處不知名的地方湧出，讓她幾乎喘不過氣來。凱洛琳震驚地把喬西抱到自己的腿上，雖然她已經大到不適合再坐在腿上了。喬西把臉貼在祖母的肩膀上，不停地啜泣。她們就那樣坐了很長一段時間，凱洛琳前後搖晃著喬西，就像她在林恩小時候所做的那樣。

當喬西終於停止哭泣時，凱洛琳疲憊地帶著她上樓。「我們會讓你睡在這裡。」說著，她打開一扇房門。那是一間舒適的房間，最近才剛漆上淡淡的鼠尾草顏色，房間裡面擺了一張雙人床和一張桌子，桌上放著凱洛琳的縫紉機。

窗戶邊上裝飾著白色的薄紗窗簾，凱洛琳走過去將塑膠百葉窗拉下，不過，在百葉窗拉下來之前，喬西看到了屋子前面停著一輛陌生的車子。

「那是誰？」喬西問。

「只是一名警察。他今晚會待在屋外。」凱洛琳漫不經心地回答，一邊忙著掀起床罩。

「只是預防萬一而已，親愛的。他們有時候會這樣做。」

「為什麼？他們擔心那個壞人會再回來嗎？他為什麼要來這裡？」喬西問著，拉開百葉窗又看了一眼。

當她祖母沒有回答時，喬西從窗戶邊轉過頭來。一看到祖母臉上的神情，喬西立刻就明白了。那名警察是為了她才來的。他們擔心殺了她父母的人會追殺喬西。「別擔心，你在這裡很安全。」凱洛琳對她說。

喬西爬上床。沁涼的床單散發著漂白水的味道。她瘦痛的腳放在上面感覺很舒服。

喬西的思緒遊蕩到了黑暗和孤寂的地方。她的父母死了。他們現在在想什麼？他們會很高興她現在已經安全地在她祖父母的家裡嗎？或者，他們認為她當時應該要做得更多，試圖挽救他們的性命？他們認為她應該要和伊森以及貝琪在一起嗎？無論他們現在在哪裡？

她突然想到一件事。從現在開始，她剩餘的人生都將在她父母的俯視之下。他們會知道她的每一個動作，每一絲想法。無論她在想什麼，他們立刻就會知道——他們會知道她很高興那個警察此刻就坐在黑暗之中。他們會知道喬西的腦子裡一直有一個細微的聲音在低語，是伊森幹的。他們知道她認為是她自己的哥哥謀殺了她父母，也許也殺了貝琪，因為他遭到了禁足的愚蠢處罰。他們知道喬西也會喪命，如果她沒有跑得比貝琪快、如果她沒有衝進玉米田裡的話。

喬西睜開眼睛。幢幢的黑影在天花板上舞動著，她聽著不熟悉的蟋蟀聲和房子的呻吟迴盪在夜色裡，等待著睡意降臨。然而，睡意並沒有來到。喬西聽到房門被推開的吱吱聲，那是她的祖父母正在探頭進來查看她。稍後，她覺得她聽到了微弱的哭泣聲，不過，那也可能只是熱風吹過農田的聲音罷了。

過了一會兒之後，喬西溜下床，窺視著窗外。那名警察還在那裡。然而，不只如此。她用力地凝視著那一片漆黑。那是什麼？有光線在閃爍？有身影在黑暗中移動？

喬西心想，不好的事總是發生在黑暗裡。

她擰開床邊的小燈，蜷縮在床單底下。睡意終於找上了她，只不過伴隨而來的是不安和一連串的噩夢。

31

二〇〇〇年八月

八月十四日星期六的黎明前夕，桑托斯探員敲了敲藍道夫的汽車旅館房門。她和藍道夫探員下榻在波登旅館，那是一棟樓層低矮的汽車旅館，旅館本身就和它的名字一樣令人沮喪。不過，至少還算乾淨。

藍道夫身穿西裝外套、打了領帶前來應門，他已經準備好要開始一天的工作了。

桑托斯一踏進房間，迎面而來的是一股炙熱又不新鮮的空氣。房間裡簡直像個爐子。「天哪，」桑托斯小聲地說，「你的冷氣壞了嗎？」

「是啊。」藍道夫回答，不過，他甚至沒有流一滴汗。

「我收到一則留言，要我打電話到州實驗室給法醫。我希望她已經有什麼結果要告知我們了。」桑托斯坐到一張小書桌前，拿起了電話，而藍道夫則試著要讓冷氣機運轉。

「喂，我是卡蜜拉．桑托斯。請幫我接給佛斯特博士。」她說，「她要我回電給她。」

冷氣機震動了幾下，發出隆隆的聲響，不過，不管藍道夫對冷氣機做了些什麼，看起來似乎都奏效了。帶著涼意的空氣輕輕地吹拂過她的額頭。桑托斯在聽到電話那頭的一道聲音傳來時，不禁在椅子上坐直了，藍道夫看著她一邊傾聽著對方所說的話，一邊草草地寫下幾行筆記。

「你確定嗎？」桑托斯放下手中的筆問道，「為什麼有人要那麼做？」對方的回應讓她發出了一聲輕笑。「不，我想那就是他們為什麼要重金禮聘你的原因。謝謝你通知我們——我們會把這個消息列在本案說不通的事項清單裡。」

桑托斯掛斷電話，抬頭望向藍道夫，後者正一臉期待地看著她。

「杜爾夫婦中槍的來源不只一把槍。」桑托斯說著站起來。

「我們確實在現場發現了兩種不同的彈殼，所以，這也沒什麼好驚訝的。」藍道夫說，「也就是說，有兩名槍手和兩把槍。」

「或者一名槍手、兩把槍，」桑托斯表示。「杜爾夫婦中槍的部位才是耐人尋味之處。」桑托斯繼續往下解釋。「威廉．杜爾的喉嚨被一顆九毫米的子彈射中，然後，在一模一樣的部位，又被獵槍擊中。林恩．杜爾也是，只不過她中槍的部位在胸部。」

「也許是為了掩蓋兇手使用的武器。」藍道夫思索著說。「我們知道伊森．杜爾有一把獵槍，他也有手槍嗎？」藍道夫問。「不過，他們應該知道，我們最終都會查清楚兇器到底是什麼武器。這對一個十六歲的青少年來說，似乎也太工於心計了。」

「我同意，」桑托斯說，「不過，確實有此可能。如果這是邦妮和克萊德的犯罪復刻版，那麼，也許伊森和貝琪都對杜爾夫婦開了槍。有點像同夥一樣——『如果你開槍的話，我就開槍』之類的行為。」

「也許吧，可是，如果不是的話，又怎麼解釋？」藍道夫問。

桑托斯思考了一分鐘。「如果我用九毫米的手槍殺了一個人，但是，要是有人以為兇器是一把獵槍的話，那對我就會有好處。獵槍造成的傷口比較大，破壞性也比較大。這樣至少可以幫我爭取到多一點的時間。」

「獵槍完勝九毫米。」藍道夫說著走向房門。

「向來如此。」桑托斯深表認同。

農活不會讓人喪命。馬修．艾利斯需要照顧他女兒和女婿農場裡的動物。雖然凱洛琳和馬修並不想讓喬西跟來，但喬西卻央求他們帶她一起來。她不想靠近任何接近房子的地方，但是，她想要去看看那些山羊，還有羅斯克是否已經回家了。

雖然時間還早，然而，太陽已經升起，熱氣也將會和昨天一樣地毫不留情。根據氣象預報，今天的氣溫將會到達一百零四度（約攝氏四十度）。

在前往杜爾家短短的車程裡，他們並沒有看到任何的車輛。志願搜尋者還沒有來到，只有一名警察在小徑的頂端站崗。

當馬修減緩卡車的速度，開上杜爾家的車道時，那名警察朝著他揮揮手，示意他往前開走。「嘿，」他說，「你不能開進來這裡。」

乘客座上的凱洛琳挺直了背脊。「這是我女兒的房子，」她透過打開的車窗說，「我要找負責這裡的人。」

「噢，當然了，」那名警察致歉地說，「很遺憾你失去了親人。這邊走。你可以直接開到車道上。另一名警員會在那裡和你碰頭。」

馬修把車在房子前面停好之後，他們一起下了車。喬西抬起頭看著房子。家應該是安全的天堂，意味著保護。它應該是遮風擋雨的庇護所，一座把惡魔擋在外面的城堡，但她的家卻以最糟糕的方式背叛了喬西。

「我們要去餵動物，」馬修說，「你確定你想要進屋嗎？」他問凱洛琳。

「我不會有事的，」她隱忍著自己的情感回答。「我只是要去幫喬西拿點東西。」

馬修和喬西看著凱洛琳和那名警察走進屋子。

喬西想像著她的祖母必須要穿越屋內，走上樓梯，經過她女兒死掉的房間，然後跨過她房間地毯上的斑斑血跡。喬西不明白她怎麼能在知道他們發生了什麼事之後還能做得到。喬西發誓再也不要踏進那棟房子。

一陣腳步聲在他們身後響起。他們同時回頭，只見瑪歌．艾倫正朝他們走來。

馬修大感詫異。在昨天發生了那樣的事之後，他沒有預期到瑪歌會再來這裡，不過，他可以理解。這裡是她女兒最後被人看見的地方。當她把貝琪送到這裡的時候，貝琪還很健康、快樂、平安。然而現在，她卻已經失蹤了。

他對她伸出手，不過，她只是讓他的手停留在空中。

儘管天氣酷熱，瑪歌卻穿了一件過大的運動衫和牛仔褲。她的雙眼浮腫，皮膚也因為哭泣而出現了一些斑點。喬西不知道自己看起來是不是也是如此。彷彿只要說錯一個字、給錯一個表情，就足以將她粉碎成一百萬個碎片。

「我只是想和喬西說一下話，」瑪歌顫抖著嘴唇說，「可以嗎？只需要一分鐘就好？」

「我不知道。」馬修猶豫地東張西望，期待著有人告訴他該怎麼做。

「我只是想知道發生了什麼事，」瑪歌說，「警察什麼都不告訴我。」她轉向喬西，握著喬西的手。喬西想要將自己的手抽回來，但瑪歌卻緊緊地握著。「我只是想知道你是怎麼能逃掉，而貝琪卻沒有辦法。」

喬西看著她的祖父。「聽著，艾倫太太。」他開口打算要說話。

但瑪歌卻繼續將注意力集中在喬西身上。「不，不是的，沒關係。我很高興你平安無事。你當時在屋外，對嗎？他們說你在外面，但是，貝琪在哪裡？她在房子裡嗎？」瑪歌提高了聲音。「你把她留在了屋裡和他在一起。還是她也出去了？我只是不知道為什麼他們什麼都不告訴我。不過，你會告訴我的，對不對？你會告訴我發生了什麼事。」

「貝琪的事，我很遺憾。」馬修說，「每個人都在盡力幫忙尋找她的下落。」

「不是每個人，」瑪歌尖聲地說，「我就沒有。他們說我不應該去找她。可是，我不能再等下去了。我需要知道發生了什麼事。」

馬修絕望地環顧四周，希望有人可以幫忙他安撫這個可憐的女人，然而，他什麼人也沒看到。

「他們認為，貝琪可能迷戀上了伊森。」瑪歌說著，把喬西的手捏得更緊了。「你覺得他有沒有可能把她帶走了？」

「不！」喬西大聲喊道，「他不會的。」她一邊說，一邊企圖要掙脫瑪歌的手。

「她才十三歲，」瑪歌哀怨地說，「他為什麼會對一個十三歲的孩子感興趣？她只是個孩子而已。」瑪歌的面色蒼白，寫滿了絕望的哀傷。

「嘿，」馬修嚴厲地說，「伊森什麼也沒做。他也失蹤了。放開她。」說著，他把瑪歌的手指從喬西手腕上扒開。瑪歌終於鬆了手，而喬西的皮膚上卻留下了幾個半月形的凹痕。

「我只是想知道我女兒在哪裡！」瑪歌哭喊道。「有人打電話給我們，」她淚流滿面地說，「你們知道這件事嗎？我們一直接到自稱是伊森的人打電話來，他說貝琪在他手上。你們知道那是什麼感覺嗎？你們知道嗎？」

「我孫子絕對不會做那種事的。」馬修的聲音因為激動而哽咽。「那是別人打的。現在，我必須要求你離開。我很抱歉，可是，你不應該來這裡。」

他們越來越大的音量讓那名警察和凱洛琳匆匆忙忙地從屋裡走了出來。「女士，」那名警察說，「你過來，我們可以談一談。」

「我想要知道我女兒在哪裡，」瑪歌哀求著，「求求你。」她的目光緊追著喬西。「求求你，他們什麼都不告訴我們。求求你，喬西，你是貝琪最好的朋友，你難道不想幫她嗎？」

喬西沒有辦法回答。凱洛琳伸出雙臂，彷彿企圖要擋在喬西和瑪歌中間。那名警察也試著輕輕地拉開瑪歌。

瑪歌卻繞過凱洛琳，一把抓住喬西那隻受傷手臂的手腕。喬西痛得叫了出來。「是你哥哥幹的，對嗎？」瑪歌咬牙切齒地說，「為什麼？他為什麼要帶走我的寶貝？」

那名警察終於插手，將瑪歌的手指從喬西手腕上拉開。「住手。你弄痛她了。」他低聲卻堅定地說。

「我只是要和喬西說一下話而已。拜託你。」瑪歌說，「我需要她告訴我發生了什麼事。」

那名原本在小徑頂端站崗的警察也小跑步朝他們趕過來。「女士，你不能待在這裡。」他站到瑪歌和喬西之間，另一名警察立刻趁機將喬西帶走。喬西只記得自己接下來就已經坐在一輛停在帳篷邊的警車後座了。

「你在這裡不會有事的。」那名警察說完隨即發動車子，讓冷氣開始運轉，把車內的熱氣排出去。「她沒有惡意，」他說，「她只是想要找到她女兒。」

喬西知道他說的沒錯。她也想要找到貝琪和她哥哥，儘管那絲懷疑不斷地爬進她的腦子裡。

喬西看著那兩名警察在和瑪歌以及她的祖父母說話，他們的聲音越來越大、越來越沮喪。

終於，瑪歌突然把雙手往空中一揮，衝向了警車。

「喬西，貝琪在哪裡？」她企圖要拉開車門，不過，車門卻打不開。她大聲地喊著，雙手用力地壓在車窗上。「開門，喬西。」她命令道。

「我．女．兒．在．哪．裡！」瑪歌的拳頭隨著她的每一個字落在車窗上，讓車窗玻璃受到了劇烈的震動。喬西滑到車子的底板上，用雙臂蓋住了自己的頭。

「女士，離開那輛車。」那名警察說完，空氣裡安靜了一秒鐘，不過，一聲受傷的尖叫隨即響起，讓喬西的脊椎竄過一陣恐懼的抽搐。

當瑪歌．艾倫的哭喊聲越來越微弱的時候，喬西心裡在想，我好想死。然而，如果她死不了的話，她就只能待在這裡，躲在警車的車底板上，讓自己的臉貼在一張被罪犯、酗酒者和壞人踩髒了的腳踏墊上。

李維．羅賓斯警員的手指不耐煩地敲打在他的方向盤上。他覺得很煩躁。他無法甩開那股感覺，他覺得布洛克．卡特知道的遠比他說的還要多。

這個案子看起來越來越像是伊森．杜爾在殺害了他父母之後，帶著那個艾倫家的女孩逃逸。或者，他也殺了她，將她的屍體丟棄，然後逃亡了。所有的證據都對他不利：他和家人之間緊繃的關係、騷擾前女友的指控，還有在玉米田裡發現的那把獵槍。而現在，他又聽說艾倫家接到了自稱為伊森．杜爾的人打來的電話。

這個案子對伊森越來越不利，不過，李維對卡特的懷疑也越來越大。謀殺發生的那晚，他和伊森．杜爾在一起，謀殺發生之後不久，他出現在犯罪現場附近，而且還為了掩護自己的行為而欺騙執法人員。

對於是否可以在卡特家裡找到他，李維並沒有抱著太大的希望。布洛克對於自己案發當晚的行蹤說了謊，而謊話被戳穿之後，他現在應該很不想和警察談話。

他覺得很疲憊。精疲力盡，就像他祖父說的那樣。如果他夠聰明的話，他就會回家，睡上幾個小時，然而，隨著每一秒的過去，貝琪生還的機率也越低。

在前往卡特家的路上，他經過了三處路障，以及看似搜尋犬和警犬訓練員的一對搭檔。州警已經展開了大規模的動作。一股興奮在李維的腹部擴散。他覺得布洛克・卡特很可疑；他知道他一定在隱瞞什麼。

卡特家距離杜爾家的農場只有一哩路，李維知道這兩家之間存在著一些嫌隙。過去幾年裡，他甚至曾經數度接到電話，去幫他們處理一些紛爭：施肥的問題、被破壞的農作、失蹤的動物等等。這些投訴向來都沒有什麼結果，只是招來更多的憎恨。這就是為什麼李維在得知布洛克和伊森居然是朋友之後感到驚訝的原因之一。他們的父母應該不會高興的。

李維把車開到卡特家的小路上，在那幢龐大的鐵鏽色磚砌農舍前面停了下來。房子四周圍繞著三百畝的麥田和黃豆田，還有一群肉牛被放牧在遠處的農田裡。

在李維還沒下車之前，站在前門的黛比・卡特就先開了口。「哈囉，」她說，「一切都還好嗎？」

「一切都很好，女士，」李維讓自己的聲音保持著輕快和隨意。「你聽說前幾天晚上發生在杜爾家農場的事了嗎？」

「當然，每個人都聽說了。」黛比一邊回答，一邊擰乾手中的抹布。「昨天，另外一名警官有來過這裡。我告訴他們說，我想我聽到了槍聲。」

「那是幾點的事？」李維問。

「大概午夜或者再晚一點點。」黛比說，「我沒有意識到那是什麼，直到我聽到新聞才知道。真可怕，太恐怖了。」

「是啊，」李維同意地說，「那就是我來這裡的原因。我被指派去找伊森・杜爾的朋友談一談。看看他們對於他可能會在哪裡有什麼見解。」

「布洛克和伊森不是朋友，」黛比沒好氣地說，「我們告訴過那兩個孩子不要往來。他們兩個只要在一起，就不會有什麼好事。」

「我懂，女士，不過，男孩子就是這樣。」他一副老謀深算的模樣靠向她。「有時候，他們就是不肯做我們認為對他們最好的事，不是嗎？」

黛比微微地笑了一下，彷彿她很清楚李維在說什麼一樣。「也許你晚一點再過來，等我丈夫在家的時候。」她提議地說。

「當然，可是，」李維用手掠了掠頭髮。「我們已經沒時間了。我們花越久的時間在找那兩個孩子，我們找到的機會就越低。身為一個母親，我想，如果換位思考的話，要是布洛克失蹤了，你一定會很感激有別人幫忙協尋。」

黛比想了一下。「布洛克不在家，不過，等我見到他的時候，我可以叫他打電話給你。」

「你知道他現在可能會在哪裡嗎？任何的資訊都會有幫助的。布洛克可能自己都沒有意識到他知道些什麼。」李維暫停了一下，讓黛比．卡特仔細考量他的話，然後又補充說：「再過兩天，伊森和貝琪可能就完全沒有生還的機會了。」

黛比對這樣的悲劇搖了搖頭。她無法想像失去自己的兒子。布洛克雖然很野，但是他總是會回家。萬一哪一天他不再回來了呢？她一定會心碎的。會嚇死的。「也許，你可以試試去里奇特的舊農場。藍迪在那裡弄了一個養豬場。布洛克一直都有在幫忙。」

「謝謝你，卡特太太。」李維說，「如果你還有想到其他事情的話，請隨時打電話給我。」

「當然。」黛比說，「我能幫到的，我都會盡量幫忙。」

李維爬上車，打開冷氣。里奇特農場距離這裡只有幾哩路，不過，他覺得自己可能會白費力氣。然而，即便他得要追遍整個布雷克郡，他都要和這個卡特家的孩子說上話。

里奇特的舊農場和傳聞一模一樣。頹廢又荒涼。農舍本身搖搖欲墜，其他的附屬建築大多也只剩下一片片的穀倉薄木板。而這裡的氣味就更不用說了。空氣裡混合了豬的糞便和尿騷味，這股濃濃的刺鼻味把李維的眼淚都熏出來了。

李維下了車，環顧著眼前的景觀。沒有任何車輛停在附近，除了被關在豬圈裡的豬群發出的呼呼聲和咕嚕聲之外，這個地方儼然就像一片廢墟。

李維在屋子旁邊繞了一圈。牆上灰色的油漆在太陽的曝曬和天氣的摧殘下已經褪色。這裡看起來完全無法住人，窗戶和門上蓋著膠合板，房子的內部則已經損毀到幾乎只剩下樑柱了。

李維記得曾經聽說有一座農場在里蘭德・里奇特死後遭到拍賣，八十六歲的里蘭德堅持要住在自己的家裡，直到他在幾個月前去世為止。藍迪・卡特顯然贏得了那場競標，雖然，從眼前的景象看起來，他好像也沒有贏到什麼。

一陣騷動吸引了他的注意力，李維把目光轉向豬群所在的那幢長型的金屬建築物。看來似乎有什麼東西或什麼人繞過了角落，消失在他的視線範圍之外。

老天，他現在得要去探查豬圈了。豬群讓他感到了焦慮不安。那些長著黑色小眼睛和扁平鼻子的豬群可能會很兇悍。只要是放到牠們面前的東西，牠們一概來者不拒，甚至包括人肉。

李維大步地走向豬圈，就在他轉過角落時，突然就看到布洛克・卡特坐在他自己的卡車車床上，手裡拿著一只棕色的紙袋，正在喝著紙袋裡那個瓶子裡的東西。

「天啊，你嚇死我了。」卡特說著，倉促地從卡車後面跳下來。

「我嚇死你了，蛤？」李維一邊問，一邊走向卡特。「讓我來告訴你誰現在才真的快要嚇死了——貝琪・艾倫。」

「我什麼都不知道。」卡特說著，往地上的泥土踢了一腳。

「你確定嗎，布洛克？」李維問著，又往前挪近幾步，逼得卡特不得不往後退。「我上次見到你的時候，你的卡車不是蓋了一個蓋子嗎？那是什麼時候的事？噢，對了，是威廉和林恩・杜爾遭到殺害、伊森・杜爾和貝琪・艾倫失蹤的那天晚上。」

「我不在那裡。我不知道發生了什麼事。」卡特抬起下巴辯護。

「可是，你在那附近。」李維說著，用手指在卡特的胸口戳了一下。「我把你攔下來，記得嗎？當我攔下你的時候，你開車開得像個瘋子一樣，而你也像頭豬一樣地滿頭大汗。」李維對自己的笑話發出一聲輕笑。「你對我鬼扯說，你和你表哥去看電影。而你的卡車車床上還用蓋子覆蓋了起來。你為什麼把那塊板子拿下來了？」

「沒有為什麼，」卡特說，「而且也不關你的事。我想做什麼就做什麼。這是我的卡車。」

「看起來很乾淨，」李維說著，上下打量著卡車。「看起來好像最近才被清洗過。你為什麼要清洗，布洛克？」李維問，「也許是企圖想要清除什麼證據嗎？」

「不是！」卡特抗議地反駁。「我的卡車向來都維持得很乾淨。我喜歡乾淨。」

「那蓋子呢？」李維問。

「我爸爸要我把一些穀倉木板運走，」他指著一落木料。「有人會付錢收購這種廢料。我需要把蓋子拿掉，才能把它們裝在卡車上。」

「如果我們找來一組法醫，讓他們在這裡進行檢查的話，你覺得我們會發現什麼？」李維問。

「什麼也不會發現！你們不會發現任何東西的。」卡特的臉因為酷熱的天氣和憤怒而漲紅。他企圖要從李維身邊走開，但李維卻跟著他一起往前走。

「你也許是對的，」李維嘆了一口氣。「如果我想要丟棄證據的話，我肯定會把它丟進豬圈裡。」李維說完，抓住卡特的肩膀，用力地將他壓在豬圈的牆壁上。重重的撞擊聲，讓豬圈裡的豬不只發出陣陣的尖叫，還在呼呼的吸鼻聲中騷動了起來。「我們進去看看吧。」李維抓著卡特的手肘，將他的雙臂反扭，押著他走向豬圈的門。

「嘿，嘿！」卡特大喊，「你不能這樣——放開我。」

「我試著要好好對你，布洛克。你在前幾天晚上超速，也許是喝了酒或者嗑了藥，但是，我姑且放過了你，因為我是和你表哥一起長大的，而你表哥是個好人。相反地，你卻是一個小混蛋。」

「之後，當我再見到你的時候，你卻對我撒謊，說你在命案發生那天一整天都沒有見到伊森或喬西或貝琪。結果，我卻發現你不僅見過他們，而且還企圖要猥褻一個十三歲的女孩。」

「我從來沒……」卡特開始反駁，不過，李維卻搖了搖頭示意他閉嘴。

「你的意思是喬西說謊嗎，布洛克？」李維問。他知道自己快要失控了，然而，他真的很累，而時間正在一點一點地流失。他們動用了搜尋犬、設置了路障，幾百個人都在尋找伊森·杜爾和貝琪·艾倫，但是卻什麼都沒找到。

李維願意賭上他的警徽，他認為卡特一定知道些什麼，也許還不只一些。他也許知道很多，而在李維得知那些訊息之前，他們兩個誰也別想離開這個滿是豬屎的糞坑。

李維用力拉開豬圈的門，把卡特推了進去。撲鼻而來的味道讓人幾乎難以承受，不過，李維硬是忍住了想要嘔吐的衝動。「豬會吃掉任何放在他們面前的東西，不過，我想這點你早就知道了，對嗎？」

「放我走，天啊，你瘋了。」卡特試著要掙脫，不過，李維卻抓得很緊。

「布洛克，關於杜爾家發生了什麼事，還有伊森和貝琪．艾倫現在在哪裡，如果你有任何訊息的話，你得現在就告訴我。」

「去你的。」卡特吐了一口口水。

李維敏捷地伸出腿，將卡特的腳踢離地面，讓他一屁股摔倒在地，他的手指不偏不倚地落在了飼料槽的邊緣，距離擠簇在一起的豬群只有幾吋不到。

卡特企圖要把手縮回來，不過，李維卻用腳跟壓住了他的手腕，讓他的手固定在地上動彈不得。李維看著豬群肉乎乎的、皮革般的鼻子在卡特的手指上嗅來嗅去，牠們尖銳的牙齒也在他的關節上磨蹭著。

「好吧！好吧！」卡特忍不住大喊。「伊森喜歡那個艾倫家的孩子。那天他一直對她大獻殷勤。」

李維把腳從卡特的手腕上挪開，揪住他的衣領，一把將他從地上抓起來。

「你不能那樣對待我，」卡特瞪大了眼睛驚叫，「你不應該做那種事！」

「還有呢？」李維無視於卡特的抗議繼續問。

「伊森恨他父母。他討厭他們。他說他希望他們死掉。」卡特說著，用一隻手臂擦著鼻涕。

「伊森說他希望他父母死掉？」李維問，「他告訴你的嗎？」

卡特點點頭。「他無法忍受待在那間房子裡。他等不及要擺脫他們了。這是他告訴我的。」

「你最好不要騙我，布洛克。」李維一邊說，一邊把他拉出豬圈。

「我沒有。我保證。」卡特堅持地說。

「你最後一次看到伊森、喬西和貝琪是什麼時候？」李維又問。

「我不知道，晚餐之後吧。大約六點左右。我們去射擊。」卡特說。

「射擊？」李維問。這是他第一次聽到這件事。

「是啊，只不過是射靶而已。那又沒什麼。我們射了幾輪，然後我就回家了。」

「可是，你過了午夜還在外面開車，為什麼？」李維問。

「我不知道，我只是覺得很無聊。」卡特說。李維抓著他的頸背，開始重新把他拖向豬圈。「好吧，好吧，」卡特說著，掙脫開李維的手。「伊森的爸爸因為伊森不肯把獵槍交出來而要他自己走路回家，在那之後，我和他碰了頭。我們開車去了波登，因為伊森想要和他的舊女友聊一聊。」

「卡拉・透納？」李維試圖釐清地問。

「對。我們就去看了卡拉，結果她爸爸很不高興。然後，我們又開車到處晃了一會兒，再射了幾顆子彈，接著，我就送他回家了，我把他在他家那條小路的頂端放下來之後就離開了。」

「那是幾點的事？」李維問著，兩人一起走到一株多節的酸蘋果樹樹蔭底下。掉在地上的酸蘋果在他們腳下被踩扁，散發出一股酸味，比起蘋果，那更像是腐敗的包心菜。

卡特咬了咬嘴唇。「我不知道，十一點左右吧，我想。我不確定。」

「我是在一點的時候攔下你的，布洛克。」李維提醒他。「你在十一點之後的兩個小時都做了些什麼？」卡特頓時垂下了肩膀。他知道自己被抓到了。李維把雙臂交叉在胸口，等著他提出解釋。

「我還沒準備好要回家，所以，我就到處又開了一會兒，然後停了下來。」卡特伸出手，從他頭頂上的樹枝摘了一顆蘋果，放在手裡把玩。「我抽菸抽了一會兒，又聽了音樂。」李維沒有問他抽的是什麼。

「你把車停在哪裡？」李維把他手裡的蘋果搶過來。

「我不知道，一條碎石路。」卡特說，「我現在可以走了嗎？」

「不行。」李維簡短地說。「你可以告訴我當你在碎石路上消磨時間的時候，你看到了什麼。你看到了什麼事情，導致你狂飆到時速九十哩？」

「我沒有看到什麼，我發誓。」卡特堅持地說。李維逼視著他。「好吧，我聽到槍聲，」卡特的聲音有點激動。「很多聲。當時我在想，他那麼做了，他真的那麼做了。然後，我在那裡坐了很久，試著要告訴我自己是我弄錯了，可是，後來我又聽到更多的槍聲，在害怕之下，我就離開了。我在驚嚇之下又開了一陣子，然後你就把我攔下了。」

「好，很好，」李維說著，拍拍卡特的肩膀。「你把實話告訴我之後，現在有沒有覺得好過多了？」卡特看起來並不像好過多了，但是，他還是點了點頭。

「現在呢？」卡特問，「我可以走了嗎？」

「抱歉，」李維說著，把那顆蘋果扔到地上。「現在，你得要把整個故事再重新對我說一遍。從頭開始。」

喬西聽到車門喀噠一聲打開，她從車底板上抬起頭，看到了一名警察和她祖父。「現在可以出來了。她已經走了。」

喬西不想下車。外面的世界太艱辛、太痛苦。她把頭轉開。

「來吧，噓噓。」她祖父疲憊地說，「你太大了，我抱不動你。你自己起來，走出來吧。」

喬西一直都覺得她祖父已經老了，然而，在那一刻，這個站在她眼前的人看起來不只顯老，更像是遠古來的人一樣。他的皮膚緊繃在骨頭上，紫色的青筋爬滿了他的額頭。他的眼睛紅了一圈，眼睛下方的皮膚刻畫著深深的皺痕。

喬西從車裡走了出來，張望著還有沒有貝琪母親的蹤影。「警長把她帶走了。」馬修告訴她。

喬西瞪大了眼睛。「他們把她關到監獄去了？」她不敢相信地問。

「不是，不是的，」馬修說著，用一隻手臂擁著孫女的肩膀，帶她走過帳篷，朝著屋子走去。「他們把她帶到一個安靜的地方，一個他們可以談話的地方。她現在很沮喪，噓噓。他們的女兒失蹤了。不要太責怪她。」

「可是，他們認為是伊森殺了媽媽和爸爸，還把貝琪帶走了。」喬西的淚水決堤而出。

「人們在害怕的時候是沒有辦法好好思考的。」馬修解釋給她聽。喬西依靠在祖父削瘦的身形上，和他一起往前走。「你可能還會繼續聽到別人說很多伊森的壞話。他們想要找個代罪羔羊，而伊森現在就是那隻羊。可是，我們很清楚，不是嗎？我們知道伊森不可能傷害任何人，對不對？」

「對，」喬西吸了吸鼻子。然而，她不確定自己是否真的相信這樣。她看過伊森對空開槍之後的表情。當他和她父親爭吵時，她也聽過他聲音裡的憤怒。「等他們找到伊森的時候，他們會把他關起來，對嗎？」

「我們現在什麼都還不能確定，」馬修說，「我們需要耐心等待，等一切都獲得釐清。而且不管發生什麼，我們都不會有事的。」

喬西想要相信她祖父的話。

無視於手臂的疼痛，喬西穿過院子，跑向穀倉，等不及要看看那些山羊。進入穀倉之後，她抬起頭看著那些生鏽的橫樑，跨越天花板的橫樑，看起來就像一頭野獸巨大的肋骨，她可以聞到新鮮稻草的味道，那一定是她祖父剛才鋪設在飼料槽裡的。那幾個長達八呎、深及三呎的山羊飼料槽就架設在穀倉中間。

透過眼角，喬西看到了一個身影走進了穀倉。一開始，她以為那是她的祖父來找她，然而，那個人的身形太高，肩膀也太寬，腳步穩定，完全不像是馬修．艾利斯。當他走近時，喬西可以看出那是藍迪．卡特，布洛克的父親。

藍迪似乎並不知道喬西就坐在幾碼之外。藍迪．卡特的臉上有著一股冰冷的、老謀深算的表情，這讓她想要躲起來、不會被看到，即便這裡是她自家的穀倉。

喬西看著飼料槽到穀倉大門之間的距離。看起來並不遠，然而，在手臂受傷之下，她沒有辦法跑得太快。她沒有什麼特別的理由需要害怕藍迪，不過，她知道她父母並不喜歡他。

喬西想起了桑托斯探員問過她，她父母曾經和任何人有過衝突嗎？喬西的父親並不是太喜歡藍迪．卡特或者他那個盛氣凌人、對於任何想要出售的農地都虎視眈眈的父親。威廉就曾經說過，在他擁有一千畝土地之前，他是不會罷手的。

不過，無論怎麼嘗試，藍迪．卡特卻一直無法染指威廉和林恩．杜爾投注了全部心力的那片農地。

這份世仇——如果能稱之為世仇的話——持續了好幾年，並且融入了他們的日常生活裡。威廉．杜爾相信，藍迪．卡特故意破壞了一部分的籬笆，然後報警說杜爾家的牛隻亂入卡特家的土地。還有伊森和藍迪兒子布洛克的友誼，兩家人對此都無法接受。

藍迪站在穀倉中間，緩緩地在原地轉圈，他的目光掃視著寬闊的穀倉內部。他不應該出現在這裡的，喬西心想。一般人不會就這樣走進別人家的穀倉裡。至少在沒有得到主人的允許之下不會這麼做。他持續在轉圈，直到看見喬西為止。他們在那一剎那間四目相對，他隨即低下頭，彷彿因為擅闖別人的屬地被抓到而感到尷尬。

「抱歉。」他說，「我不是有意要嚇到你。我在找你爺爺。」藍迪說著，把頭上那頂帽子摘下來，在他那雙大手裡揉捏著。

「喬西，」馬修粗糙的聲音傳來。「該走了。」在看到藍迪的瞬間，他的臉色立刻變了，他懷疑地瞇起了眼睛。「有什麼事嗎？」他問藍迪。

「沒有，沒有，」藍迪匆忙地說，「我只是過來看看有什麼我能幫忙的。看看你是否需要人幫忙打雜之類的。我很遺憾發生了這種事。天啊，」他說著搖了搖頭。「我無法想像。」

在馬修送走藍迪．卡特之後，喬西就緊緊地跟在祖父身邊，和他一起做著雜務。在他幫山羊擠奶的時候，喬西就幫忙餵食山羊。喬西把穀物舀到飼料槽裡，又把新的乾草添加在原本就已經鬆散地堆在那裡的稻草上面，在喬西忙活的同時，蒼蠅也不停地在她頭上打轉。

喬西走到最後的飼料槽，開始把穀物倒進去，然而，一股腐爛的惡臭卻撲鼻而來。她不禁用手掩住了臉。山羊的味道很重，特別是公山羊，不過，她聞到的不是那種味道。

這是一種很不一樣的臭味。農場裡向來都會有動物死掉。無論是山羊、雞隻，還是諸如負鼠和浣熊這種夜裡會出現的不速之客，動物會死，但那種臭味是不可能會搞錯的。如果飼料槽裡有動物屍體的話，喬西知道她就不能把食物放在那樣的飼料槽裡餵食山羊。她小心翼翼地用手抓開鋪在飼料槽底部深達三呎的乾草，尋找著可能躺在那裡的動物。然後，她看到了。靛青色的牛仔布。喬西停了一下。這種東西不應該出現在飼料槽裡，她愣了一下才認出自己看到的是什麼。

喬西抓了抓那塊布，但卻無法把它抽出來。她撥開更多的乾草，牛仔布露出的面積也越來越大。腐爛的惡臭味越來越重，讓她升起一種不寒而慄的感覺。喬西知道她應該停下來，應該叫她的祖父過來，然而，她卻無法停手，只是緩緩地沿著飼料槽內側繼續把乾草撥開，直到深色的牛仔布顏色變淺，淺到幾乎和它底下的乾草一樣。

在依然不確定自己看到的究竟是什麼東西之下，喬西往前靠近，想要看仔細一些。那是一隻手，掌心朝上。杯狀的姿勢彷彿準備好要承接什麼一樣，也許是一枚硬幣或者聖餐。然後，喬西看到了。那些疤痕。那是他十四歲的時候跌落在一道鐵絲圍籬留下的傷疤。當時，他掌心上的肉被鐵絲刮成了一個不規則的X。

那是伊森。

32

在降雪之初，女孩會站在窗戶下的椅子上，看著飛舞的雪花飄落到地上。她渴望能把手伸到玻璃外面，用她的掌心攫住那些白色的水晶。它們看起來就像閃閃發亮的星星一樣。

當太陽下山之後，所有的光線都會被熄滅，因此，黑暗很早就降臨了。小女孩和她母親大部分的時間都依偎在小型電熱器旁邊取暖，聆聽著她父親的腳步聲在她們的頭頂上方響起。

女孩的父親現在會持續地帶食物來給她們，甚至包括一些額外的點心，例如小蛋糕和裝在塑膠小容器裡的布丁。不過，她母親依然不信任他。她會分配她們的餐飲，要確保她們總是能有足夠的雞湯麵罐頭、義大利餃子、花生醬罐頭和鮪魚罐頭，以防他又決定要把提供食物的間隔時間拉長。

雖然她母親在用餐時總是把分量比較多的那一份給她，但是，女孩胃裡的那份折磨一直都沒有消失過，那是一種永遠都沒有被填滿的感覺。

她母親很安靜，而且經常沉浸在她自己的思緒裡。女孩的問題總是要重複問兩三次，她母親才會回答。她母親經常在踱步，經常走到樓梯底下，抬頭看著那道被鎖上的門。女孩只能自己看書、畫畫，自娛自樂。

有一天，她母親往上爬了幾級台階，不過卻很快地又回到下面。隔天，她又往上多爬了一階。這種過程會來回持續好幾天。往上爬四階、五階、六階，直到她終於爬到樓梯最頂端。女孩屏住了呼吸。她會把門打開嗎？她父親一定會很生氣。她母親站在那裡很久，不過，最後還是又走了下來。

一天傍晚，她父親帶著一只塑膠袋衝進地下室的門。「今晚，有幾個人要過來。」他說。從來都沒有人來過這間房子，至少就女孩所知並沒有。「誰？」女孩問，不過，她父親並沒有回答，只是狠狠地瞪了她一眼。

「你們得要安靜，我是認真的。不要發出一丁點的聲音，」他說，「他們很快就會到了。」他把手伸進塑膠袋裡。女孩滿心期盼塑膠袋裡會是一桶草莓——草莓是她的最愛。然而，他拿出來的卻是一捲圓形的膠帶。

她母親在女孩身邊渾身僵硬了起來。「那是做什麼用的？」她擔心地問。

「只是一下子而已。」她父親一邊解釋，一邊用牙齒扯斷一截六吋長的膠帶。

「不，」她母親搖著頭。「你不需要那麼做。我們會很安靜的。」

「我不能冒險，」她父親遺憾地說，「過來，小不點。」

「不，」她母親重複地說，「她很安靜。她向來都很安靜。」

「你知道那不是真的。」她父親的話讓女孩的臉因為慚愧而發燙。

「過來。」他命令道。女孩走向他，他立刻將防水膠帶貼在女孩嘴上。她的肺瞬間就感到了緊縮，房間似乎從四面八方向她壓迫過來。

「她還小，」她母親爭辯地說，「她沒辦法控制自己。」

女孩的手指伸向嘴邊，開始撥開膠帶。她父親用力地拍打了她的手。「住手。」他的話讓女孩把手垂在身體兩側，掙扎著要呼吸。

然後，他轉向女孩的母親。「過來。」他命令她。她搖搖頭，淚水簌簌地流了下來。「求求你，不要。我會很乖的。」她哭著說。他一把將她拉過去，從膠帶卷上撕下另一段，封在她的嘴上。

女孩的眼裡熱淚盈眶，她看著他把她母親拖到床邊，用手銬將她銬在了床頭板上。她母親沒有抵抗。她知道，如果她反抗的話，事情只會更糟。

「過去坐著。」他指著混凝土地板上突起的金屬管線對女孩說道。女孩搖了搖頭。她知道接下來會發生什麼事。果不其然，他一把將她抱住，無視於女孩在他懷裡又撞又扭地把她帶到水管旁邊。「不要動。」他咆哮著把她扔到地上。他再度撕下一段膠帶，把她的手纏在身後，再把她的腳踝綁在柱子上。

她父親重重地喘著氣，看著自己的傑作。現在，她們哪裡也去不了，更不可能發出任何聲音了，他這才滿意地爬上樓梯。「乖一點。」他朝著樓梯下喊了一聲，隨即把門在身後關上，再度上了鎖。

女孩躺在地上，臉貼在冰冷的混凝土地板上，她的嘴被封住，手臂被綁在身後，一隻腳踝固定在水管上。她無法呼吸，無法看到她母親。淚水滑下了她的臉龐，她的鼻子裡也堵滿了鼻涕，讓呼吸變得更加困難。

她聽到頭頂上方傳來她父親重重的腳步聲，以及幾個比較輕盈的腳步聲。她聽到一串笑聲，還有不熟悉的聲音在說話，接著是聖誕鈴聲的歡樂合唱。她閉上眼睛想要睡覺，但是，膠帶狠狠地啃噬著她的皮膚，她的肌肉也在痠痛。

她想像著坐在樓上那間大起居室裡唱著聖誕頌是什麼樣的感覺。她會穿著漂亮的衣服，吃著鈴鐺、馴鹿和精靈形狀的餅乾。她會在聖誕樹底下，數著她收到了多少個包裝精美的禮物。

女孩睜開眼睛。她看著她的窗戶。透過窗簾的縫隙，她看到外面還在下雪。她想像著雪花飄落在她臉頰上的感覺，想像著用舌頭舔舐著雪花的感覺。

33

二〇〇〇年八月

一陣尖叫聲充斥在穀倉裡，馬修拔腿飛奔而來，四處張望搜尋讓喬西發出悲痛叫聲的來源。

「喬西，怎麼了？」他大聲地問。她說不出話來，只能指著飼料槽。馬修的視線順著她的手指望去，落在了伊森的屍體上。他一把跪倒在飼料槽前面。「伊森。」他不敢相信地喃喃自語。山羊止不住的咩咩聲在他們四周此起彼落。

「他死了嗎？」喬西問，雖然她已經知道答案了。

「離開那裡。什麼都不要碰。」馬修的聲音彷彿快要窒息了一樣。他掙扎著從地上起身，避免讓自己碰到飼料槽的邊緣。

喬西往後退開，不過，拒絕接受事實的態度已經壓過了她的理性判斷。「也許那不是他。」她說。然而，她以前曾經看過他手掌心裡的那個疤痕。躺在飼料槽裡的那具屍體是她的哥哥。羊群在馬修帶著喬西走出穀倉時不停地叫著，彷彿在哀求他們回來一樣。

「我要吐了，爺爺。」喬西帶著歉意地說完，隨即轉頭，吐在了草地上。

「沒關係的。」馬修說著，撥開喬西臉上的頭髮，直到她的胃裡再也沒有東西、直到那個乾嘔的感覺過去。當她終於站起身時，他從口袋裡掏出一條乾淨的手帕，幫喬西擦了擦嘴。

馬修匆忙地走向屋子求助，隨即和剛才那名警察以及凱洛琳一起走了回來。喬西站在楓樹底下，楓樹寬大的樹葉為她擋住了無情的烈陽。喬西無法忍受她哥哥死了、孤零零地躺在飼料槽裡、身上還蓋著乾草的事實。她甚至無法讓自己朝穀倉望去。

她再也不想踏上這座農場。她家人的鮮血現在已經蓋滿了這片土壤。她想像著玉米和苜蓿從貧瘠而腐敗的黑土裡長出來的光景。

當馬修、凱洛琳和喬西依偎在樹下的時候，那名警察呼叫了更多支援，並且封鎖了穀倉。最早抵達現場的是救護車，只見救護車急速地開過碎石路，車輪在震天的警報聲響中捲起了一大片的塵土。

隨後，警長也開著他的巡邏車到場，接著是開著他們那輛黑色SUV的桑托斯和藍道夫探員。

「我很遺憾，喬西。」桑托斯停下腳步說，「你所失去的，已經超過了一個人應該失去的。」

喬西不知道要如何回應，因此，她只是保持沉默。她坐在草地上，背靠著樹幹，蒙住了自己的臉。凱洛琳坐在喬西旁邊，緊緊地摟著她，兩人哭成了一團。

緊急救護人員帶著空無一物的擔架從穀倉裡出來。「你們不打算帶他走嗎？」喬西哭著問，她可以感覺得到胸口的激動。他們不能就那樣把伊森留在飼料槽裡，讓他身上蓋滿乾草。

「是的，很抱歉，」那名護理人員帶著歉意地說，「警長和警察得進行他們的調查。會有別人來處理你哥哥的。不過，當他們處理時，他們會好好對待他的，我保證。」

喬西想要相信他，然而，有那麼多人不停地告訴她一切都會沒事的。但是，沒有什麼是「沒事的」，而且再也不會「沒事」了。

「桑托斯探員很快地會再來和我們談話。」馬修用手揉了揉臉。「這件事什麼時候才會結束？」他乞求地說。

桑托斯探員朝著他們走過來。她已經脫掉了她那件黑色的西裝外套，身上那件鈷藍色的襯衫也已經濕透了。「我們會讓犯罪現場的技術人員檢查所有的東西，蒐集證據。不過，看起來……」她停了下來，彷彿突然記起喬西只有十二歲。

「說吧。」馬修催促著她。「喬西有權知道。」

「看起來像是另一宗謀殺。」桑托斯探員說著，用手背擦掉她額頭上的汗水。

雖然，馬修一直祈禱著伊森可以平安地被找到，不過，他內心裡有一部分卻知道，他的孫子已經死了。他知道伊森做不出眾人私底下議論紛紛的那種事。雖然法醫會做出最後的結論，但是，看起來伊森是被毆打、而且被勒斃的，然後被那個殺了林恩和威廉的怪物藏到了飼料槽裡，再用大量的乾草掩蓋了起來。

這段時間以來，伊森一直都在那裡，就在他們的鼻息底下。

馬修緊握著喬西的手，看著幾名警察聚集在桑托斯探員身邊。「我們需要重新部署，」桑托斯說，「艾倫家的那些電話有什麼最新消息嗎？那些電話顯然不是伊森打去的。我們得查出是誰打了這些電話。」

「還沒有消息。我會再追查的。」藍道夫說。

「我們把所有人都召集在一起吧。看看我們在調查這一帶的性犯罪者上面有什麼進展。另外，我們需要找到伊森的卡車。如果我們找到卡車的話，我想，我們就可以找到那個女孩。」

馬修希望他們會找到艾倫家的女兒，不過，他也很害怕她的命運會和其他人一樣。馬修意識到只剩下喬西了。她是他們僅有的了。而他們也是她僅有的了。

搜尋救援的志願者塞薇亞．李把T恤湊到狗鼻子前面，她那頭一百一十磅（約五十公斤）重的獵犬丘比特不停地嗅著那塊布料。

「去吧。」她一聲令下，丘比特抬起牠那張佈滿皺紋的長臉，在空氣裡嗅了嗅。丘比特把注意力集中在蹦床上，那個十三歲的女孩最後出現的地方就在蹦床附近。他繞了蹦床一圈，然後轉身走回屋子，途中還在穀倉前面停下腳步，逗留了一會兒。

牠放低鼻子，朝著玉米田小跑步而去。塞薇亞緊緊地拉住套在狗背帶上的繩索，讓丘比特拉著她往前跑。雖然天色還早，塞薇亞已經滿身大汗，她的褲腳也被晨露浸濕了。

丘比特在玉米田前面突然停了下來，然後再度改變方向，經過房子，跑上小徑，朝著馬路奔去。

當他踏上碎石路時，丘比特短暫地停留了一下，牠的鼻子在空氣裡嗅了又嗅。牠有一張皺在一起的臉和一對嚴肅的棕色眼睛，是一隻看起來很高貴的狗。牠似乎了解到自己的工作任重道遠，也明白人們依賴著牠把他們的摯愛帶回家。牠對自己的任務非常地認真以對。

丘比特遲疑著。牠往西走了幾步，停下來，又望向東方。塞薇亞耐性十足地等待著牠。如果那個女孩走過這裡，丘比特會發現她的氣味。丘比特來來回回地踱步。牠似乎對稍微偏西的某個點有些猶豫，不過，很快地又失去了興趣。這可能代表了很多意思：那股氣味可能淡掉了，那個女孩可能上了車被帶走了，或者，她並沒有往那個方向移動。

在丘比特左右張望的時候，牠下巴周圍鬆散的皮膚也跟著晃動。最後，牠做出了決定，朝著東邊而去。現在，丘比特似乎鎖定了什麼，塞薇亞只得小跑步才能跟得上牠的速度。他們沿著碎石路快速前進；塞薇亞的鞋子和丘比特的爪子都沾滿了灰色的塵土。牠那對下垂的長耳朵不停地刷著地面，也蒙上了一層厚厚的灰。

透過那條長長的繩索，塞薇亞可以感覺得到丘比特的興奮。牠已經追蹤到女孩的氣味了。他們距離杜爾家更遠了，不過，丘比特依然專注地保持在碎石路上。每隔幾百碼，牠就會從碎石路走進路邊高高的草叢裡，或者往下走到一條水溝裡。當這種狀況發生的時候，塞薇亞的脈搏就忍不住加速。她雖然想要找到那個失蹤的女孩，然而，她並不想要發現她躺在路邊的柳枝稷和菊苣叢裡。

每隔一陣，就有一輛車緩緩地駛過，駕駛會從方向盤上豎起一根手指和她打招呼。被輪胎捲起的塵土也會讓丘比特正在追蹤的微弱氣味受到騷動。

碎石路的灰塵黏貼在塞薇亞汗濕的皮膚上，也沾在她的嘴唇上。她打開吊在她皮帶上的水瓶，喝了一大口水。前方有一座農場，或者曾經的農場。看起來像是一座廢棄的院子。一座大型的穀倉危險地矗立在一邊，好幾排農具設備和報廢的車輛堆疊在院子裡。一面輪胎牆擋住了塞薇亞的視線，讓她無法看清院子裡的其他部分，還有一股燒焦的橡膠味瀰漫在空氣裡。

丘比特突然把狗繩往左一扯，讓塞薇亞差點失足摔倒，牠很快地消失在一個長滿長草的水溝裡，把塞薇亞也拉下了水溝。水溝裡的草長過她的腰部，乾燥粗糙的葉子刮痛了她的皮膚。

突然之間，狗繩不再繃緊了。丘比特只會在發現牠要尋找的東西時才會停下來。

塞薇亞好奇地往前移動，同時用手臂撥開身邊彷如一片綠海的長草。蒼蠅嗡嗡地圍繞在她的頭四周，鬆軟的繩子讓她知道丘比特一定發現了什麼。

塞薇亞發現眼神憂傷的丘比特正坐在地上，正襟危坐地等待著她。牠身旁的地上有一塊僵硬的破布，塞薇亞看得出來那是已經乾涸了的血跡。

她拍拍丘比特，從口袋裡拿出一塊獎勵，遞給了丘比特。「好棒，好棒。」語畢，她拿出她的無線電尋求援助。

34

現今

快要清晨四點了。薇莉幾乎已經提不起神來，但是她不能休息。那名女子和女孩坐在沙發上，靠在一起，而薇莉則藉著爐火在閱讀著她的稿子。

她的書寫完了。沒有太多需要補充的。她考慮著是否要多加一段他們現在在哪裡的章節，來解釋故事裡的主要人物後來發生了什麼事，不過，這個部分其實沒有什麼太多可說的。每個人若非死了，就是無法追蹤，或者只是單純地想要繼續待在陰影裡，過著他們破碎的生活。

等到這場噩夢結束，等到暴風雪過去，等到她確定女子和她的女兒都安全了之後，薇莉就會離開波登郡回家。

她會把她的稿子寄給她的出版商，然後試著修復她和塞斯的關係。她甚至也會稍微多努力一點點，來和塞斯的父親相處。

薇莉抬起頭，發現小女孩正在沙發上盯著她看。女孩的母親蜷縮成一團，這樣，她沒有受傷的那半張臉才能靠在枕頭上，棉被已經被她拉高到了下巴。

「你的名字是怎麼來的？」小女孩問。

薇莉大為驚訝，在所有可能的話題裡，女孩居然想要聊她的名字。她很習慣這個問題。在得知了她不尋常的名字之後，每個人都想要知道她的名字是怎麼來的。「那是我家族的名字。」薇莉簡單地回答。

「你叫什麼名字？」薇莉試著問，希望女孩會說出來。

「我媽媽說我不能告訴你。」說完，她從棉被底下溜出來，在薇莉身邊的地板上坐下。火爐裡的火光照亮了女孩的臉——那雙棕色的大眼睛，以及被用來封住她嘴巴的防水膠帶所殘留下來的髒污。薇莉無法理解女孩經歷過什麼。

「那你姓什麼？」薇莉又問，「我姓拉克。你呢？」

「我想我們沒有姓。」女孩彷彿有生以來第一次思考這個問題一樣。

那不可能。

「你爸爸姓什麼？」薇莉繼續追問。

女孩憂慮地皺起額頭，什麼也沒有說。「沒關係的，」薇莉看了沉睡中的女子一眼。「你可以告訴我。」

「他就只是爸爸。」女孩小聲地說。

「好吧。」薇莉放棄地說。「噢，嘿，稍早我洗完你的衣服時，本來打算要把一個東西還給你的。」薇莉站起身，穿過漆黑的廚房，去拿她稍早在女孩口袋裡發現的玩具。

離開相對溫暖的起居室讓薇莉開始發抖，她用手電筒照著流理台，直到看見那個玩具為止。

薇莉仔細地看了一下那個玩具。那是一個鮮為人知的動作英雄玩偶。它綠色的面具幾乎已經磨損殆盡，白色的手套也變成了骯髒的灰色，塑膠的外表佈滿了刮痕，表面也因為多年來的把玩而出現了一些凹陷。

薇莉已經很多年沒有看到過這種玩具了。一股懷舊之情籠罩著她，不過，她很快地將這股感覺拋開。

「給你。」薇莉在回到起居室之後，把玩具遞給女孩。薇莉笑看著小女孩的臉瞬間亮了起來，她的眼睛裡充滿了和她的玩具團圓的歡樂。不過，薇莉臉上的笑意很快就褪去了。她站在那裡，試著要思考。

「謝謝你。」女孩緊緊地握著那個玩具，然後爬回沙發、蓋上棉被，坐在她母親身邊。

薇莉從茶几上拿來一支手電筒打開。然後又拿了另外一支打開，再一支、再一支，直到房間被燈光照亮為止。薇莉在女子和孩子對面坐了下來，完全說不出話來。爐火無力地發出啪啪的聲響；塔斯則在一旁吸著鼻子。

薇莉走到廚房，拿了兩瓶水回來。「喏，你需要喝水。」薇莉拿著防風燈，走到女子旁邊蹲下，俯視著她。

已經醒來的女子在她的注視下痛苦地瞇起眼睛，然後舉起一隻手，她的手指之間已經因為壞死而微微發黑。

「我拿了一點阿斯匹靈來給你，」薇莉說，「也許可以緩解一點你的疼痛。我不想給你其他更強的藥物，以防你有腦震盪。」

薇莉把藥丸掰成兩半，放在女子打開的手掌裡，就在這個時候，她看到了那個馬蹄形的疤痕。薇莉本能地抓住女子的手，藥丸瞬間被打翻到了地板上。

「哎唷。」女子一把抽回自己的手。

「對不起。」薇莉慌張地彎身去撿回阿斯匹靈。「拿著。」說著，她把藥再次遞給女子。女子懷疑地看著薇莉，不過，還是把藥放進了嘴裡，藥丸的苦味讓她皺起了眉頭。

「你需要喝點水。」薇莉輕聲地說著，把水瓶靠在女子的嘴唇上，將水灌到她的口中。

薇莉看著女子不成形的臉。那雙不信任的棕色眼睛也回視著她。薇莉低頭看著自己的手，一個同樣的馬蹄形疤痕就在她的掌心裡，只不過沒有那麼明顯。

35

女孩在夜裡夢到了自己溺水，她的鼻子、嘴巴和肺裡都灌滿了陰冷、暗沉的水。她在喘息中醒來。她母親會把她摟緊，告訴她不會有事的。然而，這樣的事並沒有發生。

地下室冷到那個電暖器完全無法招架。她喝著她的湯，畫著她的圖畫，然後看著把聲音調低了的電視。

她從來都不知道每當她父親走下樓來的時候，她應該要期待些什麼。有時候，他的手裡會拿著一捲布膠帶；有時候，他會帶來裝飾著粉紅色糖霜的杯子蛋糕或者一盒披薩。

然而，即便在他帶來點心、摸著女孩的頭髮告訴她說她很漂亮的日子裡，他也總是很快地就會揮下一個巴掌，或者推她、捏她。

他對她母親就更壞了。

一天早上，女孩醒來的時候發現她母親並沒有躺在她旁邊。她揉揉眼睛，張望著室內。房間裡空無一人。她爬下床，推開浴室的門。浴室裡也沒有人。她們並沒有什麼櫥櫃或者傢俱足以讓她們躲藏起來。

一股絕望籠罩了她。現在，她已經形單影隻。她母親離開她了。

一陣窸窣的腳步聲在她頭頂上方響起。她父親來了。他會想要知道她母親發生了什麼事。

她要怎麼說？地下室的門嘰地一聲打開，女孩匆忙爬回床上，把那件柔軟破舊的毯子貼在臉頰上，拇指也塞進了嘴裡。

腳步聲越來越近，女孩的心臟怦怦地跳著，她相信她父親一定可以聽得到。

「親愛的，」她母親的聲音傳來。「該起床了。」

女孩的問題立刻傾巢而出。她去了哪裡？她做了什麼？她為什麼上樓？

她母親只是把一根手指壓在她的嘴唇上說：「噓。記得我們的小秘密。」她帶了一個裝滿各種東西的塑膠袋下來。裡面有一顆蘋果、幾張美元鈔票，還有一落硬幣，包括二十五分錢、十分錢和五分錢，全都擠在塑膠袋的底部，並且在碰撞的時候發出了刺耳的聲響。

她母親把蘋果遞給她，然後把塑膠袋兩邊的提手綁在一起，丟到垃圾桶底部。當她母親在房間裡不停踱步的時候，女孩只是專心地啃著那顆蘋果。

日子過得很緩慢。她母親一直若有所思。緊張。女孩問她怎麼了，但她母親只是笑笑，告訴她一切都很好。一絲擔憂刺痛著她的胸口，她忍不住跑到櫥櫃前面，去看看她們還剩下多少食物。她鬆了一口氣地發出一聲嘆息。櫃子裡還有很多食物。

「你覺得他今晚會來嗎？」女孩問。

「我不知道，」她母親說著，注視著那扇門。「我希望不會。」

那天晚上，她父親來了，帶著不好的心情來了。他叫女孩到浴室去，她只能不情願地照做。她知道接下來一定會很糟糕。她從書架上拿了一本書，把浴室的門在她身後關上。雖然，她看不到發生了什麼事，但是她什麼都可以聽到。她聽到床劇烈的吱呀聲，以及她母親痛苦地哭叫聲，女孩必須蓋住自己的耳朵，直到聲音平息為止。

接下來的三天，女孩醒來時總是發現她母親不在房裡，不過，她總是會回來，而且每次都會帶一樣東西回來，放進垃圾桶底部的那個塑膠袋裡——一把尖銳的剪刀、一把電動剃刀、兩瓶水、兩把鑰匙。

「你不怕他回來嗎？」女孩問。

她母親搖搖頭。「他向來都在六點出門。他會到鎮上去喝咖啡配甜甜圈，」她說，「他都在晚上八點左右回來。我愛你。」她母親突如其來地說。女孩雖然笑著，然而，一股不安在她的胸口沉澱了下來，因為她母親說這幾個字的方式，聽起來好像是在道別。

幾天之後，女孩的母親把她從睡夢中搖醒。「醒醒。」她說。女孩用手肘撐起身，睡眼惺忪地看著她。

「幾點了？」女孩問。

「快起來，照我的話做——我們得快點。」她母親說著，把一件紅色的運動衫從頭上套下。「把衣服換好，然後到浴室去。」

女孩按照她的話做了。除了電視螢幕閃爍不定的亮光之外，房間裡一片漆黑。一名氣象主播正在談論著雨夾雪和強風。她走到浴室，穿上她的牛仔褲、一件灰色的運動衫，以及一雙球鞋。

「發生什麼事了？」她問，「他要來了嗎？」

她母親搖搖頭。「沒有。現在聽好了，我們要做一件很可怕的事，不過，你需要相信我。你相信我嗎？」

小女孩點點頭。她母親走向垃圾桶，抓出了那只塑膠袋。她把提手的結打開，從裡面拿出了一把剪刀和電動剃刀。女孩困惑地看著她。剪刀有什麼可怕的，雖然這把剪刀比她美術盒裡那把要尖銳得多，刀柄也長了許多。

「過來，親愛的。」她母親說，「我要幫你剪頭髮。」

「為什麼？」女孩問。

「你信任我嗎？」她母親直視著她的眼睛，又問了一次。

「信任。」女孩小聲地說。

她母親拾起女孩的一把頭髮，拿著那把剪刀，開始剪下去。長長的捲髮無聲無息地掉落到地上。女孩喘著氣，用手摸了摸頭。

「別擔心，會再長回來的。我保證。」她母親說著繼續往下剪，直到地上散落著厚厚的一層黑髮才停下來。她把電動剃刀插上電，剃刀立刻就在一陣低微的嗡嗡聲中活了起來。她母親把剃刀貼在女孩的頭皮上，那些剩餘的細微髮絲瞬間飛散在她的頭四周。

終於，她母親長長地吐出了一口氣。「好了，我剪完了。」

「我可以看看嗎？」女孩問，她母親不情願地點了點頭。

她匆匆走進浴室裡，站在那面破裂的鏡子前面。她看起來糟透了。完全不像她自己。她幾乎變成了光頭，暴露在外的脖子和耳朵讓她感覺好赤裸。

「求求你別哭。」她母親沙啞的聲音裡哽著淚水。「我需要你勇敢一點。」女孩試著要勇敢，但是她沒有辦法制止自己的眼淚流下來。「接下來的一陣子裡，我們要變成別人。我得要剪掉你的頭髮，我也會把我自己的頭髮剪掉，然後在我們離開之後換一個顏色。你可以假裝成是男孩子嗎？你覺得你可以做得到嗎，只要一陣子就好？」

女孩點點頭。

「很好，」她母親說，「我們現在要走了，而且我們永遠也不會再回來。」

「他不會生氣嗎？」女孩哭著問。

「會的，所以我們的動作才必須快點。」她母親說著，開始把她自己及腰的長髮剪掉，直接剪短到了肩膀上面。「他樓上的日曆標註了內布拉斯加州布內爾有牛隻的拍賣，就標註在今天的日期底下。我們一定得走——我們現在就得離開。去拿一個你覺得特別的東西跟你一起走，我來開鎖。」

她們要離開了。她們真的要走上樓梯，真的要走出門了。一陣興奮的顫慄流竄過女孩。她們就要去「那裡」了。她很清楚自己要帶什麼走——她那條印有小兔子的白色小毯子。那條毯子是她一出生就開始擁有的。她希望她也可以帶一些書和她的美術盒，但她母親告訴她只能選擇一樣東西，而她不能沒有她的那條毯子。然後，她的目光落在那個全身綠色的塑膠玩偶上。

那是她母親在她很小的時候給她的，她母親說那個玩偶她已經保存了很久。女孩幾乎忘記了還有它的存在——最近，她把大部分的時間都用在畫圖和看書上了。女孩把玩偶塞進口袋裡。她兩樣都會帶走。她母親不會介意的。

「不，不，不，」她母親的聲音從樓梯頂端傳來。女孩聽到門把震動的聲音，還有拳頭敲擊在木頭上的聲音。「打不開。」她說著從樓梯上走下來，頹喪地坐在樓梯最底下。「他一定加了另一道鎖。門打不開。他會知道我們在計畫什麼。他會因為我把你的頭髮剪掉而殺了我。」她說著，把臉埋進雙手裡。

「他不需要知道，」女孩擠到她身邊。「我們會對他說是我自己剪的。我們可以打勾勾。」

「他會知道的，」她搖搖頭。「他會發現我出去過，還拿了鑰匙、錢和剃刀。我很抱歉，真的很抱歉。」她哭著說，「我向你保證過一切都會沒事的，然而卻不會沒事。」

她們就那樣坐了很久。小女孩一手揉著她母親的背，一手摸著她的短髮。她環顧著她們的小房間。這裡也沒那麼糟。她有一張床、一台電視、書櫥，還有一扇窗戶。

「媽媽，」女孩說著坐直了一點點，拉著她母親的手臂。她往前指了指，她母親順著她的手指方向望去。「我們不需要開門，」她說，「我們可以開窗。」

36

現今

不可能，薇莉心想。不可能。貝琪死了。幾年前就死了。這點她很確定。

可是，如果不是呢？如果貝琪這幾年來一直都躲起來了呢？如果她和那個把她帶走的男人生了一個孩子呢？

一股罪惡感湧上她的心頭。薇莉的思緒刹那間重回到謀殺發生的那個晚上，當時，她和貝琪在她的房間裡，月光從窗戶灑進了房裡。沒過多久，貝琪就不見了。

如果不是因為薇莉，貝琪也不會到他們家去。

一個微弱的聲音在她的腦子裡叨絮著，戳著她。那個女人手上的馬蹄形疤痕，和她自己的那個一模一樣。

薇莉眨了眨眼睛，搖搖頭。不可能。貝琪．艾倫已經死了。

這些年來，薇莉逃離她的過去，逃離這幢房子，逃離那個致命的夜晚，逃離那個把她全家從她人生裡偷走的人。

在她父母遭到殺害之後不久，薇莉和她的祖父母搬到波登兩百哩外的地方去展開新的生活，去重新開始，逃開所有能讓他們想起他們失去了一切的事物。同時也遠離那個所有人都知道的兇手。

她的祖父母試著要為她創造一個新生活，然而，無論走到哪裡，她的過去都籠罩著她。她永遠都是喬西．杜爾——那個家人遭到謀殺的女孩，而她最好的朋友也消失得無影無蹤。因此，在她長大之後，在她知道自己再也不能當喬西．杜爾之後，她擷取了威廉的W、林恩的L、伊森的E，以及她祖母本家的姓氏，組合成她的新名字薇莉．拉克。

然後，她開始撰寫關於恐怖犯罪事件的書。為什麼？她從來沒有試著仔細去分析這件事，不過，這也很合理。她的家人遭到謀殺，她的朋友遭到綁架，這個案子一直都沒有正式偵破，因此，她開始陳述記錄其他人的悲劇。

直到今天。現在，她正在寫她自己的故事。好讓全世界都能閱讀並且檢視喬西．杜爾的故事。

不。薇莉闔上內心裡的檔案，站起身。這太瘋狂了——貝琪已經死了。就在她決定要把這個念頭從腦子裡丟開時，她聽到了外面傳來一道微弱的隆隆聲。

「那是什麼？」女子害怕地問。

小女孩跑到前面的窗戶，拉開窗簾。「我可以看到一道光線。」她說，「就在馬路上。」

「過來，」她母親命令地說，「不要待在那裡。」於是，女孩帶著罪惡感回到她母親的身邊。

「我想是鏟雪車。」薇莉鬆了一口氣地說。

她們停下一切的動作，傾聽著隆隆的引擎聲，以及毫無疑問是積雪被推到路邊的聲音。見到女子臉上警戒的神情，薇莉又開口。「這是好事。表示風雪已經變小了。他們很快就會恢復電力，到時候，我們就會有電和暖氣了。」女子似乎沒有被她的話所說服。

引擎突然安靜了下來。「車子走了嗎？」女孩問，「他們都走了嗎？」

「也許吧，不過，他們會再回來清掃另一邊的積雪。」薇莉解釋道。

女孩離開她母親身旁，回到窗戶旁邊。「為什麼我還可以看到燈光？」她問。薇莉加入她的行列，沙發上的女子甚至也坐起身，想要看清究竟。「也許他卡住了。」女孩說。

「很有可能他看到妳們那輛翻覆的卡車，所以停了下來。」薇莉說，「我去看看情況，順便和他聊一聊。」

「拜託你不要去，」女子說，「留在這裡。」

「我只是離開一分鐘而已。別擔心。他的鏟雪車上會有無線電。他可以幫助我們。」薇莉說。

無視於女子的抗議，薇莉從沙發背上抓起她的大衣和一支手電筒，走向玄關。她套上她的靴子，再把頭髮塞到絨線帽底下。在鏟雪車的司機離開以前，她得要攔下他。至少，他可以用無線電求援，讓當局知道她們需要醫療的幫助。

薇莉猛然拉開門，頓時和一名穿戴著隆冬配備的男子面面相覷。她在驚嚇之下將手電筒掉到了地上，手電筒發出一道撞擊聲，滾了出去。兩人立刻同時彎身去撿拾手電筒。

薇莉先拿到了手電筒。「噢，天啊，你嚇到我了。」她緊張地笑了笑。「我正打算要出去找你。」

「我無意嚇到你。」男子在兩人同時站直時說道。

「不，不，」薇莉說著，把手電筒照向男子。「我很高興你過來。我們需要……」直到此時，薇莉才認出了男子。那是傑克森・亨雷，那個殺了她全家的人。那個抓走貝琪的人。

37

二〇〇〇年八月

事情進展得很快。桑托斯探員接到電話，說搜尋救難犬在亨雷家的腹地邊緣有所發現。謝天謝地，那不是一具屍體。不過，一塊帶有貝琪．艾倫的氣味、同時又沾了血的破布也絕非好事。

在等待他們申請的搜索令獲得上級同意之際，桑托斯發現了關於傑克森．亨雷其他幾件令人不安的事實。他在波斯灣戰爭的沙漠軍刀行動中，曾經是解放科威特的地面攻擊部隊成員，不過，除此之外，他因為數度頂撞上級而在軍中留下了不好的紀錄。傑克森．亨雷不喜歡服從命令，他喜歡喝酒，並且騷擾他在軍中的女性戰友。

一名女子舉報亨雷，說他和一群其他的男性士兵對她進行精神上的騷擾和性騷擾，把她逼到幾乎崩潰。另一名女子則指控他非法拘禁，說他們在共度一夜之後，亨雷一廂情願地不讓她離開。雖然，那些控告最終都遭到撤銷，不過，很顯然地，亨雷在他還是一名年輕的軍人時，就已經喜歡將他的女友佔為己有。

不只如此，不過，其他大部分的紀錄都和他酗酒有關，傑克森在一九九二年返鄉回到波登的時候，整個人已經變成了一個空殼子。

桑托斯知道一片染有血跡的布不能代表傑克森．亨雷有罪，不過，情況看起來並不樂觀。他們甚至無法確定那是貝琪的血。也許她曾經摸過或者曾經把那塊布拿在手裡，因此沾上了她的氣味，而那些血跡有可能是別人的。

要拿到亨雷家屬地的搜索令花了不少珍貴的時間。在他們家腹地的邊緣找到一個物證，並不意味著法官就會主動授權進行搜索。不過，傑克森對警察的態度和他過去的法律糾紛，確實有助於法官同意簽署搜索令。他們可以展開行動了。

現在，他們只能希望一切對貝琪而言不會太晚。

桑托斯把車開到亨雷家的土地時，橡膠燃燒所釋放出的有毒物質立刻刺激著她的鼻子。有誰會在這種大熱天裡燒東西？她很好奇。巴特爾警長也有同樣的想法。當桑托斯下車時，搖著頭的巴特爾正朝著她走過來。

「那個混蛋在燒東西，」巴特爾的臉因為憤怒而漲紅了。「我昨天就應該要逼他和我談談的。」

「我們現在就要去找他談談了，」桑托斯說，「不過，我們得先找到他。我們會執行搜索令，並且和亨雷太太先談談，你直接到燒東西的地方，確保他不是企圖在燒毀任何證據。」

「小心點，」巴特爾說，「如果傑克森在屋子裡，而且又喝醉了的話，他的行為就可能很難預測了。」

「明白了。」桑托斯說著，和另外兩名警察走向屋子。她看到遮住窗戶的厚重窗簾後面有些動靜。「看到了嗎？」桑托斯問。帶頭的那名警察點點頭，桑托斯立刻把手伸向自己的配槍。他們在高度警戒下走上殘破的階梯，來到前廊。

桑托斯拍了拍門，表明自己是執法人員的身分。「亨雷太太，」她大聲地說道，「我們有搜索令要搜查你家的腹地。請你開門。」

門打開了一條縫，一隻沾滿眼屎的藍色眼睛看著他們。「怎麼回事？」茱妮・亨雷問。

「女士，我是愛荷華州犯罪調查部門的探員卡蜜拉・桑托斯，我們有搜索令，要搜查你的房子和所有的屬地。請你開門。」語畢，桑托斯和另外兩名警員緊張地等待著茱妮的決定。

就在李維・羅賓斯警員正在質詢這一帶知名的性犯罪者時，他收到了兩則訊息，而這些訊息最終導致了他的執法生涯畫下句點，並且讓波登郡警察局陷入了民事訴訟。

第一個訊息是，十六歲的伊森・杜爾被發現陳屍在他家穀倉的飼料槽裡。

「不要離開鎮上。」李維對著他正在問話的渣男說。

李維跳上他的巡邏車，趕往杜爾家的農場。那個可憐的家庭，李維心想。唯一的安慰是，伊森不是那個殺害他父母、綁架貝琪的人。不過，那並未能改變杜爾家四分之三的人口都已經死了、加上一個十三歲的女孩失蹤的事實。

當李維的腦子裡嗡嗡地湧出一堆問題時，他收到了第二則訊息。州警的動作很快，他們已經追蹤到三番兩次打到艾倫家的那個電話號碼。那幾通自稱是伊森．杜爾的電話。那些電話是從卡特家打出來的。

李維的直覺告訴他要去找布洛克．卡特。可惡的卡特。他竟然告訴警方說伊森有殺人意圖——他想殺了他父母，說伊森和艾倫家的女兒有曖昧。全都是狗屁。那麼，他應該要怎麼做？到現場還是去追卡特？就在他即將要轉彎開到通往杜爾家的那條路時，李維決定直接去卡特家的農場。他要去找答案。

李維看到遠處有一輛車正以高速衝過來。他輕輕踩下煞車，將目光鎖定在駕駛身上。是卡特。李維立刻用力踩下煞車，輪胎在馬路上發出了一陣尖嘯聲，留下一股嗆鼻的白煙和煞車痕。他緊急迴轉，打開警燈和警笛，隨即加足油門。

卡特就在他前方加速。搞什麼？李維心想。

李維將油門踩到底，巡邏車開始向前奔馳，直到他緊跟在卡特的卡車後面。那孩子為什麼不靠邊停車？卡特突然右轉到一條碎石路上，以至於李維差點就錯過了那個轉彎。「王八蛋。」巡邏車幾乎就要衝出路面、撞進一片玉米田裡，這讓李維不禁破口大罵。他把方向盤轉向左邊，車子才又回到路中間。卡特依然在往前飛奔。卡車揚起的灰塵讓兩輛車都被包裹在了一片灰色的雲霧裡。他無法看清他的前面、旁邊和後面。彷彿粉筆灰一般的灰塵擋住了他擋風玻璃的視線。

他需要減速，然而已經來不及了。巡邏車撞上了布洛克．卡特的車尾。金屬碰撞的聲音充斥在他的耳朵裡，李維感覺自己的腿斷了，他的軀幹被安全帶緊緊地勒住。他發出了痛苦的嚎叫聲，當車子一圈又一圈地在原地旋轉時，他覺得自己的胃都走位了。等到車子終於停下來的時候，李維睜開眼睛，只見巡邏車的車頭已經撞碎，他的雙腿也因此被夾在了方向盤底下。奇怪的是，他並沒有感到疼痛，只覺得胸口有一股沉重的壓力。

他小心地把頭從左邊轉向右邊。至少他的頸部還可以動。接著，他試了試腳趾頭。他覺得它們也還可以動。但他不確定。圍繞在他身邊的灰塵慢慢落定之後，車子外面的世界也有了焦點。在車頭燈的照射下，他看到了。卡特的卡車幾乎被一根電線桿劈成了兩半。布洛克·卡特就在那裡，半掛在駕駛座的車門外，指關節拖在碎石路上，他的脖子上有一道開放式的傷口。他並沒有在動。在那一灘血泊中，他怎麼可能動得了？

李維閉上眼睛。他只是想要答案而已。只是想要知道杜爾家和那個小女孩發生了什麼事。他追在布洛克·卡特後面並沒有錯，不是嗎？他只是在盡自己的職責而已。

38

「往後退。」她母親說。她正站在窗戶底下的一張椅子上，雙手抓著馬桶水箱的陶瓷蓋。她閉上眼睛，將水箱蓋撞向窗戶，玻璃瞬間彷如下雨般地散落到地上。她把水箱蓋丟到地上，蓋子撞擊到混凝土地面的聲音讓女孩畏縮了一下。「把毛巾給我。」她命令女孩。

女孩把毛巾遞給了她母親，只見她母親把毛巾纏繞在手上，開始清除窗戶上殘留的玻璃碎片。一堵雪牆冷冷地回視著她們。她試著要用手指挖掉那些積雪，眼見這樣做達不到什麼效果時，她叫女孩把電暖器拿給她。

女孩按照她的話做，她母親把那只小型電暖器拿到雪堆前面。「拉一張椅子過來，再拿一根湯匙。」她母親吩咐她。女孩找到湯匙之後，拖著另一把折疊椅來到她母親的位置旁邊，爬上了椅子。「現在，你扶著電暖器，我來挖。」她說。

她們的動作很快，不到十分鐘，她母親的雙臂已經被融化的雪浸濕了。一陣寒風吹進窗戶裡，讓女孩幾乎難以呼吸。

「好了。」她母親說，「外面很冷，我們得要快點。把那個塑膠袋給我，然後去拿你的毯子。」女孩跳下椅子，滿地的碎玻璃在她的腳下發出清脆的聲響，她跑到桌子旁邊，拿了她母親交代的那些東西，然後回到她母親身邊。

「我要先幫你爬出去，然後，我再爬出去。」她母親說，「不要割到你自己。」她把女孩舉起來，女孩很輕易地就穿過了窗戶。然後是她的毯子和塑膠袋。女孩往後站，等待著她母親出來。雨夾雪沿著她的脖子滑下，冰冷的勁風刺穿了她的運動衫和牛仔褲。

她母親試了好幾次，才成功地讓自己的肩膀越過窗框的下緣。小女孩抓住她母親伸長的雙臂往上拉。在一聲呻吟下，她母親終於把掛在窗戶底下的身體撐了上來，癱倒在雪地上。

她很快地爬起來，四下張望，企圖要弄清方向。「這邊。」她對女孩說。冰珠不停地打在她們的臉上，她們手牽著手，母女一起穿過滑溜的院子，直到她們抵達房子前面，站在前廊下躲避雨雪。

「現在呢？」女孩問。她顫抖地把臉貼在她母親身上。夜色既黑又濕，不僅冰冷，看起來也比她想像的還要遼闊。

她母親打開塑膠袋，掏出她幾天前放進去的一串鑰匙。「我知道其中一把是卡車的鑰匙。」她說，「我希望有一把可以打開前門，不然的話，我們就得要用走的。」

她在前門試了第一把。打不開。然後是第二把、第三把。終於，第四把鑰匙很順利地就插進了鎖孔，前門立刻就打開了。一進到屋裡，她們走過漆黑的房間來到廚房。她母親在地下室的門口停下了腳步。「難怪打不開。」她小聲地說著，然後將門頂的滑鎖拉向左邊。「他用了兩道鎖。」語畢，又將滑鎖推回原位。

「走吧。」她母親說著，帶她走到另一扇門。這扇門通往一個漆黑、無窗的空間。她在牆壁上摸索著，房間裡突然燈光大亮。這是一間車庫。一個位置是空的。另一個位置則停了另一輛蓋著防水布的車。

防水布被她母親拉開，露出底下那輛生鏽又佈滿刮痕的黑色卡車。這就是那輛他說他不太常開的卡車，不過，他也不想把它丟掉。他告訴過她，有時候，他喜歡坐在車上，回憶一些事。

她母親用手摸過車身冰冷的金屬。少許的黑色車漆因此沾在了她的手指上。「坐進去，」她母親說著，打開車門。「繫上安全帶。」

女孩不知道那是什麼意思。

她母親跟著爬上車，關上車門，翻找著鑰匙，直到發現其中一把可以插進車子的啟動器為止。她這才伸出手，把一條帶子拉過女孩的大腿和胸口固定好。

「我們要怎麼出去？」女孩看著緊閉的車庫門問。

「像這樣。」她母親說著，把手伸到頭頂上方，按下一個黑色的按鈕。在一聲巨大的轟隆聲中，車庫門開始慢慢地升起。她母親把雙手放在方向盤上，研究著眼前的各種開關。她轉動鑰匙，卡車的引擎立刻就復活了。「我們走吧。」她母親說著，對她露出一絲害怕的微笑。

卡車往前移動，開上了光滑的車道。車尾忽左忽右地晃動著，隨即又擺正。她母親輕輕地踩著油門，然後是煞車，一吋一吋地往前開。

「我們要去哪裡？」當她們緩緩地沿著車道開出時，女孩問。

「噓，我需要專心。」她母親說。雨滴斜打在車身上，混濁的霧氣也蓋住了擋風玻璃。她找到了頭燈和雨刷的開關，總算有一點點幫助。她需要在車道的盡頭做個決定。右轉還是左轉。她不知道自己在哪裡或者要去哪裡。她深深地吸了一口氣，然後把卡車轉向右邊。

卡車不停地顛簸和打滑，走走停停讓女孩的胃開始翻騰。她緊緊地抓住她的毯子，希望自己不會吐出來才好。

終於，她母親似乎控制住了車子，她們緩緩地沿著路面往前開。「不管發生什麼事，」她母親開始對她說，「我都要你繼續走。如果他出現的話，你就繼續跑。如果我們分開了，你還是要繼續跑。懂嗎？」她母親又往右轉。車輪在這條路上似乎比較容易抓地，因此，她母親踩下了油門。卡車開始加速起來。她瞄著女孩。「去找個安全的地方。不要告訴任何人任何事。不要告訴別人你的名字、我的名字，什麼都不要說，直到你知道你所在的地方很安全為止。」

「我要怎麼知道安不安全？」女孩問。

「你會知道的，」她母親說，「你會知道的。」

女孩不確定。她看著她們前方的道路。她們可以去任何她們想去的地方，可以當任何她們想當的人。透過車頭燈，女孩看到了一棵樹。那棵樹就長在路的正中央。「媽媽。」她大喊。

她母親試著要把方向盤轉向右邊，但是，卡車依然撞到了樹邊。女孩聽到金屬清脆的撞擊聲和木頭裂開的聲音，然後，馬路就不見了。她的胃在搖晃，卡車突然彈飛起來，女孩瞬間就頭上腳下了。她咬到了自己的舌頭，鮮血剎那間湧入她的嘴裡。她的頭重重地撞到了不知名的東西，卡車在原地旋轉、打滑，最後猛然停住。

女孩頭上腳下地坐在自己的座位上。她母親已經不見了。她用手指摸了摸頭，只見她的手指上沾滿了紅色的鮮血。「媽媽？」她大聲喊。沒有回應。透過碎裂成萬花筒的擋風玻璃，女孩只能看到一片白茫茫。空氣越來越冰冷。藉由她疼痛的手指，女孩解開了身上的安全帶，然後在一聲低沉的碰撞聲中滾落下來，坐在了車子原本的天花板上面。她再次哭喊著她的母親，然而，她所能聽到的只有呼嘯的風聲。

她不知道應該怎麼辦。她的頭痛讓她想要嘔吐，她的手指和腳趾凍到彷如在著火。她母親告訴過她要往前走，所以，她應該要那麼做。無論如何都要一直走。卡車的一扇車門大開，她暈眩地從那扇門爬了出來。放眼望去都是卡車的碎片，怎麼看都不見她母親的蹤影。「媽媽，你在哪裡？」女孩大喊，然而，她的聲音卻被此刻狂暴的降雪所吞沒。

淚水從她的眼眶盈溢而出，沿著她冰冷的臉頰流下。繼續走，她告訴自己。她才踏出一步，立刻就滑倒在地。她手腳並用地在地上往前爬，直到爬上一座小丘的頂端。她在風雪中瞇起雙眼，然後，她看到了。蒼白而微弱，不過，它就在那裡。女孩站起身，慢慢地、穩定地往前挪動，朝著那顆閃爍的星星而去。

39

二〇〇〇年八月

前門慢慢地打開，桑托斯探員看到了站在她眼前的女人。那是一個單薄到只剩一具骨架的女人；她的臉既蒼白又憔悴。她看起來彷彿就在死亡邊緣。

「他說你們會來。」茱妮用她沙啞的聲音說。

「傑克森在哪裡？」桑托斯問，她的目光掃視著室內。

茱妮疲憊地在椅子上坐下。「他是我兒子。我愛他。」她只是這麼說。

桑托斯知道他們沒有辦法從傑克森的母親身上得到任何幫助。「你和她待在這裡。」桑托斯命令一名警員。

桑托斯和她的團隊開始大略地搜索著房子。每樣東西都整潔如新。即便是地下室的混凝土牆壁和地板，也一樣擦拭得很乾淨。那裡完全沒有傑克森．亨雷和貝琪．艾倫的蹤跡。桑托斯回到起居室，茱妮．亨雷依舊坐在那裡，小心翼翼地看著他們。

截至目前為止，這幢房子看起來很普通——就像一名老婦人的家，她在這裡結婚、養育了一個兒子。屋裡有傑克森在不同年齡階段的照片，還有茱妮和她丈夫在他們婚禮當天的照片。

不過，似乎少了什麼。

然後，桑托斯想起來了。這間房子看起來就像只屬於一個生病了的老太太，而非屬於一個和她成年的兒子同住在一起的女人。完全看不出傑克森也住在這個屋簷底下的跡象。沒有裝滿他衣服和私人物品的櫥櫃。

出於各種目的或意圖，傑克森並沒有住在這裡。他住在另外一個地方，就在這片亨雷家的土地上，讓他可以過他自己的日子。

桑托斯走到前面的窗戶，將窗簾拉到一邊。屋外，巴特爾警長和他的手下正在搜尋這片土地和附屬建築。遠處，濃濃的黑煙從正在燃燒的東西上冉冉升起，一股噁心的感覺隨著那些黑煙飄進了桑托斯的胃裡。

燃燒輪胎不同於燃燒掉落的樹枝或者院子裡的垃圾。那是非法的。從九一年開始就受到禁止。傑克森應該知道這點，但是，他顯然並不在乎。要讓輪胎起火燃燒並不容易。它們的燃點很高，而一旦引燃之後，就很難撲滅。此外，輪胎燃燒產生的黑煙還夾帶著氰化物以及一氧化碳的化學毒素。

茱妮和傑克森知道執法人員要來。如果任何能把傑克森和杜爾家的謀殺案以及貝琪·艾倫的失蹤連結起來的證據遭到了銷毀，那麼，非法燃燒輪胎的名義也不失為逮捕他的一個理由。

他們得要先滅火。

「通知最近的消防部門，讓他們到這裡來。」桑托斯下令。「告訴他們這裡有輪胎燒起來了。」

語畢，她轉向茱妮·亨雷。「女士，你在這裡並不安全。那些輪胎燃燒產生的煙會讓你生病。我們需要把你帶離這個地方。」

茱妮的肩膀頹喪地往下垂，不過，她卻搖搖晃晃地站了起來。「你錯了，」茱妮說，「傑克森並沒有殺害那家人，也沒有帶走那個女孩。」

「希望如此，女士。」桑托斯說完，一名警員立刻護送茱妮離開了房子。

一道槍聲劃破空氣，桑托斯立刻衝到屋外。空氣裡佈滿黑煙，橡膠燃燒的味道衝進她的鼻腔，刺激著她的眼睛。她用手肘掩著嘴，走向槍聲的來源。

燃燒的輪胎就堆積在距離房子一百碼左右之處。在桑托斯走近的同時，幾名警員一邊咳嗽、一邊喘息地朝著反方向衝過她的身邊。

桑托斯攔下一名經過她身邊的警員。「發生了什麼事？」她問。

「那傢伙用一把獵槍守在火堆旁邊。不讓任何人靠近他。」他的眼睛因為煙燻而泛紅。「我們看到他把幾把槍扔進火堆裡。他有一堆的槍。根本就是一個軍火庫。」

「槍聲是怎麼回事？」桑托斯問，「有人受傷嗎？」

「我沒辦法看到。煙太濃了。」那名警察彎身，雙手撐在膝蓋上，不停地咳嗽和乾嘔。

「你快走吧，」桑托斯說，「確保每個人都平安地離開這片土地。還要請求支援。」那名警員點點頭，隨即消失在濃煙之中。

桑托斯知道自己也應該要撤退到安全的地方，然而，警長還沒有從濃煙中出現，她不能拋下他。桑托斯脫下她的西裝外套，用外套掩護自己的臉部，走向濃煙深處。

大火吞噬了成堆的橡膠輪胎，揮舞著一把獵槍的傑克森・亨雷正站在火堆前面，他的眼神如同他身後的大火一樣狂野。他的腳邊還擺了幾個汽油桶。

桑托斯把她的外套扔到一邊，舉起了她的配槍。

警長在黑煙散發出來的毒氣下跪倒在地，掙扎地在喘氣。「傑克森・亨雷，」桑托斯在濃煙中喊著，「放下你的武器。」

「我知道你們會來，」傑克森含糊不清地說。他喝醉了，桑托斯心想，這讓他更具危險性，也更加難以預測。他的臉沾滿煤灰，淡藍色的眼睛裡閃爍著憤怒。「我試著要幫那個女孩。她在流血，我只是想要幫助她而已。結果你們現在卻認為是我把她抓走了。」

黑煙彷彿水泥一樣累積在她的肺裡。她需要將巴特爾帶離這裡；她需要離開這裡。

她考慮要對亨雷開槍。那會是最快的解決之道。桑托斯知道自己有正當的理由這麼做——他拿著一把獵槍在胡亂揮舞。他幾乎就像在乞求他們開槍。然而，她還有那麼多的問題需要知道答案，其中第一個就是貝琪・艾倫在哪裡。如果他死了的話，貝琪・艾倫也可能活不了。

桑托斯做了一個決定。雖然有風險，不過，這可能是他們得知真相唯一的機會。她把槍放低，她知道她的團隊會掩護她。

「別這樣，傑克森，」桑托斯說，「讓我們談一談。我想要聽聽你要說的是什麼，但不是用這種方法。也不是在這裡。我們到其他安全的地方去談。」

亨雷搖著頭。「你不會相信我的。從來都沒有人相信我。」

「那不是真的，」桑托斯急忙說，「你母親相信你，我也相信你。」

亨雷苦笑一聲，一腳踢翻他身旁的一個汽油桶，汽油桶在一聲巨響中爆炸。傑克森・亨雷忘我地看著火焰朝他襲來。那團火焰沿著地面瘋狂地延燒，纏繞在他的腳踝，彷彿一堆著了火的蛇，順著他的腿盤旋而上。

桑托斯探員丟下手中的槍，衝向亨雷。她試著用她的外套撲滅傑克森腳上和正在竄上他手臂的火勢。

一群配戴保護裝備的消防員湧向他們。有人把一只氧氣面罩蓋在她的臉上，她隨即就被抬了起來。

憤怒的尖叫聲在她的耳畔迴盪。傑克森・亨雷還活著，而他會告訴他們貝琪・艾倫發生了什麼事。

40

現今

薇莉把手電筒照向男子，更加仔細地看著他的臉。他已經老了二十二歲，那是當然的，他的頭髮變稀疏了，暴露出一個佈滿皺紋的寬闊額頭，額頭上還有一撮白髮。不過，他是誰卻是毫無疑問的——她可以看到他下顎底下那些粗糙肥厚的疤痕。這些年來，她在她的新聞剪報上看過他的照片不下一千次。這就是傑克森．亨雷，那個殺了她的家人、擄走貝琪的人，而現在，他又要來抓她回去了。

薇莉克制著想要用手中的手電筒撞碎他那張臉的衝動。她想要踢他、揍他，直到他渾身浴血、斷裂，就像她父母和哥哥那樣。她希望他死掉。然而，她必須要控制住自己的憤怒，至少現在她得要這麼做。她需要確保他不會進到屋子裡。

「我看到有汽車的殘骸，所以就想這裡也許需要幫忙。我正準備要敲門。」

「沒有，我們沒事。」薇莉說著，隨即在心裡踢了自己一下，她這樣不就暗示了屋裡不只她一個人。「我丈夫和我都很好。」她說了一個謊，希望這個謊言能奏效，讓他趕快離開。

「那一定撞得很嚴重，」傑克森說，「我看到這裡有燈光。我想，任何一個生還者可能都會到這裡來躲避風雪。這裡是距離車禍現場最近的房子。我不知道現在有人住在這棟房子裡。」說著，他把頭上的絨線帽摘下。

傑克森並沒有認出她是誰，就算他知道的話，至少他也假裝得很好。薇莉和她的祖父母在葬禮之後很快就離開了這一帶。她已經離開了二十多年，這裡沒有人知道喬西．杜爾以薇莉．拉克的身分回到了鎮上。

不過，薇莉一直都在留意傑克森．亨雷的動向。她開車經過他家——那棟他曾經和他母親一起住過的房子。他已經清除了大部分的垃圾——輪胎、農具設備都不見了。只有幾輛車還停在他的院子裡。她所不知道的是，他現在是一個鏟雪車的司機。

「有人從車禍現場過來嗎？」傑克森問。

薇莉在開口之前停了一下。如果傑克森一直在監視她的話，一如她監視他那樣，他就會知道她沒有丈夫，他會知道她是一個人住在這裡。雖然，她一直很小心不要和本地人有任何的互動。她為了這本書所做的採訪，早在幾個月之前就透過電話進行完了。她不想讓任何人知道她真正的身分。

「沒有，」薇莉盡可能讓自己表現得很隨意。「我去看過了，不過，看起來在我到達那裡之前，他們就獲救了。你人真好，還過來關心。」她得要找個辦法讓他離開這裡。

「我叫做傑克——我就住在這條路上，距離這裡一哩左右。」他解釋道，「我不知道有人把這裡租下來了。就像我剛才說的，我看到有車子的殘骸，所以就想來看看狀況如何。」

「我是薇莉，」她說，傑克森並沒有表現出退縮的模樣。「我丈夫和我現在租了這個房子。」也許他真的不知道他毀了面前這個女人的一生，不過，薇莉很確定他知道貝琪和她的孩子就在另一間房間裡。

「事實上，你可以幫得上我的忙，」薇莉說，「我們的木柴快要用完了，而我不想叫醒我丈夫去幫我把木柴拿進來。也許，你可以幫我抱一把到屋子裡來？」她希望自己的聲音聽起來很自然。

「當然可以，」傑克森說，「你只要指給我看在哪裡就好。」

「就在那邊放工具的棚舍裡。來吧，我帶你過去。」薇莉屏住呼吸，帶著傑克森穿過風雪，走向老舊的工具棚。她不知道自己的這個計畫能否生效，不過，她也只能這麼做了。

她打開工具棚的門，然後在狂風的怒吼中大聲說：「木柴就在裡面。我們兩個各抱一把，那樣應該夠我們度過今晚了。」

傑克森點點頭，他們一起走進了這間漆黑的附屬建築。「就在後面那裡，」薇莉說著，用她的手電筒倉促地照了一下遠處的一個角落。然後，藉由這束光線，她掃視了一下棚舍裡的空間，企圖找出任何細長、堅固的工具。當她的目光落在一把螺絲起子上的時候，她很快地把它從牆上抓下來。

「我沒看到，」傑克森說，「你可以再照一下這邊嗎？」

薇莉就是在此時做出了動作。她迅速地從傑克森身後推了他一把，讓他跌撞了出去，跪倒在地。

「嘿。」傑克森驚訝地叫了一聲。

薇莉立即轉身就跑，她的心臟飛速地怦怦跳動。她覺得她聽到身後有腳步聲，他熱呼呼的鼻息就在她的脖子上，有那麼一剎那的時間，她彷彿又回到了玉米田，企圖要逃過一名殺手的追捕。薇莉沒有停下腳步，也沒有回頭看他距離她有多遠。

她用力把門在身後關上，搭上鎖扣，再慌張地把那根螺絲起子插進鎖扣裡，就在他的身體撞上門的同時鎖上了門。

「嘿。」傑克森大聲喊著，用力地拍打著門。「讓我出去！」

當傑克森用身體撞向那扇沉重的木門之際，薇莉把背抵在了門上。木門震動著，不過她臨時製造的鎖卻很堅固。它可以撐得住，至少現在還可以。

棚舍裡傳來一聲來自喉嚨深處的咆哮以及腳步聲，還有他的肩膀撞擊在木頭上的聲音。隨後是有人摔倒在地上的碰撞聲和咕噥聲。

之後就再也沒有聲音了。什麼聲音也沒有。門的另一邊完全沒有了動靜。

她必須要找出她的槍，必須要找出一個辦法，把傑克森鎖在棚舍裡，遠離她們的屋子。她要確保貝琪和她女兒的安全，如果必要的話，她會殺了傑克森．亨雷。

41

薇莉離開了很久。女孩坐在沙發上動了動，她的母親正在前後搖晃地呻吟：「他來了，他來了。」

她母親是對的嗎？她父親發現她們了嗎？如果是的話，他一定會殺了她們。或許，女孩心想，如果她可以和她父親說話，薇莉就可以逃走。去找到救援。女孩帶著她的手電筒，從沙發上滑下來，躡手躡腳地走到廚房，就在此時，薇莉衝進了後門，用力把門關上，並且把背壓在門上，彷彿企圖要確保門不會被打開一樣。

「那是我爸爸嗎？」女孩問。

「對，」薇莉說，「是他。把那邊那張椅子拿來。」薇莉朝著廚房餐桌點了點頭。

女孩把椅子拉給薇莉，看著她用兩支椅腳撐住地面，再將椅背上緣抵在門把底下。

她父親就在外面的某個地方，女孩心想。他們之間只隔了幾吋的木板。

「他會進來的，」女孩氣餒地說，「他會進來的。」

「不，」薇莉重重地喘著氣對她說，「我不會讓他進來的。如果他真的進得了這扇門，他也通不過我這關。我不會讓他再傷害你了。」

接下來只是一陣沉默。她們站在那裡好一會兒，聽著，等待著。但是，什麼都沒有出現。

薇莉轉向女孩。「你媽媽的名字叫做貝琪，對不對？」

女孩僵住了。她相信薇莉嗎？你會知道的，她母親曾經說過。你會知道的。

「求求你，」薇莉說，「我一定得知道。她叫做貝琪嗎？」

小女孩點點頭，薇莉立刻蓋住自己的眼睛，輕輕哭了起來。

42

現今

對於自己不尋常的激動，薇莉感到很尷尬，她很快地擦乾眼淚，不敢相信地注視著女孩。在另外一間房間裡的女子是貝琪。這是貝琪的女兒。那個眾人都以為死掉了的女孩還活著。而那個殺了薇莉全家、並且拘禁貝琪的男人正被鎖在工具棚裡。

薇莉把臉貼在窗戶上，望著棚舍，看看傑克森是否有任何動靜。一切都很安靜。也許他在試圖撞開門的時候傷到了自己。或者，也許他只是在等待薇莉鬆懈她的防備。

她們必須保持警戒，必須等待。薇莉很擅長等待。很多年以前，她曾經在玉米田裡等待有人來救她，等待有人救她的父母、她的哥哥和貝琪。她等著傑克森．亨雷因為殺害她家人的罪名而被關進監獄。不過，所有的這一切，她都沒有等到，直到現在。貝琪回來了。

薇莉可以等傑克森．亨雷出來。她已經等了二十二年了；多等一天又何妨？

她牽著小女孩的手，把她帶回起居室。貝琪已經不在沙發上了。薇莉從她的檔案資料夾裡抽出那張失蹤人口的傳單。

她聽到細微的哭聲從櫃子裡傳來，於是，她緩緩地打開櫥櫃的門。那名女子，貝琪，正渾身顫抖地坐在櫥櫃裡。薇莉彎下身，爬進櫃子，坐到貝琪身邊，然後把手電筒放在她們前面的地板上。女孩站在櫥櫃門外，聽著她們說話。

「他在外面，對不對？」女子問，她的聲音因為恐懼而顫抖。「他來抓我們了。」

薇莉試著撫平發皺的照片，然後將它遞給貝琪。貝琪注視了很久，彷彿試著在辨識照片裡的人。雖然她並沒有看著薇莉，不過，她很認真地想要聽薇莉要說什麼，以至於幾乎忘了呼吸。

「貝琪，」薇莉輕聲地說，「是我。我是喬西。」

女子低下頭，無法相信地搖著頭。淚水流過她的臉龐，在那些乾涸了的血跡上留下了一道痕跡。

薇莉碰了女子的手，女子畏縮了一下，彷彿被燙到一樣。薇莉溫柔地抓住她的手，翻過來，讓她的掌心向上。她的手指滑過那道馬蹄形的疤痕。「我也有一個。」薇莉試著保持聲音的平淡和冷靜。傑克森．亨雷被鎖在工具棚裡的事實只是暫時的，維持不了太久。不過，首先，薇莉必須讓貝琪明白她是誰。

「我想，我們那時才十歲，」薇莉說，「我們想要變成親姊妹。所以，我們就用了我母親的削皮刀。你比我勇敢，你割得比我深。那就是你的傷疤為什麼比較明顯的原因。不過，我也有一個，你看。」

薇莉伸出自己的手，女子的目光瞄了一眼，很快就又挪開了。「永遠的姊妹。」女子喃喃自語地說。

看到她母親沮喪的模樣，女孩立刻爬進櫥櫃，和她們擠在一起。

薇莉等著女子開口，等著她說些什麼，什麼都好。然而，空氣裡只有沉默，薇莉突然覺得自己是否完全搞錯了。這不是貝琪——只是一個傷痕累累、迷了路、企圖在風雪中尋求安全的陌生人。薇莉突然覺得自己好傻。經過了這麼多年，她已經忘記了如何抱持希望、如何了解為什麼。這實在太痛苦了。於是，她把手縮了回來。

終於，女子開口了。「我已經忘記你的模樣了。我是說，如果我緊緊閉上眼睛的話，我也看不到什麼回憶。」

貝琪抬起頭看著薇莉，她的眼睛裡閃爍著淚光，然後，她淡淡地笑了，這就是她。薇莉記憶中的貝琪。

「我以為你死了，」薇莉說，「我們都這麼以為，除了你母親。她從來沒有放棄找你。」

貝琪擦了擦眼睛。「我以為她死了。他告訴我說她死了。他說再也沒有人在找我，沒有人在乎。」

「我們都在乎，每個人都在乎。」薇莉向她保證。「桑托斯探員盡了她一切的力量，企圖要讓傑克森．亨雷被定罪。」

「傑克森？」貝琪的額頭因為困惑而緊皺。

薇莉點點頭。「對，傑克森．亨雷。只是，沒有足夠的證據證明他和我家人的死以及你的失蹤有關，因此，他們沒有辦法逮捕他。他們找不到他用的那把槍，也找不到我哥哥失蹤的卡車。他們找不到你。不過，別擔心。他現在被抓到了。我把他鎖在了工具棚裡。他再也不能傷害你了。」

43

薇莉和她母親坐在櫥櫃裡，低聲地在說話。她擠在她們之間的縫隙，將她的頭靠在她母親的腿上。不想被遺忘的塔斯也躺在打開的櫥櫃門前面。

薇莉不停地在說話，她母親和女孩也一直在傾聽。她告訴她們關於她和她母親小時候的事。她聊著學校和留宿的事，以及有著蛋糕、冰淇淋和氣球的生日派對，還有那些在游泳池度過的午後時光。女孩甚至不知道世界上居然還有這樣的事情。

薇莉和她母親以前就認識彼此了。在她父親出現之前，在有地下室之前，在她出生之前。

薇莉也談到了她在十二歲的時候，是如何搬到很遠的地方去，然後變成了作家，早婚，還有一個名叫塞斯的孩子。「我從來都沒想過我會結婚，」薇莉說，「或者會有孩子。」她看了女孩一眼，又說，「在發生了那樣的事之後，我以為我不值得擁有這些。不過，我很想我兒子。我很想念塞斯。」

薇莉從櫥櫃裡爬出來，一會兒之後，又帶著一張照片回來了。「這是塞斯，我兒子。」

女孩想要知道她是什麼意思。想要知道薇莉做了什麼壞事，導致她不值得擁有一個好丈夫和一個深色的雙眼裡帶著笑意、臉上還有兩個深酒窩的兒子，不過，她不希望薇莉停下來。她喜歡她的聲音，她想要多聽一些。

有好一段時間，她母親都沒有出聲。她只是聽著，不時搓揉著女孩的頭。女孩感到胸口有一股說不出來的痛。那不是悲傷或憤怒，而更像是希望。

「我以為如果我把一切都寫下來的話，」薇莉說，「也許，我就可以往前邁進。過我的生活，當一個好母親。然而，我卻躲在這裡，試著要寫一本關於發生了什麼的書，但是卻又不想要面對它。」

女孩的眼睛越來越沉重。她現在很暖和、很安全，也和她母親在一起。一切都很好。如果她想的話，她現在就可以睡著，一切都不會有事的。

「你母親還在雜貨店工作。」薇莉的話讓女孩睜開了眼睛。她母親發出了一個細微的聲音。她母親很少提到自己曾經有過媽媽的事，因為那會讓她很傷心。

「我回到這裡之後還沒有和她說過話。」薇莉繼續說，「我太懦弱了。我沒有和任何人說過話。」

她母親眼睛底下的淚水沿著臉頰滑落到女孩的臉上，不過，女孩並沒有動。

最後，她母親說話了。「他告訴我她死了。他說你們都死了——你家人、你的狗——還說那都是我的錯。可是，我溜出了地下室，打電話給我母親。而她也接了電話。我母親。她沒有死。但我什麼都說不出口。我只是把電話掛斷了。」她母親擦拭著眼睛。「你的父母呢？你哥哥呢？」

「嗯，」薇莉回答，「他殺了他們。」

她母親的肩膀重重地往下垂落。「我想也是。」她小聲地說，「他把我抓進你哥哥的卡車裡，告訴我說他也會殺了我。」

「我父母那天晚上一定是去了那條碎石路，把伊森的卡車開回家了。」薇莉自言自語地說。

「這些年來，他把那輛卡車藏在他的車庫裡，」貝琪又說，「就是我們潛逃時開的那輛。他把車漆成了黑色，不過，我知道那是伊森的車。我們得離開那裡。我不知道要怎麼開車，不過，那是我們唯一的選擇。雖然風雪那麼大，路上又結冰了──」她懊悔地搖搖頭。「──我沒有辦法讓車子保持在路面上。我失去了控制，然後撞車了。我真的很抱歉。」

薇莉拾起她母親的手，將它輕輕地握在自己手裡。她們就那樣坐了很久，等待著。等待什麼？等著棚舍裡的那個男人來找她們，還是等著別人出現？

無所謂。這是長久以來第一次，女孩覺得一切可能都會沒事的。

44

現今

一陣敲門聲響起，薇莉和貝琪立刻安靜下來。女孩焦慮地抬頭看著她們。

「拜託你不要應門，」貝琪哀求地說，「求求你。是他——他有很多朋友。他總是告訴我們說，不管我們跑多遠，他都有辦法把我們抓回去。」

「你們很安全。我把他鎖在了棚舍裡。我想，我應該去應門。」薇莉說著站起來。「我知道你很害怕，不過，我們需要讓警察來這裡，而且，我們也需要送你去醫院。我們不能再等下去了。我們需要離開。」

更多的敲門聲傳來。「嘿，」有人在外面喊，「裡面沒事吧？」

「是他，」貝琪說著把女兒抱近，遠遠地退到櫥櫃的最深處。「他來抓我們了。」

「待在這裡，我去看看。」薇莉說。

「不，不，不要離開我們。」貝琪哀求她。

「我哪裡也不會去的。等一下。」薇莉走到前面的窗戶，撥開窗簾。「又是藍迪・卡特。」她鬆了一口氣地放下窗簾。「他稍早來過。他說他會再回來。他可以幫我們。」

「不，是他。」貝琪低聲地說，「就是他。是藍迪。」

「藍迪．卡特？」薇莉困惑地問。「不可能。我告訴過你，是傑克森．亨雷。他們只找到了一塊沾有你血跡的布。但是，那並不夠。」

「血跡？」貝琪問，「什麼血跡？」

「一條搜救犬在亨雷家的腹地附近發現了一塊破布，上面沾有你的血跡，但是那不足以成為證據。不過，別擔心，他再也不能傷害你了。」

「我知道是誰抓了我，」貝琪堅持地說，她聲音裡的恐慌在升高。「喬西，是藍迪．卡特。」

薇莉靜默了一會兒。這些年來，沒有人叫過她喬西。「可是，應該是傑克森才對。」薇莉說。她祖父母在謀殺發生之後幾天，曾經告訴她說傑克森．亨雷因為持有槍械遭到逮捕。她在為這本書蒐集資料的時候也確認過這點。他在被捕的時候嚴重燒傷，還在梅德因燒傷醫院待了好幾個月，當他恢復之後，他就被送往安納莫沙的男子監獄服刑了十八個月。

「那個抓了你的人，他的身體有很大片的燒傷，對嗎？他的腿、手臂和脖子？」薇莉問著，她依然不願意放棄綁架貝琪的人就是傑克森的想法。

「不，」貝琪搖搖頭。「你得聽我的話。是藍迪．卡特。」她看著薇莉，眼睛裡充滿恐懼。「他現在就在外面。我認得他。我認得他的聲音，該死，過去二十年裡，我幾乎每天都聽到那個聲音。」薇莉凝視著貝琪，然後看著小女孩尋求確認。女孩點了點頭。

「天哪。」薇莉吸了一口氣。藍迪・卡特？這說不通。

「哈囉，」藍迪又喊著，「我出來要看看你的情況，然後就看到一個人在屋子附近鬼鬼祟祟的。」

傑克森・亨雷。噢，天啊，她把他鎖在了工具棚裡。她怎麼會錯判了他？怎麼所有人都錯得這麼離譜？

「也許他會走開。」薇莉小聲地說。

「他不會的。」貝琪呆呆地說，「他絕對不會放過我們的。」

「嘿，你讓我覺得緊張了，」藍迪繼續說道，「我很擔心你。我要進來了，可以嗎？」門把震動了一下，貝琪立刻小聲地尖叫出來。

薇莉摸了摸大衣口袋裡的槍。她的槍不在那裡。她掃視著地板，在沙發靠墊上搜尋著。她的槍在哪裡？沒有槍的話，她們就死定了。

她們必須找什麼東西來武裝自己。薇莉想到放在櫥櫃上面的刀子和斧頭。她把它們從頭頂上方抓下來，將刀子塞進貝琪的手裡。「我們現在只有這些。」她說。

然後，她告訴小女孩：「如果我叫你跑的話，你就跑出去，到穀倉躲起來。那裡面很冷，不過會有很多藏身的地方。等到安全的時候，我會去找你。」

女孩面色蒼白地點點頭。薇莉給了她們每人一把手電筒。「不要打開，除非真的必要。我們不想讓他知道我們在哪裡。」

薇莉踮著腳尖把房間裡的每支手電筒都關掉，直到只剩下火爐裡的火光。她一邊在想自己是否剛剛決定了她們的命運，一邊把水澆在爐火上。爐火發出了嘶嘶的聲音，房間瞬間就陷入了一片漆黑。

她看了看手錶。還有一個小時黎明才會到來。

「不會有事的。」薇莉小聲地說。對於她的安慰，貝琪表示：「我跑不動。我會跟不上你們。求求你，只要顧好我女兒就好。」

「我會顧好你們兩個的。」薇莉抓著貝琪的手，向她保證。

「我們該怎麼辦？」貝琪問。

「我們得分開來。躲在不同的地方。記得我以前的臥室裡有一個小空間可以爬進去嗎？」薇莉問貝琪。「你帶她到那裡去躲起來。他很難找到你們的。我會躲在樓下。如果他破門而入的話，我也準備好了。」

「塔斯呢？」女孩問。

「牠不會有事的。」薇莉向她保證。牠已經穩妥地趴在了牠的狗床上。她認為塔斯不會洩露出她躲藏的位置，並且考慮把牠鎖在浴室裡，不過，她很快地就否決了這個想法。也許，如果真的發生什麼事的話，塔斯會挺身保護她。「還有，記得不要打開手電筒。」薇莉在貝琪和女孩匆忙上樓時小聲地吩咐。

她試著想出最好的藏身之處。如果藍迪闖進屋裡的話，薇莉需要很快地做出反應。但願她有時間去找她的槍，但是，她不敢冒險打開手電筒，以免洩露了自己的方位。

終於，薇莉帶著斧頭坐到沙發後面的地上等待著。在這裡，她可以聽得到藍迪進門的聲音。她會知道他在哪裡；而他卻不會知道她在哪裡。

空氣冷得刺骨，四周一片安靜。火爐裡的火焰已經熄滅；屋外的風也平息了。薇莉希望傑克森．亨雷平安無事，不會凍死在工具棚裡。她犯了一個大錯，完全誤會了他。空氣裡的沉靜彷彿蠶繭一般地將她包圍了起來。

時間一分一秒過去。薇莉在腦子裡數著秒數。也許藍迪已經放棄離開了。他無法在屋外停留太久。畢竟，外面是那麼的天寒地凍。不過，薇莉很快地拋開了這個想法。如果藍迪．卡特是那個殺了她家人、又綁架了貝琪的人，那麼，他就會不惜一切代價闖進來。貝琪說的沒錯。他不會罷手的。

她怎麼會沒有發現呢？藍迪．卡特對她開了槍，把她追進玉米田裡，跟蹤她，而薇莉卻一直不知道那個人是誰。她曾經懷疑過她自己的哥哥——認為他有能耐殘殺他們的父母。我當時才十二歲，薇莉提醒自己。然而，憤怒和罪惡感依舊衝擊著她。

隨著時間過去，房間裡也越來越冷。她的手指僵硬，她只能鬆開斧頭，搓揉著雙手，企圖讓它們溫暖起來。

薇莉側著耳朵。她聽到了什麼嗎？一道輕微的腳步聲？

她等待著，看看那個聲音是否會再響起，當聲音沒有出現的時候，她鬆了一口氣。

驀然，一個恐怖的想法落在薇莉的腦子裡。後門那個破掉的窗戶。他可以輕易地就拆掉覆蓋在上面的紙板，然後把手伸進來開鎖。

在薇莉聽到或看到藍迪之前，她感覺到了藍迪的存在。她在沙發後面的位置保持不動，手指緊緊地握住斧頭的把柄。她屏住呼吸，她知道他距離她只有幾步了。

一道輕輕的喀噠聲響起，突然之間，房間裡出現了一道鬼魅般的光線。

「喬西、貝琪，」藍迪像唱歌似地叫喚著，「我知道你們在這裡。」

薇莉用手指壓住自己的嘴，忍住即將衝出喉嚨的尖叫。

他的影子匍匐在牆壁上。他越來越靠近了。「出來吧，」他大聲喊著，「你們真的以為我會讓你們離開嗎？你們應該很清楚。你們是我的。」

緊接著，他已經站在她頭頂上方俯視著她。他舉起了獵槍，直指薇莉的頭。「還有你，」他粗暴地說，「真希望我上次就這麼做了。」說著，他扣下了扳機。

什麼也沒有發生。他低頭困惑地看著自己的武器，薇莉抓住機會從地上跳起來，揮動手中的斧頭。她擊中了他的肩膀，他身上厚重的大衣首當其衝地承受了這股力道。他因此失去平衡，獵槍也從手裡掉落，撞到了地板上。

斧頭從薇莉的手指之間滑落，滾過地板，滑出了她的視線範圍。就在藍迪和薇莉爭相要找回武器時，樓梯上傳來了如雷般的腳步聲，貝琪突然出現在手電筒的光束底下。她撲向那把獵槍，撿了起來，瞄準在地上扭成一團的薇莉和藍迪。

「住手，」貝琪尖叫，「住手！」藍迪放開了薇莉，兩人搖搖晃晃地站了起來。

「快跑，」薇莉對小女孩說，「跑去躲起來。現在立刻就去。」

女孩完全沒有動。

「快走。」薇莉說。

女孩抗拒地搖搖頭。薇莉和貝琪交換了一個眼神。「快跑，」貝琪說，「快走。」

「槍膛卡住了，」藍迪自信地說，「就算你扣下扳機，也不會有什麼作用。」

「你不會知道的。」在貝琪依舊把獵槍對準藍迪之下，薇莉一邊說，一邊慢慢地向女孩靠近。薇莉把女孩拉進懷裡，將她抱了起來，然後打開前門。當薇莉把女孩放在前廊上的時候，塔斯溜過她們身邊，跑了出去。「照我告訴你的去做，快點。跑去躲起來。不會有事的，我保證。」薇莉關上門，希望女孩會跑到穀倉，找到掩護。

貝琪的槍口依然指著藍迪．卡特，後者正在一吋一吋地逼近她。「不要動。」貝琪命令的口吻讓藍迪停下了腳步。

薇莉怎麼都想不通發生了什麼事。這麼多年以來，真相一直都讓她難以平靜。因為她知道傑克森．亨雷殺了她的家人、抓走了貝琪，但是卻沒有被定罪。然而現在，真正的兇手就站在她面前。薇莉記起了謀殺發生的隔天，藍迪．卡特曾經走進穀倉。也記起了當時蒙在她胸口的那股恐懼。

「把槍給我，貝琪，」藍迪低聲而輕柔地說著，「我知道你不想要傷害我。我愛你。」

貝琪的手顫抖得太厲害，她幾乎就要握不住那把獵槍。

「把槍給我，」薇莉說，「我可以做得到。」

「不要聽她的，貝琪。」藍迪說，「這麼久以來是誰在照顧你？誰給了你一個孩子？是我。你身邊沒有其他人。只有我。甚至沒有人在乎你不見了。」

貝琪的臉垮了下來。她放棄了。薇莉心想。她就要把槍給他了。

「不要聽他的話，貝琪。」薇莉怒斥道，「他不愛你。他殺了我父母和我哥哥。他對我開槍。他偷走了你。每個人都在找你。全鎮的人都在找你。找了好多年。你媽媽從來都沒有放棄。從來沒有。」

「貝琪，親愛的。」藍迪說著，朝著她走近一小步。

貝琪扣下了扳機。藍迪身後的牆壁突然爆裂，一堆石膏碎片瞬間飛散在空氣裡。貝琪再度扣下扳機，這次擊中了天花板。藍迪和薇莉各自用手擋著不停掉落的瓦礫。貝琪一次一次地扣著扳機，直到槍膛裡再也沒有子彈。

45

薇莉關上門之後，女孩立刻站起來，開始用力地拍打前門。她試了試門把。鎖上了。冷風啃噬著她暴露在衣服外面的皮膚。「媽媽，」她大聲喊著，繼續拍打著門。「媽媽，讓我進去。」

寒意滲入了她的體內。她想要回到她的小房間，那裡有她的床、她的書，還有她的電視和她的小窗戶。可是，她更想要她的母親。

她們在屋子裡的喊叫聲讓女孩閉緊了雙眼。然後，她聽到了槍聲。每一次槍聲響起都讓她忍不住大叫出聲。

女孩才剛認識薇莉不久，卻感覺好像已經認識了她很久。她信任她嗎？她不知道。她感覺到有東西在頂著她的膝蓋。只見塔斯那雙琥珀色的眼睛正在看著她。

薇莉告訴她要躲起來。她會躲起來的。

她跑向穀倉，塔斯也跟在她身邊。她試著不去想她母親和她父親就在她身後的房子裡，也不去想她聽到的那些槍聲。薇莉叫她要跑。她就會跑。她的臉龐和手指在冰天雪地裡凍得發痛，每跑幾碼，她就會跌倒在及腰的雪堆裡，不過，她依然往前奔跑。

她鑽進了穀倉裡，塔斯也緊跟在她的身後，她環顧著漆黑的空間，試圖要找到一個可以躲藏的地方。她看到了那道梯子和乾草棚，於是，她開始順著梯子往上爬。

46

現今

貝琪扔下獵槍，彷彿被獵槍燒燙了手指一樣，隨即退縮到一個角落裡。

藍迪和薇莉同時伸手抓住自己的武器。薇莉攫住了斧頭，藍迪則拿到了獵槍。他們各自揮舞著武器——等著對方率先發動第一擊。

「你殺了我父母。」薇莉的聲音抖得那麼厲害，她以為自己就要裂成一千個碎片了。「你毆打我哥哥，把他勒死，然後把他的屍體藏在穀倉裡。你企圖要陷害他，你還綁架了我最好的朋友。你開槍打了我。為什麼？我不明白。」

藍迪只是大笑。薇莉想要撲向他，想要把她的指甲插進他的眼睛裡，抓毀他臉上那抹自鳴得意、高高在上的表情。

「我們要離開，」薇莉說完，轉而對著藍迪說道：「如果你讓我們走的話，我們就不會傷害你。」

藍迪轉向薇莉。她準備好了。她不會束手就擒的。她想到了塞斯，想到了貝琪，還有那個小女孩。她還有很多活下來的理由。

她揮出斧頭，不過卻只擊偏了藍迪的肩膀。他企圖要從薇莉手中抽走武器，但她把斧頭緊緊握在了手裡。他一鬆開手，薇莉立刻踉蹌地往後退，甚至在摔倒的時候撞到了頭。她暈眩地試著要從地上站起來。

她準備要再度攻擊，然而，他卻越過她走向貝琪。

薇莉再次把斧頭揮向他，不過卻撲空擊中那落堆在地上的木柴，導致木柴在地板上四散開來。藍迪站在貝琪面前，一把抓起蜷縮的貝琪往她身後的牆壁撞去。她立刻就癱倒在了他的腳邊。

薇莉跳到藍迪身上，卻被他重重地甩到地上。

薇莉呻吟著讓自己蜷成胎兒的姿勢，企圖要保護自己的頭部免於遭到攻擊。她可以聽到藍迪站在她頭頂上方的喘息聲，他正在決定接下來要怎麼做。

他彎下身，蹲在她旁邊。「放輕鬆，」他低聲地說，「很快就會結束了。」語畢，他揪住她的一撮頭髮，抓起她的頭朝地面撞去。一片星星瞬間在她眼前炸開，她感到了一陣灼熱的劇痛。

薇莉覺得整個世界都在往後退去，四周變得一片漆黑。

幾分鐘過去了，也許是幾個小時。薇莉強迫自己回到現實。那就像在一灘柏油中游泳，但是她知道，如果她不保持清醒的話，她就會死掉。貝琪和小女孩也會死掉。

疼痛從她的頭骨輻射而出。薇莉吞下已經爬到喉嚨的嘔吐感，聚焦在保持呼吸的平緩和均勻。她不需要假裝死掉，只需要假裝失去意識就可以了。等到她弄清自己的處境，她就可以回擊了。

薇莉希望小女孩已經跑到穀倉，找到了一個藏身之處，這樣，薇莉只要等待時機來臨就好。等待採取行動的時機，薇莉心想。等待從地上站起身來還擊。

薇莉聽到腳步聲，隨即感覺到藍迪就站在她旁邊。

他俯身看著她，薇莉可以感覺到他呼吸的熱氣噴在她的臉上。她試著不要在他吐出的臭氣下皺眉。他的氣息裡有一股大蒜、洋蔥和一種不知名的味道。恐懼，薇莉認出那是恐懼的味道。藍迪在害怕。他完美創造的那個世界已經被打亂了。貝琪和女孩差點就逃出來了。

貝琪想要給她女兒的東西，現在，薇莉是唯一可以幫到她們的人。自由。

藍迪把雙臂插到薇莉的腋下，開始將她拖過地板。當他停下來開門的時候，強烈的冷空氣讓薇莉幾乎倒抽了一口氣，不過，她努力地讓自己保持不動。他將她拉下前門的台階，隨即又停了下來。

薇莉知道他在想什麼。他打算讓她在屋外凍死。他不想要再浪費時間在她身上。他要那個女孩。貝琪在哪裡？傑克森·亨雷在哪裡？藍迪殺了他們嗎？薇莉才剛找到她的朋友，卻又要失去她了嗎？

藍迪放開她的雙臂，一把將她扛過肩膀，就像扛著一個嬰兒一樣。她讓自己的頭無力地靠在他的脖子上，企圖盡可能地接觸到他任何裸露出來的身體部位。DNA，她一直在想。她要盡量多蒐集毛髮、汗水和細胞。

藍迪把她扔到地上，並且讓她的臉首先著地，臉部撞擊到地面的疼痛讓她差點就叫了出來。他走到她旁邊，俯身調整著她的頭，讓剛才被他扯去撞擊地面的那半邊臉朝下。冰冷的地面為她不停脹痛的頭帶來了極大的安慰。

薇莉不知道他站在那裡俯視了她多久，不過，感覺就像是永無止境一樣。

薇莉繼續保持不動，最後，藍迪終於從她身邊走開，他厚重的靴子踩在硬邦邦的積雪上發出了清脆的聲響。現在，他要去找那個女孩了。一直等到穀倉的門傳來吱呀的開門聲，她才膽敢移動。薇莉的頭重得像鉛塊一樣。當她跌跌撞撞地從地上爬起來時，她低頭看著自己留下的印記——一個凹陷在雪地上的人形，一個血淋淋的人形。

她搖晃著走向穀倉，希望自己不會摔倒。她得要找到一個辦法制伏藍迪，然而，整個世界卻不停地在傾斜。當她的手終於碰到穀倉粗糙的大門時，薇莉彎身吐了出來。她擔心藍迪會聽到她嘔吐的聲音，因此只能緊貼在穀倉側面，希望自己的胃能夠停止翻騰，世界也能停止旋轉。她只有一個機會可以挽救局面。

她從穀倉門上的縫隙往裡偷看，掃視著黑暗的穀倉內部，尋找著女孩或者藍迪的蹤影。暴風雪已經停止了。風勢終於冷靜了下來，夜色也開始逐漸褪去。很快就會天亮了。她要進去面對他嗎？還是應該要等到他把女孩帶出來？不，那太冒險了。如果她要採取行動的話，那就一定得是現在。

薇莉蹲下來，溜進了穀倉，小心翼翼地不要碰到可能吱吱作響的穀倉門，以免藍迪警覺到她的存在。從她所在的位置放眼望去，她無法看到他，不過，她聽得到他笨重的腳步聲，以及他在那堆箱子後面翻箱倒櫃尋找女孩時發出的喘氣聲。

薇莉蹲在她那輛野馬的車尾，四下張望著尋找武器。穀倉牆壁的掛鉤上吊了幾個看起來足以致命的工具——草耙、沉重的鏟子，還有耙地的叉子。每一件的把手都很長，揮動起來也可能過於笨重。最後，她的目光落在了一把末端呈現尖銳V形的鋤頭。就長度來說，足以把藍迪擋在手臂可以抓得到她的距離之外，而又不至於重到薇莉無法揮動。為了要拿到那把鋤頭，薇莉必須要從車子後面走出來，那可能就會被藍迪看到。她只能加快動作，靈光一點。

在她來得及移動之前，藍迪出現了。他抬起頭看向乾草棚。薇莉的心一沉。如果女孩就躲在那裡的話，那麼，她顯然已經淪為了甕中之鱉。要上去到那裡只有一個方法，下來也一樣。薇莉無助地看著藍迪爬上通往乾草棚的梯子。她只能暗自祈禱那個脆弱的梯子會因為他的重量而斷掉，讓他摔落到地上，然而，梯子顯然足夠堅固。

薇莉做了一個深呼吸，隨即衝向穀倉牆壁，伸手去拿那把鋤頭。掛鉤上的那些園藝工具立刻碰撞在一起，彷彿一排風鈴一樣。她半期待著他會走下梯子，但是，他只是繼續往上爬。

天啊，但願她的槍就在身上。

薇莉匆匆走向梯子。她可以聽到她的上方傳來藍迪在乾草堆裡走過的嗖嗖聲。「出來吧，小不點，」他故作和善地說，「到爸爸這裡來。我是來幫你的。我現在要帶你和你媽媽回家。你不會相信有什麼在等著你。那是一個驚喜，不過，我有一隻小狗要給你。你不想回家看看那隻小狗嗎？」

薇莉手裡拿著鋤頭，把腳踏在梯子的最下面一階，再伸手抓住她頭頂上的另一階，不過，她猶豫了。

只有一個方式可以上去，也只有一個方式可以下來，薇莉再次想了一下。薇莉開始往上爬，試著不要發出聲音，不過，她的靴子在老舊的階梯上發出了磨擦的聲響，她粗糙的呼吸聲也噴在了眼前的階梯上。

就在她接近頂端時，薇莉瞄著上方的平台，預期會看到藍迪正站在那裡等著她。不過，他並沒有向她的方向看過來，只是繼續踢著腳下厚厚的稻草。他井然有序地挪動著腳步，彷彿走在一個犯罪現場的九宮格裡。

薇莉爬上平台的邊緣，將鋤頭高舉在肩膀上，彷彿握著一把棒球棍一樣，躡手躡腳地慢慢走到他身後。就在她即將揮動鋤頭時，藍迪的腳趾碰到了某個紮實的東西。只聽見稻草堆裡傳來一聲吸氣聲，緊接著就看到女孩從稻草堆裡爬了出來。

「你在這裡，」藍迪用一種父親的語氣說道，「你媽媽把你的頭髮怎麼了？你們兩個企圖要從我身邊逃跑嗎？你應該很清楚才對。是時候回家了，親愛的。」

女孩的短髮上沾著幾根稻草，她的目光在她父親和他身後的薇莉之間來回移動。薇莉把一根手指放在嘴唇上，揮了揮手，彷彿在告訴女孩閃開。

女孩慢慢地往後挪動，拉開了她和藍迪之間的距離，直到她撞上穀倉尖頂底下那道寬闊的牆面為止。乾草棚的門就在那裡，只要拉開鎖，門就會往外彈開。而那道鎖事實上也只是一個簡易的滑動鎖而已。

「我知道你在我後面，」藍迪說著，連頭都懶得回。他完全不怕。薇莉只不過是一個小麻煩，一隻他輕易就可以揮走的小蟲。「你確實很麻煩。這點，我必須要讚美你。你一直都是一個倖存者。」

纏繞在她胸口的憤怒開始加劇。薇莉想要粉碎他的頭骨，想要感受金屬擊中骨頭的震動感，想要讓他哭喊著求饒，就像她想像中她的家人那樣、像貝琪那樣，然而，她必須選擇對的時機。因此，她把注意力轉移到小女孩身上。

「站起來，」她對女孩說，「我要你爬下樓梯。等你下去之後，立刻到屋子去，把門鎖上。確定你媽媽沒事。」女孩抬起頭，臉上寫滿了恐懼。「別擔心，我很快就會過去。我保證。」女孩緩緩地站了起來。

「不要動。」藍迪阻止她，女孩立刻僵在原地。他轉過身面對薇莉。

薇莉知道藍迪一定認為她會把鋤頭舉高揮出——瞄準他的頭。不過，她卻將視線放低。

「快走！」薇莉在大喊一聲之下揮動了鋤頭。鋤頭的金屬棍在一陣嘶嘶聲中劃破空氣，砍中了藍迪的膝蓋。他大叫一聲，雙腿彎曲地倒在地上。

薇莉感覺到女孩衝過她的身邊，不過，她知道她的任務還沒結束。只要藍迪還在動，她和女孩就依然處在險境。

「傑克森．亨雷一直以來都是無辜的？」薇莉說著，企圖不要讓他的注意力集中在女孩身上。「這麼多年來，每個人都說他是個怪物，然而，你才是那個兇手。你才是。」

藍迪聳聳肩，蹣跚地站起來。「你們兩個剛好出現在他家的土地上，而那隻狗又發現了沾了貝琪血跡的那塊布，這些巧合還真令人高興。還真是完美。」

「可是，你有家庭，你有妻子和兒子。你把她藏在哪裡？這麼多年來，你是怎麼把她藏起來的？」薇莉搖搖頭。「你能逃過眾人的目光還真是奇蹟。」

藍迪嘲笑地說：「我的婚姻結束了，感謝上帝。我的兒子也恨我。我有很多時間去計畫和準備里奇特農場的老房子。我在那裡設置了養豬場，開始修建那幢房子和地下室。在每個人都把矛頭指向傑克森．亨雷之下，我當然就可以維持清白。」

「你這個變態，」薇莉不屑地說，「魔鬼加變態。現在，你打算把我們都殺了。把你最初的計畫做個結束。」

藍迪狡猾地笑了笑。「我只打算殺你和亨雷。警方會認為他是為了結束最初的計畫而殺了你，而傑克森，他也會失蹤的。我很擅長這個。讓人失蹤。」

薇莉想到如果她讓藍迪活著走出穀倉的話，貝琪和她女兒會發生什麼事。伴隨著喉嚨深處發出的一聲尖叫，她再度將鋤頭揮向藍迪。這回，她把鋤頭尖銳的頂端朝向前方，劃破他厚重的外套，刺進了他的肩膀。

藍迪發出痛苦的咆哮，一把抓住鋤頭的長柄，他們就那樣對峙了一會兒，彷彿在進行一場拔河比賽。不過，比賽並沒有維持太久。儘管肩膀受傷，藍迪依然比薇莉強壯高大，他很輕易地就把鋤頭從她手上奪走了。

在失去了她唯一的武器之下，薇莉知道自己必須離開這裡。女孩已經走了，但願她已經回到了屋裡。她瞄著乾草棚的門。小時候，薇莉和伊森常常抓著綁在那扇門上的繩索，像盪鞦韆般地從乾草棚上盪到底下的地面。她在腦子裡估算著自己和那扇門之間的距離，不到一秒鐘，她就知道自己絕無可能從藍迪面前跑過。她要出去唯一的辦法就是從梯子爬下去。

薇莉跌跌撞撞地跑向梯子，光滑的稻草讓她差點滑倒，不過，她試著讓自己踩在乾草棚的架子上。然後用顫抖的四肢爬下頂端的幾級階梯，隨即直接往下跳到穀倉的地上。她在一聲巨響中撞落在地面。藍迪就矗立在她頭頂上方的乾草棚上，她兒時那頭躲在陰影裡的怪物，現在正活生生地站在她的眼前。

穀倉門外是一片積雪的荒原。冰冷的絕望籠罩著她。過去，她救不了她的父母或者哥哥。然而現在，貝琪和她的女兒就在那裡。這是一個機會，讓她可以彌補那麼多年以前做不到的事情。

「放棄吧。」藍迪俯視著她，大聲地說。

薇莉搖晃地站起來。鮮血從她鬢邊的傷口流下來。她突然萌生一個想法。那輛野馬。那輛車就停在穀倉的另一端。薇莉開始跑向她的車。她靠在車上，環視著穀倉，搜尋著可以作為武器的東西。至少，她可以再進行攻擊，盡可能地讓藍迪失血。她在原地按兵不動，直到藍迪轉過身，開始爬下乾草棚的梯子，她才開始採取行動。她拉開野馬的車門，鑽進駕駛座，很快地把車門在身後關上。

她從褲子的口袋裡掏出車鑰匙，一邊緊盯著下樓中的藍迪。她從雜物箱裡拿出一支手電筒，把它放在自己旁邊。

她顫抖地要將鑰匙插進啟動孔，卻不慎讓鑰匙環從手中滑落。「該死。」她喃喃自語地將手探入座位之間，在慌張中不停地摸索，直到她的手指碰到了一個冰冷的金屬。薇莉深深吸了一口氣，企圖藉由意志力讓自己的手停止顫抖。她把鑰匙插進鑰匙孔，強迫自己等待。她必須等到一個完美的時機。她扣上安全帶，數到三，然後轉動鑰匙。她打開頭燈，引擎咆哮的聲音讓藍迪轉過頭來。

薇莉將車子打到駕駛檔，用力踩下油門。那輛野馬瞬間向前衝出。車子在加速中擦撞到割草機，金屬摩擦金屬的刺耳聲迴盪在她的耳際，撞擊的力道也讓野馬被推往右邊。薇莉立刻將方向盤打向左邊，讓車子回到正軌。

透過擋風玻璃，薇莉可以看到藍迪緊貼在梯子上，企圖決定要怎麼做。他多猶豫了一秒鐘。有那麼短暫的一瞬間，他們的目光交會，薇莉看到了藍迪眼裡的恐懼。

她想像著在他對她父母開槍、殺了他們之前，他們也曾經有過這樣的恐懼。當藍迪用他戴著手套的手勒住伊森的脖子、緊緊地掐住他時，伊森也有過同樣的恐懼。當他把貝琪從她家人身邊擄走，讓她遭受無法形容的經歷時，十三歲的貝琪也曾經有過這樣的恐懼。以及那個女孩在一個怪物的屋簷底下成長所感受到的恐懼。

薇莉把方向盤抓得更緊，準備好接受衝撞的力道。她的野馬撞在藍迪的腿上，讓他爆出了一聲尖叫。在藍迪摔落到引擎蓋上、彈到車頂之前，她所聽到的斷裂聲是來自於梯子還是藍迪的腿，這點，薇莉可以稍後再來弄清楚。

薇莉用力踩下煞車，不過已經太遲了。她撞上了穀倉的牆壁。木頭碎裂的聲音頓時充斥在她的耳邊，隨著一陣金屬嘎吱嘎吱的聲響以及玻璃破裂的聲音傳來，一堵白色的雪牆赫然出現在了她的眼前。

47

當薇莉告訴女孩快跑的時候，她爬下乾草棚的梯子，穿過穀倉，橫越院子，一路跑向屋子。塔斯正坐在門邊，看起來既冷又沮喪。一進入屋子，她立刻就關上門，把門鎖上。

她的心臟在胸口猛烈地跳動，她跑到起居室，她母親就站在那裡，手裡依然握著那把獵槍。

「媽媽？」她叫喚著。

「他們在哪裡？」她母親問。

「在穀倉裡，」女孩緊張地看著她母親。「薇莉說她會回來。可是，我想他會殺了她。」

「喬西，」她母親說，「她的名字叫做喬西。她是我最好的朋友。」

「喬西？」女孩困惑地問。她母親嚇到她了。

「去躲起來，親愛的，」她母親說，「我不會讓他傷害你。躲到一個沒有人能找到你的地方。」

「好，媽媽。」女孩回答。然而，她沒有躲起來，而是走到了房子後面的一扇窗戶前，從那裡，她可以看得到穀倉。「快點，快點。」她小聲地央求著薇莉——喬西——回來。如果她父親回來了，而薇莉沒有呢？她要怎麼做？她就只能聽他的話，他是她父親，但是，她知道他是壞人。

女孩聽到了一陣引擎轉動的聲音從穀倉的方向傳來，接著是木頭破裂的聲音，一輛車子同時從穀倉的牆壁裡衝出來，然後又急停了下來。木頭和碎片灑滿車頂，掉落到了地上。

女孩匆忙跑回起居室，蹲到地上，把手伸到沙發底下。她的手指掃過厚厚的灰塵，直到摸到了她想要找的東西，才重新站起身。薇莉需要她的幫助。

48

現今

薇莉在腦子裡檢視著自己的身體，看看有沒有任何受傷之處。她的胸口在安全帶的緊緊拉住下發痛，她知道明天她的脖子一定會劇烈痠痛，不過，除此之外，一切似乎都很完整。她睜開了眼睛。前擋風玻璃看起來就像一張錯綜複雜的蜘蛛網。她顯然把穀倉的牆給撞破了。

薇莉發出一道呻吟，解開安全帶，試了試駕駛座的車門，然而，車門被積雪堵住了。她爬過排檔桿，再試試乘客座的車門，車門立刻被推開，出現了一道足以讓她鑽出去的縫隙。薇莉覺得自己的雙腿軟綿綿的，彷彿橡膠一樣，她跨出野馬，踏進昏暗的夜色裡，此刻，即將滿月的月光是她唯一的光照來源。

車子的後半部還卡在穀倉裡，被她撞破的那個洞口，上方的木板正在搖晃中嘆息。在擔心穀倉其他部分有可能會坍塌之下，薇莉繞過瓦礫，和穀倉保持了一段安全的距離。她的第一個本能反應是趕快離開，先去確定女孩和貝琪平安無事。然而，在她離開穀倉、回到屋子之前，薇莉知道她必須先找到藍迪，確定他已經沒有行動能力，或者已經死了。

薇莉拖著沉重的腳步，踩過地上的碎片，回到了穀倉裡面。她環視著地面，尋找藍迪的蹤影。他應該就在附近，可是，除了地上的血跡之外，放眼望去並沒有看到藍迪。

薇莉背上的寒毛豎立。她無法想像有人可以在那樣的撞擊下生還。薇莉從一堆雜亂無章的工具裡拿起一把榔頭，跟著地上的那道血跡繞過一堆舊傢俱和殘破的農具。每轉過一個角落，她就屏住呼吸，期待藍迪就在那裡，準備好要向她撲過來。最終，她發現藍迪趴在地上，企圖靠著手臂爬過地面，他的右腳彎曲、沾滿血跡，毫無用處地在地上拖行。

「你無處可逃了，藍迪。」薇莉用他曾經對她發出的警告回敬給他。他轉頭看向聲音的來源，一股憎惡感立刻讓薇莉倒吸了一口氣。只見他的右臉撕裂，鼻子也歪成一個不自然的角度。

他張開嘴想要說話，但滿嘴的鮮血讓他只能發出咯咯的聲音。他的雙手扒住他身前的地面，試著要把身體往前拖，不過顯然力有未逮。

薇莉看著自己手中的榔頭。這會很容易的。只要一揮，一切就會結束了。對他們每個人來說就都結束了。她把榔頭舉過頭，全身疲憊的肌肉和痠痛的胸口立刻發出了抗議。小女孩和貝琪會從她們的劫持者手中獲得自由。她也會從那道陰影中得到解放，那是這麼多年以來，她一直試圖要戰勝的陰影，一道像鬼魅般籠罩了她這麼多年的陰影。

藍迪的呼吸很急促，他的臉在痛苦下緊繃，然而，當薇莉從他身上撥開乾草時，他看著薇莉的眼神卻依然很警覺。「她叫做什麼名字？」薇莉問，「貝琪的女兒，她叫什麼名字？」

藍迪瞇起眼睛看著她，他的嘴角揚起一絲不懷好意的笑容。薇莉轉身就要走開，但藍迪卻叫住了她，讓她停下了腳步。

「這件事的主角從頭到尾原本都應該是你，」藍迪的聲音雖然虛弱卻充滿嘲諷。「就只有你一個人。然而，你的家人卻礙手礙腳的，而貝琪跑得又沒你快。」

薇莉差點就吐了出來。她不只在關鍵時刻放開了她最好朋友的手，打從一開始，她就是目標受害人。

她試著要甩開這個想法。幾十年來，她一直都想要質問那個毀了她家的人。「在你殺了他們之後，你關掉冷氣。為什麼？你想要讓警方難以判斷他們死亡的時間嗎？不過，警方查出來了。你還企圖要讓每個人都以為兇手是我哥哥，」薇莉憤怒地說，「你用你的槍殺了我父母，當我哥哥對抗你的時候，你殺了他，然後拿走他的獵槍，用那把獵槍再次對我父母開槍，企圖要混淆警方。不過，警方也釐清了這點。你沒有你自己想像的聰明。」

「我想那還是奏效了，」藍迪喘著氣說，「沒有人把那個案子和我聯想在一起。我很小心，不過，我一直在監視你，」他的話讓薇莉僵住了，宛如一把利刃插在了她的胸口。「即便事情發生之後，我也還在監視你，而你從來都不知道。我想過要把你抓走，但是，你祖父母卻帶著你搬離了小鎮。真是太遺憾了。這原本會很有趣的。」

她轉過身，背對著他，不願意讓他得到他想要的反應。「我們要走了，警察會來找你的。」

「那就讓我們一起期待我會在他們到達之前先死掉吧，」藍迪輕笑地說，「反正，我們都知道我會被送到哪裡去。」

「直接下地獄去吧。」薇莉滿足地說。

就在她轉身要離開之際，藍迪的手從稻草下面豁然伸出，抓住了她的腳踝。薇莉失去平衡，摔倒在地上，一時難以呼吸。她渾身都感受到了疼痛。

她鬆懈了防備。薇莉一邊想，一邊試著要控制自己的呼吸。她企圖要爬出他伸手可及的範圍，但他咕噥了一聲，奮力抓住她的腰，開始將她拖向他。他的力氣超出了她的預期。她應該要知道他不會那麼輕易就放棄的。薇莉試著要反抗，然而，他的手卻像老虎鉗一樣毫不放鬆。她哪裡都去不了。

藍迪把薇莉翻轉過來，讓她仰躺在地上，再將她的雙臂固定在她的頭上。薇莉瞪著他那張殘破的臉。他怎麼沒死？她的車應該可以把他撞死的。薇莉在他的重量下不停地扭動。

「不。」她一次又一次地大喊。事情不能這樣結束。她掙開了一隻手，用手指耙過他沒有受傷的那半邊臉。他發出痛苦的嚎叫，但卻依然抓住了她的手腕，將她的手壓到地上。

「不！」薇莉持續地在尖叫。

「閉嘴。」藍迪喘著氣，開始把一撮稻草塞進薇莉張開的嘴裡。她試著要吐出來，然而，那些乾燥、扎人的乾草卻蓋住了她的臉頰，滑進她的喉嚨，立刻就阻斷了她的呼吸。她痛苦地亂踢，但壓在她身上的藍迪實在太重了。

她大可放棄掙扎，讓自己就這樣死掉。那樣，她就可以和她父母重聚了。她幾乎可以感覺到她父親的手就放在她的頭上，也可以聽到她母親的聲音。笑開一點。她祖父母也會在那裡。

該回家了，噓噓，她祖父會這麼說。她那向來堅毅的祖母也會認同地點點頭。還有伊森。她終於可以因為沒有相信伊森而向他道歉。沒關係，小妹，他會這麼說。我一直都相信你。藍迪的手已經圈住了她的喉嚨，正在掐緊她的脖子。要不了太久了。一顆顆的小光點在薇莉的臉上方浮動——幾乎就在伸手可及的距離。

然而，還有貝琪和她的女兒。在她意識混沌的同時，她看到了十二歲的貝琪留著一頭狂亂的黑色捲髮在微笑。她們需要她。她不能丟下她們不管。不能再次丟下她。

滿手的星星，貝琪小聲地說著，牽起了薇莉的手，薇莉的臉上瞬間綻放出笑容。

49

女孩知道自己不夠強壯到足以對抗她父親，她知道薇莉也不夠強壯，但是，如果你有一把槍的話，強壯與否就不重要了。她會把槍拿給薇莉，她會讓她父親不要再來打擾她們，讓他永遠離開。

雪已經停了，在她的手電筒燈光下，世界看起來十分神奇。有一部分的她想要停下腳步，凝視眼前這片美景，但是，她知道她必須繼續往前走。當女孩走到穀倉的時候，她可以聽到掙扎的聲音、四肢揮打的聲音，以及一種奇怪的喘息聲。除了她的手電筒發射出來的那一道狹窄的光束之外，穀倉裡一片漆黑。我不怕黑，女孩提醒自己。她顫抖著雙手，向喘息的聲音來源挪動，企圖尋找她父親的身影。雖然，他的臉蓋滿了鮮血，然而，女孩可以看到那些血跡底下的憤怒，那是她再熟悉不過的憤怒了。他正壓在薇莉身上，雙手掐住了她的脖子。

他要殺她。他向來都威脅著要殺掉她們，只不過他太常掛在嘴邊，以至於女孩早就不相信了。然而，他現在就在那裡，緊緊箍住了薇莉的脖子，讓她的臉都發紫了。

「放開她，爸爸。」女孩的聲音膽怯而微弱。他甚至沒有注意到她在那裡。「我是認真的。」這次，她的聲音大了一點，也多了一些自信。

這讓她父親往她的方向望去，不過，他並不害怕，反而還笑了。她立刻萌生起一股羞愧感。他從來都不把她的話當一回事。從來都不會。她往前衝，直到站在他身後。「我是說真的，放開她。」女孩說著，舉起了她在沙發底下找到的槍，那是薇莉稍早的時候從口袋裡掉出來的。

他的手往後一揮，直接甩了女孩一個巴掌，讓那把槍和手電筒雙雙掉落，滾過了穀倉地板。這個舉動讓他從薇莉的喉嚨上放開了一隻手，也讓薇莉有了反擊的機會。薇莉從藍迪身下掙脫出來，用雙手抓住她第一個觸摸到的東西，那把榔頭。

薇莉喘著氣，企圖跪起身，然後用盡全身僅剩的力氣揮動著榔頭，榔頭末端的釘錘瞬間擊中了藍迪的肩膀。他詛咒了一聲，撲向薇莉，再度將她壓在地面，雙手重新掐住了薇莉的脖子。

「爸爸。」小女孩依舊跌坐在穀倉地上。她已經撿回了她的手電筒，同時將光束直接照向他的眼睛，讓他不得不舉起一隻手擋住光線。

「滾開，」他說，「到後面去，然後閉上你的嘴。」

薇莉不再掙扎。不再反抗。

女孩放低手電筒，掃視著地面，很快就發現了那把槍。她父親迅速地眨了眨眼睛，伸手從薇莉癱軟的手中奪走了那把榔頭。「把眼睛閉上，小不點，」他說，「你不會想要看到這一幕的。」

他挺起身，將榔頭舉過頭頂，就在他準備揮出致命的一擊時，他感覺到冰冷的槍管就貼在他的後腦勺上。

女孩閉上眼睛，扣下了扳機。

50

現今

薇莉和女孩手牽著手，步履蹣跚地走向房子；她鬢邊的傷口正在抽痛。她覺得噁心、暈眩，她很確定自己一定是腦震盪了。女孩不斷地回頭望向穀倉，搜尋著她父親的身影。「別擔心，」薇莉說著捏了捏她的手。「他不會跟來的。」

她們跌跌撞撞地走進前門，赫然發現貝琪依舊坐在那裡，拿著那把子彈用盡的獵槍對著她們。

「貝琪，」薇莉警覺地說，「沒事了。結束了。」

「他告訴我說他四處都有朋友，如果我們企圖要逃走的話，他們會把我們抓回去。」她顫抖地說。

薇莉花了一點時間才明白貝琪在說什麼。「那是藍迪騙你的，」她說，「他說那些話是為了嚇你。他是自己一個人把你擄走的。沒有人幫他。藍迪是個怪物。他是唯一的怪物。現在，他已經死了。」

貝琪這才鬆開手中的槍。「他死了？」她幾乎透不過氣來地問。

「對，」薇莉說。她並沒有提及扣下扳機的是她的女兒。這些事以後多的是時間可以說。

「他再也沒有辦法傷害你們兩個了。我保證。」

貝琪緩緩地放下獵槍，開始哭泣。小女孩走向她。「沒事了，媽媽。」她低聲地說，「沒事了。」

薇莉拉開窗簾，如此一來，她們就可以看到外面。只見太陽已經開始升起了。

「我們得離開這裡，」薇莉說，「我們需要送你去醫院。我們已經沒有木柴了，天知道風雪是不是會再開始。」

「怎麼離開？」貝琪噙著淚水問。

「藍迪的卡車。我拿了他的鑰匙。」薇莉說著，把鑰匙從口袋裡掏出來。「他的輪胎上也許有雪鏈。」

「好，」貝琪小聲地回答，「那個被關在棚舍裡的人呢？」

傑克森．亨雷。她完全誤會了他──所有的人都是。那個可憐的傢伙遭到眾人指控，成了那宗滔天大罪的替罪羔羊，而他竟然是無辜的。雖然他並沒有因此而被送進監牢，然而，他所在的社區卻相信他就是兇手。傑克森也是受害者。

「我已經打開棚舍讓他出來了。我試著要解釋，不過，現在先不用擔心他。他沒事。」薇莉說，「你終於可以回家了──看你媽媽和爸爸，還有你的兄弟姊妹。」

「我不相信，」貝琪小心翼翼地坐到沙發上。「這似乎不像真的。」

薇莉把小女孩帶到廚房，「你還好嗎？」薇莉一邊問，一邊仔細地檢查女孩的衣服、手和臉——全都濺上了她父親的血。

女孩點點頭，她的眼睛看起來很空洞。薇莉擔心她也許驚嚇過度。

「一切都會沒事的，」薇莉說著，把女孩帶到水槽邊，把一瓶水倒在她沾滿血跡的雙手上。「我們現在都安全了。我們要離開這裡，他再也不能傷害你們了。」

女孩的下巴在顫抖。「我撿起了那把槍。我看到它從你的口袋裡掉出來。我知道我不應該碰它，但是，當你沒有回來時，我好害怕。然後，我看到有車子從穀倉的牆壁裡衝出來。我以為你死了。」她淚流滿面地說，「我不知道應該怎麼辦。所以，我就去找你了。」

「你當然不知道該怎麼辦。」薇莉輕輕地用一條濕布擦拭女孩的臉。

女孩臉上露出一絲微笑，隨即又消失了。「我對我爸爸開槍了。」女孩的聲音破了。「對不起。」

「你不得不開槍。」薇莉試著要讓她安心。「你救了我的命。你也救了你媽媽的命。謝謝你。」薇莉說著展開雙臂。女孩在遲疑了一會兒之後，投入了她的懷抱，薇莉緊緊地抱住她。她們在那裡站了很長一段時間，女孩的淚水浸濕了薇莉大衣的前襟。不過，薇莉並沒有流淚。還沒有。她會把眼淚留到以後。

薇莉抱著一堆大衣和帽子走進起居室。

她幫貝琪和女孩套上一層又一層的衣服，好讓她們在路上可以保持一定的溫暖。貝琪似乎處在一種發呆的狀態之中。也許是驚嚇吧。薇莉把毛線襪套在女孩的手上，再將絨線帽蓋過她的耳朵，然後把一條圍巾纏繞在她的脖子上，直到她只露出兩隻眼睛為止。

「你相信我嗎？」薇莉問。女孩點點頭。她們一起扶著貝琪走向門口，塔斯也跟在她們身後。「你準備好了嗎？」薇莉又問。

「嗯。」女孩的聲音被圍巾悶住。門外的風已經停止了，覆蓋著白雪的大地彷彿鑽石一樣地在閃耀。

「薇莉，」小女孩害羞地說，「我的名字叫做喬西。」語畢，她們一起踏進了薄薄的晨光裡。

十五個月後

圖書館，無論是州立還是市立圖書館，所有薇莉造訪過的圖書館都有一種令人安心的味道，而愛荷華州公共圖書館心靈之湖也不例外。那些破損程度各自不一的書籍、紙張、膠水和墨水——都散發著一股發霉和香草般、足以平息她內心焦慮的味道。

薇莉望著眼前五十名殷切期盼著她朗誦《意外的訪客》的群眾。在結束最終定稿之後一年，這本書終於問世，而薇莉也展開了她的全美巡迴講座，一吋吋地向波登前進。明天，她將會離開心靈之湖，駛過三十哩路，前往座落在她昔日故鄉的那間小圖書館。對此，薇莉感到很緊張。她已經超過一年沒有回來了。

在貝琪和喬西於風雪中逃跑、以及導致藍迪．卡特死亡的農舍事件發生之後，她們發現自己和這個愛荷華的小鎮都變成了聚光燈的焦點。薇莉在和執法單位談過、並且確保貝琪和喬西已經安全無虞地和她們的家人團聚之後，她回到了自己的家。回到了奧勒岡，回到了她兒子身邊。她有很多需要彌補的事，而她也把去年的每一分鐘都花在這上面。

在眾人面前演講，不管人多人少，從來都不是件容易的事，不過，圖書館和書店都竭盡全力地讓她感到自在，讓她感到賓至如歸，而這間圖書館也一樣。每張折疊椅上都坐滿了人，還有更多人靠著後面的牆而站。

當圖書館主任介紹薇莉的時候，她在群眾之中搜尋著塞斯，後者百般不願地同意加入她的巡迴之旅。已經十五歲的塞斯現在有一份暑假工讀的工作，還有一個男友。

薇莉理解他的不情願。「我想要讓你看看我長大的地方，」她告訴他，「我想要讓你看看我的故事發生的所在，以及我為什麼會是這個樣子。」

塞斯沉默地沒有應聲。「好吧，」他終於點頭。「不過，等道奇隊到波士頓比賽的時候，我們可以去看嗎？」

薇莉笑了。塞斯對棒球的熱愛就和她一樣。「那就這麼說定了。」她保證。

她看到他了，就坐在最後一排，埋首在手機上。他抬起頭，看見薇莉正在看著他，立刻報以他那魅力四射的笑容。過去這一年，他們經歷了很多。

在圖書館主任介紹完之後，房間裡響起禮貌的掌聲，薇莉在掌聲中走上講台。

「晚安，」她開始演講。「今晚，我很高興回到我家鄉所在的愛荷華州，在這裡和各位聊一聊。身為一名犯罪紀實作家，我很習慣撰寫別人的生活。我寫的故事是發生在那些尋常百姓身上難以想像的經歷。我寫下那些事件對家庭、對社區、對那些被遺留下來的人的影響。我也寫關於犯罪者的故事——試著探索他們的背景、他們的成長過程和他們的心理，企圖藉此理解他們為什麼會犯下他們所犯下的恐怖罪行。對我來說，《意外的訪客》是一個不同的企劃。因為它很私人。」

接著，薇莉開始朗讀她的書。她總是選擇開章的幾頁來唸。起初，十二歲的喬西・杜爾和她最好的朋友貝琪・艾倫朝著巨大的聲響跑去。要跑回屋子才對——因為她母親、父親和伊森就在那裡。只要回到家，她們就會很安全。然而，等到喬西和貝琪發現她們所犯下的錯誤時，一切已經太晚了。她們手牽著手，朝著聲音的反方向跑過漆黑的農院，跑向玉米田——那片高大多刺的森林才是她們通往安全的唯一入口。喬西確定自己聽到她們身後有一陣如雷的腳步聲追來，她轉過頭，企圖要看清是什麼在追趕她們。但是，什麼也沒有，沒有人在她們後面——只有籠罩在夜色陰影下的那幢房子。「快點。」喬西喘著氣，拉著貝琪的手催促她。她們在重重的喘息下繼續往前奔跑。她們就快到了。然而，貝琪卻跌跌撞撞地絆倒了。她的手在哭喊聲中從喬西的手裡滑落。她的雙腿發軟，跪倒在地上。

讀到這裡，薇莉的聲音總會破裂。每一次都是如此。這是她最大的悔恨——沒有把貝琪帶進玉米田、帶向安全。

薇莉抬起目光。兩名女子和一個小女孩走進了會議室。薇莉立刻認出了瑪歌・艾倫，貝琪的母親。自從貝琪逃出農舍、在醫院裡和她母親團聚之後，她就沒有再見到過瑪歌了。

當瑪歌被帶到貝琪、喬西和薇莉受到照護的醫院病房時，一開始，她並不相信那個孱弱憔悴、滿臉瘀青腫脹的女子是她的女兒。

薇莉覺得自己像是一個闖入者。在見到女兒回來以及發現自己還有一個孫女的震驚平息之後，瑪歌冷冷地看著薇莉。薇莉覺得瑪歌一直都沒有原諒她。貝琪在她家、在她父母的照顧下被人擄走，在她女兒失蹤的時候，薇莉卻逃過了一劫。

現在，貝琪和喬西就站在瑪歌旁邊。薇莉不禁結巴了。她沒有預期她們會出現在這裡。她沒有心理準備要在貝琪面前讀這些文字。她覺得這麼做似乎並不恰當。

然而，貝琪臉上鼓勵的笑容，讓薇莉忍住了淚水，繼續往下讀。「起來，起來。」喬西拉著貝琪的手臂央求她。「求求你。」她再次鼓起勇氣回頭看了一眼。在一絲月光短暫地照耀下，她看到一抹身影從穀倉後面走出來。喬西在恐懼之下，看著那個身影舉起手，瞄準了她。她放開貝琪的手臂，轉過身，開始奔跑。再往前一點——她幾乎就要到了。喬西在另一聲槍聲響起時衝進了玉米田裡。她的手臂燃起一陣灼熱的刺痛，讓她幾乎無法呼吸。不過，喬西沒有停下腳步，也沒有減緩速度，她持續地往前奔跑，任由溫熱的鮮血滴落在腳下的硬土上。

薇莉放下書本，看向全神貫注地回視著她的群眾。大部分的人現在都已經知道薇莉就是喬西．杜爾，而貝琪和她的女兒在遭人囚禁於地下室多年以後，也已經奇蹟式地生還了，不過，這依然是一個令人震驚的故事。

瑪歌．艾倫拿著一張衛生紙輕輕地擦拭著眼睛，喬西正在翻著她祖母的皮包，而貝琪則低頭看著地上。

隨著好幾隻手舉起，薇莉開始回答問題。你是什麼時候決定要變成一位作家的？為什麼選擇寫犯罪紀實？你為什麼決定要寫自己的故事？貝琪．艾倫對這本書有什麼看法？你和貝琪以及她女兒還有聯繫嗎？

「貝琪．艾倫和她女兒，」薇莉回答，「是我所認識最勇敢、最堅強的人。我希望這個世界能讓她們保有她們的隱私。」

「可是，你寫的書是關於她的悲劇。貝琪對此有什麼感覺？」一名女子在群眾裡發問。

在這本書付梓之前，薇莉曾經表示要把原稿寄給貝琪，好讓她可以過目，並且分享她的想法。薇莉明確地告訴她，如果她不希望這本書出版的話，薇莉會就此打住，取消這個企劃。

「我不需要看過，」貝琪當時表示。「我相信你。」

薇莉看向會議室後面，尋求最後的確認，而貝琪也給了她一個悲傷的微笑，同時點了點頭。

「貝琪同意我這麼做，」薇莉告訴聽眾。「我無法完成這本書——沒有她的祝福，我就不會讓這本書出版。這是我們的悲劇，我們兩個的。這麼多年以來，我們在不同的地方、以不同的方式承受著這個噩夢，但是，這是我們共同的噩夢。」薇莉強忍著淚水。「最後，我們從另外一端走了出來。能夠重新擁有我的朋友，我覺得很感恩。」

房間裡響起一陣掌聲。

一個小時以後，等到最後一本書的簽名完成、最後一張照片也拍完之後，薇莉向圖書館主任致過謝意，然後偕同塞斯一起走向出口，貝琪、喬西和瑪歌正在外面等著他們。

「我真不敢相信你居然還開車來這裡。」薇莉說。

「又不遠，而且我們想要給你一個驚喜。」貝琪笑著說。相較於薇莉上一次看到她，她現在看起來判若兩人。她臉上的腫脹和瘀青已經完全消失了，取而代之的是深深烙印在薇莉印象中的那個貝琪。那兩個酒窩和燦爛的笑容。不過，她身上的那些傷疤或多或少還是存在。

「嘿，薇莉。」喬西害羞地和她打招呼。喬西也不一樣了。她的短髮已經變成了一頭超過下巴的捲髮。身高也拉長了幾吋，原本單薄的身體也長出了一點肉。

「瞧瞧你，」薇莉說著，緊緊地摟住喬西。「你長高了一呎。還有你，」薇莉抓起貝琪的手。「你看起來真漂亮。」

貝琪和喬西看起來確實好多了，不過，她們的眼裡都還有著一絲戒備，那種不安的神情讓薇莉看了不禁想哭。不過，她很快地將目光轉到塞斯身上。「這是我兒子。過來，塞斯。」

「嗨，塞斯。」貝琪說，「很高興終於見到你了。」

「我也是。」塞斯點點頭。貝琪開始詢問塞斯關於他的暑假計畫，在此同時，瑪歌將薇莉拉到了一邊。

「貝琪和喬西把你為了幫助她們所做的一切都告訴我了，」瑪歌說著，捏了捏薇莉的手。「我知道我對你並不好……」

「沒關係的。」薇莉搖著頭說。「我了解——我真的了解。雖然，貝琪和喬西說我幫了她們，但是，她們也救了我。」

瑪歌的眼裡閃爍著淚光。「謝謝你。謝謝你把她們帶回到我身邊。」

薇莉不知道應該說什麼才好，因此，當貝琪開口打破這份尷尬時，她內心不由得充滿感激。「有人餓了嗎？」貝琪問，「角落那邊有一家燒烤的小酒吧。你們有空去吃點東西嗎？」她問薇莉。

薇莉看著塞斯，只見塞斯點了點頭。「我快餓死了。」他說。

一群人開始往前走，薇莉和貝琪走在眾人身後，看著塞斯對喬西和瑪歌敘述著他們在旅途中的種種趣事。

「我們的孩子都很棒。」貝琪說著仰起臉，迎向傍晚的陽光，享受著沐浴在陽光底下的感覺。薇莉也做著同樣的舉動。自從那場暴風雪之後，她就試著不再把那些看似微不足道的尋常時光視為理所當然。

「是啊，沒錯。」薇莉同意地說。她遲疑了一下，才提出一直很想問貝琪的一個問題。「你真的打算要留在波登嗎？不會很辛苦嗎？我就等不及要遠離這裡。」

貝琪搖搖頭。「我媽媽在這裡，還有我爸爸。我哥哥姊姊住得也不遠。我不能離開。我才剛回來。」

薇莉試著要理解。「讓喬西在一個每個人都知道發生了什麼事的地方長大，你難道不擔心嗎？她不會做噩夢嗎？你呢？我知道藍迪．卡特死了，不過，你和喬西可以到奧勒岡來和我們待在一起。」

薇莉說得越多，就越覺得這是個好主意。波登已經沒有什麼能給予貝琪和喬西的了——除了不好的回憶以外，什麼都沒有。「等你準備好的時候，你可以找一份工作，而且我家附近也有一所很棒的小學，喬西可以在那裡念書。你家人隨時都可以來看你。他們會理解的。他們怎麼可能會不理解？」

貝琪停下了腳步。「在那裡是很辛苦，不過，我想，到哪裡都很辛苦。你我都有噩夢。不只噩夢，」貝琪修正了一下。「我夢到我們又回到那裡，那個地下室。我甚至可以真的感覺到那片混凝土就在我的腳下，我可以聞到他的味道。而喬西，呃……我們倆都在接受諮商。這多少有些幫助。」當薇莉露出不甚相信的神情時，貝琪吸了一口氣，企圖要說服她。

「你在那裡失去了你父母和哥哥，在你小時候的家。我知道對你來說，要回去那裡寫那本書有多麼困難——但是，如果你沒有去那裡的話，喬西應該已經死了，我也是。或者，也許藍迪就會找到我們，把我們帶回家。」

「那不是你的家。」薇莉憤怒地打斷她。「那是監獄。」

「是的，」貝琪同意。「那是一個監獄。但是那裡有喬西陪著我。而且，也因為你，我才能幸運地重回我真正的家。那棟我長大的房子。一個讓我感到安全、讓我熱愛我生命每一天的地方。我現在睡在我的舊房間，在我的舊床上，而我媽媽的房間就在走廊上。」

「可是……」薇莉開口。

「自從藍迪．卡特抓走我的那天晚上起，那就是我唯一想要的事，」貝琪繼續說著。「回家。而現在，我和我的女兒回到家了。我知道事情不可能完美，我還有很長一段路要走，而喬西的路也許比我更長。但是，我們已經回家了，那對目前的我們來說就已經足夠了。」

貝琪拾起薇莉的手。「想想看。你所知道最安全的地方是哪裡？」

薇莉想要說她並沒有一個真正的家。那是藍迪．卡特從她生命中偷走的眾多東西之一。她依然常常會回頭看著身後。沒有什麼地方對她來說是安全的。

薇莉望著路邊，塞斯、喬西和瑪歌正在路邊的角落等待著她們。塞斯舉起了手，朝著她揮了揮。

於是，她想起來了。她兒子。不管她到哪裡，不管他們之間的距離有多遠，他都是她的北極星。他就是她的家。

薇莉笑著對他揮揮手，然後轉向貝琪。「一切真的都會沒事的，對嗎？」她問。她們站在那裡，看著塞斯、喬西和瑪歌在說說笑笑中叫喚著她們。「快點！」

「我想是的。」貝琪說，「不過，聽著，我知道你還在為我發生的事而自責。我看到你在讀那本書的那個段落時出現的反應。」

薇莉搖搖頭。她不想要再談這件事。

「不，等一下，」貝琪站到薇莉面前，讓她不得不看著她的眼睛。「有時候，放手是一件好事。有時候，你唯一能做的就是放手。」

薇莉咬著臉頰內側，試著不要哭出來，但是，淚水依然流了下來。

「那不是你的錯，」貝琪說，「是藍迪．卡特的錯——是他一個人的錯。放手吧，」貝琪懇求地說，「我從來都沒有怪過你，一次都沒有，所以，請你不要再責怪自己了。」

貝琪把薇莉的手握在自己手裡。「永遠的姊妹，不是嗎？」

「永遠的姊妹。」薇莉小聲地說。

感謝

即便這本書在新冠肺炎大流行期間寫了又寫、改了又改，然而，在這個過程中，我卻從未感到孤單，對此，我有很多人要感謝。

感謝我親愛的經紀人瑪莉安娜．梅若拉，在我的職涯中，她一直是很棒的智慧、友誼和支持的來源。也要感謝Brandt & Hochman Literary Agents Inc.，感謝他們替我所做的一切。

我要感謝我最喜愛的情節解惑夥伴暨編輯艾莉卡．依姆拉妮——我很喜歡我們的電話交流，我們總是可以透過電話討論那些棘手的情節重點——那一直都是一種冒險。出色的公關大師埃米爾．佛蘭德斯不倦不休地為我的書進行宣傳，對此，我深表感激。同時也要感謝Park Row、HarpeCollins和Harlequin的每一位，包括那些才華洋溢的市場部、銷售部、美術部門的工作人員，以及製作團隊，感謝你們以不計其數的方式支持我和我的書。

還有包括珍．奧斯普格、茉莉．魯戈、艾咪．菲德和里諾拉．文柯爾在內的幾位初期的讀者，感謝你們為《意外的訪客》提供了無價的寶貴意見。

此外，我要大大地感謝馬克．達斯、艾蜜莉．古登卡夫博士和約翰．康威，感謝他們的專業知識。每當我在法律、醫學和農場生活方面遇到問題需要指導時，我都可以仰賴他們的幫助。

我甜蜜的家人一直都是我最大的支柱。感謝我的父母，米爾頓和派崔夏·史密達，感謝我的兄弟姊妹。同時，一如既往地，謝謝你們，史考特、安妮 & RJ，以及葛蕾絲——我愛你們，沒有你們，就不會有這本書。

Storytella 156

意外的訪客

The Overnight Guest

意外的訪客/希瑟.古登考夫作；李麗珉譯. -- 初版. -- 臺北市：春天出版國際文化有限公司, 2023.05
面；　公分. -- (Storytella；156)
譯自：The Overnight Guest
ISBN 978-957-741-679-7(平裝)

874.57　　112004996

ISBN 978-957-741-679-7
Printed in Taiwan

作　者　希瑟・古登考夫
譯　者　李麗珉
總編輯　莊宜勳
主　編　鍾靈

出版者　春天出版國際文化有限公司
地　址　台北市大安區忠孝東路四段303號4樓之1
電　話　02-7733-4070
傳　真　02-7733-4069
E－mail　bookspring@bookspring.com.tw
網　址　http://www.bookspring.com.tw
部落格　http://blog.pixnet.net/bookspring
郵政帳號　19705538
戶　名　春天出版國際文化有限公司
法律顧問　蕭顯忠律師事務所
出版日期　二〇二三年五月初版

定　價　420元

總經銷　楨德圖書事業有限公司
地　址　新北市新店區中興路二段196號8樓
電　話　02-8919-3186
傳　真　02-8914-5524
香港總代理　一代匯集
地　址　九龍旺角塘尾道64號 龍駒企業大廈10 B&D室
電　話　852-2783-8102
傳　真　852-2396-0050